INVASIVE

▷ [美]查克·温迪格 著
▷ 张子漠 译

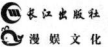

谨以此书献给格温·皮尔森以及普渡大学昆虫实验室的好朋友们。

未来是一扇门。

有两股力量——两股犹如战车一般被我们驱使的力量——在朝着它狂奔：马在辕，鞭在背，轮在辙，白沫在口，势如破竹。

第一股力量是进化：人类在改变，在成长，在变得更好。

第二股力量为毁灭：人类费尽移山心力，不过是在证明自己最不堪的归宿———次赶赴自我毁灭的征程。

两股力量水火不容，而未来这扇门，却只容得下其中一股力量。

人类到底是会进化从而变得更好？还是，我们终将会用亲手打造的刀，抹向自己的喉咙？

——**汉娜·斯坦德**在宾夕法尼亚州立大学的演讲
《神启抑或神化：未来究竟是什么？》

INVASIVE
C O N T E N T S

PART **1** 001
走蚁感

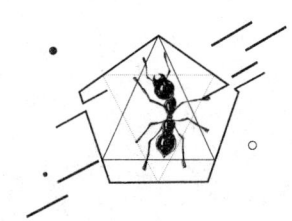

PART **2** 051
蚁群最佳化

PART **3** 131
入侵物种

PART **4** 227
竞争排斥

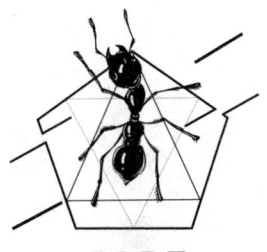

PART

走 蚁 感

犹如蚂蚁或其他昆虫爬过皮肤的感觉。

1

F航站楼坐落在费城国际机场的尽头,却像是这个世界的尽头。其实它更像是一个通勤站点,螺旋桨和喷气式飞机从这儿起飞,在各个中心城市间起起落落。出现在这儿的人们都是一副疲惫不堪的样子,一如他们脚下那没精打采的地毯。

汉娜饿了,一次公开的演讲让她把一颗心提到了嗓子眼,也就是说自打午饭过后,她便粒米未进了。不过在这样一个深夜——她的航班将在晚上十点三十分起飞,食物的选择余地也是意料之中的:软塌塌的椒盐脆饼,像是里根时代留存下来的古董;三角形的鸡蛋或鸡肉三明治,草草地裹在塑料袋中;苏打水倒也有,可她从来不喝这种高热量玩意。

她正琢磨着自己的选择,抑或是根本就没有选择的选择,这时电话响了。

"你好,柯珀探员。"她说。

"斯坦德,你在哪儿?"

"机场,费城。"

"唔——噢。"

"怎么了？"

"我需要你来这儿一趟。"

"'这儿'是哪儿？"

他咕哝道："按我的说法：虚无的中心；严谨点说：纽约，赫基默县。我看看啊……"电话那头传来了纸张翻动的窸窣声响："杰西菲尔德湖，离小山子不远。等等，不是！小飞瀑。"

"我的航班还有……"她将电话从耳边拿开，看了看时间，"不到一小时就起飞了。我要回家。"

"多久？"

很久没回去啦。

"小飞瀑出什么事了？"

"这正是我需要你的原因，因为我也不知道。"

"能等吗？"

"不能。"

"你能透露点线索吗？又是黑客什么的？"

"不，这次不是，是别的状况。说起来也许都不算是你的强项，不过……"他沉吟了起来，"还是让我来诱惑一下你吧：湖边有一间小屋，里边有一千具尸体。"

"一千具尸体？那不可能。"

"你就把它当成一个谜语来猜吧。"

她皱起了眉头："最近的机场在哪儿？"

"锡拉丘兹。"

"先别挂。"她侧身挪向一块离境航班通告牌，正好有一架前往锡拉丘兹的航班，比飞往代顿那一班——她原本应该搭乘的那个航班——晚十五分钟，"我能过去。这次可是你欠我的。"

"有报酬,这是工作安排。"

她挂上电话,咨询起了一名柜台值机人员。

登机。手机再次回到了耳边,就夹在她一侧的肩膀上。电话那头的铃声响了一遍又一遍,原本没指望会有人接听的,可随即——"汉娜?"

"嗨,妈。"

所有人都在朝着舱门移动,汉娜拖着行李向前,拖出了一串轮子的嘎吱声响。手机差点掉到地上,好在最后没有。

"我有点拿不准是不是你。"

"你要是开通来电显示,就不会这样了。"

"谁打电话给我不关我的事。"

"妈,谁打电话给你绝对关你的事。"

"好啦,汉娜,我不需要那东西。"妈妈听起来有些恼了——她的默认状态——这也就是说:一切正常,"你今晚还来吗?"

汉娜犹豫了一下,被妈妈给抓住了。

"你爸爸想你了,你已经很长时间没回来了。"

"是工作,就一晚。我已经改签了航班。明天我就回去了。"

"那好吧,汉娜。"她的话语中,尽是她那独一无二、不折不扣的怀疑。妈妈总是在怀疑一切。在她眼里,心底里没有怀疑的人全都是一头头小鹿:一旦有什么大家伙偷偷袭来,就只能跪在那儿,瞪着一双无辜的大眼睛,等着去祭对方的五脏庙。可令人百思不得其解的是,事后往往证明她是对的。或者,她总有办法东拉西扯,来证明自己绝对不会失手。"那明天等你。"

"帮我跟爸爸说一声晚安。"

"他已经睡了,汉娜。"

飞机一路飞得忽高忽低,一如一个焦躁孩子手中的玩具,汉娜倒也不以为意。飞行员之所以会规避气流,并非因为它本身有多么危险,而是因为乘客会觉得它危险。

可此刻,她的心思全都放在了那个叫人伤脑筋的问题上:一间临湖小屋怎么可能装下一千具尸体?

寻常人的身体平均为五英尺八英寸高,两百磅重,最宽之处两英尺。粗略估算:一个人站立时将会占据一平方英尺的面积。一间湖畔小屋能有多大?三百平方英尺?也就是三百具尸体肩挨着肩贴在一处的占地面积。不过,若是把它们像柴火一样叠起来,倒是可以放下更多,因为可以堆得更高。甚至,可以一直堆叠到房梁处。那样的话,说不定真可以塞进去一千……

她掏出一个笔记本和一张纸,胡乱做起了算术题。可随即,她心里突然一动:霍利斯·柯珀这是给她出了一道谜语呀!

谜面:如何把一千具尸体装进一间湖畔小屋?

谜底:它们根本就不是人类尸体。

她赶在车行关门前,租了一辆起亚四门轿车。除臭剂的味道下,是压不住的烟味。此时已是四月末,驾车前往小飞瀑的路途漫长而曲折——你得一路穿过那些浓密的松树林,路过一个个村庄。车上的导航总是在锲而不舍地将她朝着那些断头路(断桥)或者一些似乎根本就不曾存在过的地方引。她很想把它给关掉,并非它百无一用,而是因为她清楚这东西正在追踪着自己。当然,是被动的那种。不管她去哪儿,它都会一清二楚。而一旦它知道,那也就是说谁都有本事知道。

她咬着后槽牙，将偏执和妄想那锐利的矛尖，硬生生咀嚼成了混沌的一团。她一直在奉劝自己的父母，让他们千万别任由自己在那样的焦虑当中沦陷（不过说实话，在这方面她早已是无力回天），因为那就像一个湿滑的无底洞，一旦坠入其中，想要爬出来便难于登天。

她任由导航开着，继续往前驶去。

又一小时过去，她终于看到了拐向杰西菲尔德湖的那条弯道。从此处前往小屋，还有一个小时的车程。附近的松树长得异常高大，一棵棵犹如冲天而起的长矛，在漆黑的大地上长成了一片森然林立的树林。道路非常泥泞，车子在上面颠簸着，于黑夜中切开一条甬道。

随即，远远地，她看到了闪烁的红、蓝两色灯光。她靠向前去，一名警察拦在前方，挥舞起了双臂。他的嘴巴在动，像是在说着什么，于是她摇下了车窗，只听对方正说道："掉头，这是犯罪现场。我说了，掉头回去，这不是大马路，这是私人车道而且……"

她将头探出车窗："我是汉娜·斯坦德。"呼出的气息仿若在她眼前凝成了驱魔的精灵。很冷，严寒没给她留一丝一毫的面子。

"就算是教皇老子也不管，"警察说。这人留两撇邋遢的小胡子，下巴上还耷拉着一绺，"你得回去。"

"她跟我一起的。"一个声音从警察身后传了过来，走上前来的不是别人，正是霍利斯·柯珀，高高瘦瘦，犹如一根吸饱了水分的稻草，头发剪得紧贴着头皮，络腮胡不见了，脸上只剩下了一圈毛茸茸的卷毛。

警察转过身去："她是执法人员？"

"对啊。"柯珀道。

"不是。"汉娜也在同一刻开了口。

警察眼里露出了难以置信的神色："你们说什么？算了，我他娘的才懒得管哩。停那边——"他把手一挥，指向了一片满是碎石的水坑。水坑旁边，紧紧地围着一圈低矮的灌木，才刚刚开始抽芽。

她小心翼翼地将车子开过去，熄火，下车走向霍利斯，谢过了那名警察。此时，对方正站在一辆巡逻车和两辆黑色 SUV 旁边。见她道谢，他抬了抬眉毛："没事，甜心。"

"他就是一个混球，"霍利斯并没有压低声音，"这边走。"

两人穿过一片石灰岩乱石，朝一条林中小径走去。远处的水面上，月牙如钩，小屋那黑黢黢的身影就倒映在其中，窗户和门口透着灯光，像是万圣节的南瓜灯笼。

"我其实并不能算是真正的执法人员。"她说。

"你是联邦调查局的顾问，在我看来，和执法人员并没有什么两样。"

"可我不能执法。"

"你调查违法行为，那是执法的第一步。"

她清楚这样同他抠字眼并没有多大意义。"不是人类尸体，对吗？"她说。

他将头朝她一扬："没错。"

扑鼻而来的，首先便是一股奇特味道。她甚至还没跨过门槛，那味道就已经钻进了她的鼻孔。那不仅仅是单纯的一种味道，而是两种相互混合的臭味：就像是蘑菇腐烂成泥后发出的令人眩晕的恶臭以及大便和血液腥臭交替而成的味道。在这两种臭味后面，还隐藏着一种恶臭，一种刺鼻、辛辣而又泛着浓浓酸味的味道。

眼前的场景，让她始料未及。

地板上那具男性尸体，没有了皮。

却还穿着衣服：一件时尚的连帽衫、一条剪裁得体的牛仔裤。不过，脸却变成了一张血红而又泛着油光的面具——双眼外突，两颗眼珠就挂在双颊和额头裸露的肌肉之间；双手的皮肤不翼而飞，上臂也一样（不过奇怪的是，两肘处的皮肤却还在）；原本皮肉相连的地方，现在只剩下裸露的肌肉，残存的皮肤参差不齐，既像是被人用美容剪刀剪过，又像是一张被粗暴撕碎了的纸，边缘处早已干了，打着卷。

这还只是其中一具尸体，她暗想，那么其他的呢？

过了一会儿她才反应过来：它们就在眼前。一个个小小的黑点，就在眼前的地板上，成百上千，成千上万，既非金属碎屑，亦非某种尘土。

是昆虫，她意识到。蚂蚁，死蚂蚁，到处都是。

"这是怎么回事？"她一边说，一边戴上了一副乳胶手套。

没人回答她这个问题，霍利斯只是看了她一眼。他想让她来告诉他，她都看到了什么，这正是她出现在这儿的原因。

"没有科技设备。"她说。没有笔记本电脑，也没有平板。小屋就是一个孤零零的房间：一角的简易床上搭着一床粉色床单，厨房在另一头，一只铸铁煤球炉就靠在最远处的一面墙上。没有卫生间，可能是建在户外了（她对这种厕所最是熟悉不过，由于信不过任何上门服务的水管工，她爸妈便曾建过一个，还用了好些年头）。

既然没有科技设备，那还叫她来干吗。她小心翼翼地往前迈了一步，避开地上的蚂蚁，它们体内说不定含有重要的法医线索。

不过，想要不踩到那些蚂蚁是不可能的。它们在她靴子下面发出了轻微的嘎吱声——像是踩在了泼洒的米花糖上一般。

她朝那边看过去，噢，老天爷！简易床上那张床单，其实并不是粉色。它原本是白色，只是现在被染成了粉色——某种体液的颜色。

她看向了霍利斯，他轻轻朝她点了一下头，一只手紧紧地贴在鼻孔下面，妄图能遮住那股臭味。而此刻,她几乎已经注意不到它们的存在了。好奇，牢牢地攫住了她。

| 走蚁感 | PART 1

　　床单盖在最上面，被液体浸染，这儿鼓起一块，那儿凹下去一处，很不平整。她弯下腰去，用手指捏住边沿，掀了起来。

　　胃里一阵翻江倒海，让人实在无法忽视的味道，犹如一堵墙一般撞向了她：既有陈腐的活人味道，也有霉菌的气味。一股汹涌的酸腐味道当中，透着强烈的木头朽坏的刺鼻味道。她抬起一只手在口鼻前扇了扇，硬生生压下一阵干呕。床单下面，她发现了大量受害者的皮肤残片，看起来像是被一小片一小片地从身体上剪下来的——大小和一枚二十五分币差不了多少，绝大多数还不如一便士大。三角形的切口，参差不齐。在那些皮肤残片上，覆盖着一层条纹状的白色霉菌——像是面包皮上长出来的那种——几乎占了一半面积。白色的区域潮湿而又黏腻，就连上面散发出来的味道，也带着湿乎乎的感觉。

　　在那些数以百计的皮肤碎片之间，是更多的死蚂蚁，足足有几百只。

　　汉娜掏出手机，打开了闪光灯。灯光照亮了蚂蚁们那光滑的后背，每一只都约摸几毫米长，许多身上还覆盖着一层漂亮的绒状物：红色毛发，犹如一根根极细的铜丝。其中一些的绒毛上面同样也覆盖着白色菌丝。

　　而且在一些蚂蚁的口部，还残留着已经干了的皮肤碎屑。它们的嘴巴全都大得惊人，两颗简直就像是停尸房用来锯开血肉和骨头的那种工具。

　　汉娜试着想象了一下这里究竟都发生了什么，随即便一阵眩晕。一名男子死了。自然原因？仆地而亡，然后蚂蚁进来——

　　一段回忆笼罩过来，犹如一只秃鹫的暗影。

　　那时她还小，甚至还不满八岁。她跑到外面的邮筒那儿（得赶在妈妈用斧头把它给劈倒之前），"砰"的一声打开盖子，把手伸了进去——突然，她整只手都痒了起来。汉娜把手缩了回来，痒痒的感觉立刻变成了无边的刺痛。她的手上爬满了蚂蚁，黑色的小东西，十来只，正用它们那小小的颚夹着她的皮肤。她尖叫着甩起了手，蚂蚁们全都被甩进了草丛里，她一溜烟地逃回屋里，忘了去关那扇带铁丝网的大门——这下可好，妈妈肯定会喋喋不休地唠叨好几天：你永远也不能让大门敞开着，切记，切记，因为那样一来谁都可以进来……

她站起身来，恶臭略减。轻轻地将那张床单重新盖回那片由蚂蚁、霉菌和人类皮肤交织而成的战场，她转向了柯珀："这能算是犯罪现场吗？"

"我正等着你告诉我哩。"

她环顾四周，炉子是冰凉的，屋里的温度大概和屋外也差不了多少。不过随即，她便看到地板上残留着一线细细的灰烬。

汉娜单膝跪在了那具尸体旁边。尸体头上大部分皮肤都已不见了，一如绝大部分头发那般。下面的颅骨暴露了出来，淡粉、深棕，如同简易床上那张床单，但却没有受伤的迹象，没有折断的骨头。"尸体上有伤痕吗？"她一边问，一边用手中的笔四处捅了捅。

霍利斯告诉她说没有，什么也没有。

死者的双耳几乎不见了，只剩下两个孔，通向脑袋内部。她用笔去戳死者的头，又有不少蚂蚁从耳道当中掉了出来，全都死了。难道它们也啃食人脑？还是只想在里边筑巢？

那具尸体并未给她带来多少困扰，但那个念头却不一样。

外面，空气寒冷而凛冽，犹如一个结实的巴掌，扇在了她脸上。她往前门外走了走，不一会儿，霍利斯也过来了，递给她褪了一半锡纸的口香糖。她接了过来，冬青口味的。

他往自己口中也扔了一片，狠狠嚼了嚼："里边是怎么回事呀？"

"我不知道。"

"我还以为你知道呢。"

"里边没有任何科技设备,我什么……什么也没发现,什么也没有,这儿不是我的世界。"

"告诉我你都看到了什么就好了。"

听他这么问,难不成他还知道一些她所不知道的东西?或者说这个霍利斯·柯珀已经乱了方寸?她听到过一些流言。去年的6757航班事故,对他来说几乎是灭顶之灾。据说,那架飞机是被黑客给弄下来的,不过,令她意外的是,在那件事上反倒没人来咨询她了。

总之,就因为那事,霍利斯被国家安全局像一个烫手的山芋一般踢回了联邦调查局,报道之前他还被迫休了一段时间的假。等到他再次现身时,乍一看上去一切如常,但目光后面却隐藏了一些东西。

"还是那句话,我没发现任何同科技有关的东西。可谁连一个电话都没有呢?所有人都有。你们在现场有找到吗?"

他摇了摇头。

"可这事你们又是怎么发现的?这可是个鸟不拉屎的地方。"

"小屋是用来出租的,但目前没有房客。有人从湖对面给屋主打了一个电话,说他看到这儿亮着灯,以为来了一个流浪汉。"

"可死在这儿的这人并不是流浪汉。"

"凭什么这么说?"

"他是一个有钱人。靴子是洛瓦牌的,一个专门针对年轻而有钱的背包客而设计的牌子,三百块一双,极其舒适。"

他嚼了嚼口香糖:"咦?你是有我还没见识过的过目不忘的本事?还是只是一个恋靴癖患者?"

"我喜欢徒步旅行呀,这是远足靴子。有点过了,真的,但是不管死者是谁,这双靴子都没怎么穿过。还有,他的牛仔裤是为了赶时髦而被撕开的,不是穿破的。马甲也很好——欧博迈亚的,同样不便宜。要我说,受害者应该是一名年轻男性,至少不到三十,很有可能二十多岁。"

"同意。继续。"

"是屋主发现的尸体?"

"唔——嗯。"

"他还看到别的什么人了吗?"

"没有。"

她沉吟道:"他发过牢骚吗?关于这些蚂蚁?"

"没有,不过他吐了。"

"这也难怪。"她顿了顿,想了想,"这时节对蚂蚁来说也太早了点。"

"什么?"

"蚂蚁是要冬眠的,不管是阿根廷蚁还是木蚁。"

霍利斯吹了一个泡泡:"可现在是春季。"

"可这儿是纽约州北部偏远地区,积雪地带。"她突然心里一动,"屋主是什么时候发现尸体的?"

"今天晚上。"他低头看了看手表,"昨天晚上,已经过了午夜了,天。"

"屋主发现这人时他已经死了,那这些蚂蚁呢?也死了?"

"他是这么说的。"

一个念头从汉娜脑海里浮现出来,她转身走到小屋那破败的前廊,停在石灰石铺成的小道上,在一丛早开的绿色植物前弯下腰去。小小的黄色花朵,正端坐在植物顶端,凄凉而枯瘦。她伸出指头,在一片正萌发的舒展叶片上捻了捻。湿润、清凉,但并不冰冷——暂时还没有。

她回头道:"前天晚上这儿有霜吗?"这有可能说得通。这附近最后的霜期是哪一天来着?三月三?

霍利斯说他不知道,随即朝着其中一名穿制服的人大声吆喝了两声。

那名警官过来了，说这地方有过一场倒春寒，因此也有可能下过霜。柯珀来到她身后，居高临下地站在那儿。"黄花山芥菜，"她指了指那植物道，"春日里最先开花的野草之一，可以吃。"

"这些全都是你父母教你的？"

"确实是。"她刚想直起腰来，却看到一个东西。

"看。"她说着，指向了地面。一个脚印，就在道旁一汪闪亮的泥浆当中，距离石头有一段距离。"指向湖边，和受害者脚上的洛瓦鞋一致。"

霍利斯打了一个响指，让其中一名警察拍照，并取样。

过来的那名警察不是别人，正是之前曾想把她给赶走的那人——双下巴，邋里邋遢的那位："这能算是犯罪现场吗？"

"只管取他娘的样就好了。"霍利斯说。

"好，好，当然，没问题，放松点。"

汉娜和柯珀一起沿着一段台阶走了下去。那台阶也算不上真正的台阶，不过是一些石板被横七竖八地铺在了泥地上，朝着一个突出于湖面的狭窄码头延伸而去。

霍利斯四处暂摸了起来，而汉娜则站在那儿，将一切尽收眼底。月亮倒映在漆黑的湖面上，就像一弯窄窄的镰刀，星光闪烁，连成一片，像是散落在地毯上的指甲。她试着把所有的线索拼凑到一起，霍利斯踏上了码头，靴子踩在木板上，发出了一连串沉闷的声响，踩得那东西在水面上颤动个不停。终于，他回来了，却是两手空空："什么也没有。"

她凝视着远方尽头处，说出了她的推理："受害者来到了小屋，并没有在那里边待多久，因为他的马甲还没脱，还有靴子什么的都在。不过，他点燃了炉子，开始取暖。"一个念头再次浮现上来，"你有检查过户外厕所吗？有没有人用过。"

"我们检查了，不过没人用过。"

于是她继续道："不知为何，他死了。我知道，这是一个天大的谜团，可咱们目前掌握的就这些。兴许，是健康原因？一氧化碳中毒？或者，某种更加险恶的情况？他死在了地板上。然后蚂蚁进来了——这片区域在这个季节正好是雨季，而当外面寒冷或是下雨的时候，蚂蚁便有可能进屋。"一如她记忆中的那个邮筒——前一天晚上也曾下雨来着，不是吗。"它们缺乏食物，于是选择了他，把他当成了大餐。然后呢，也就没人再给那炉子添柴加煤了。炉火渐渐灭了，寒冷悄悄溜了进来。寒潮，霜冻，蚂蚁全完了。然后我们就到了这儿。"

　　"合情合理，可依然没有给我们想要的答案。"

　　这能算是犯罪现场吗？或者根本就是另外一回事？

　　"那些蚂蚁，"她说，"它们说不定就是解开这一谜团的钥匙。蚂蚁有两个胃。嗉囊，他们是这么叫的。其中一个为自己盛食物，另外一个留给蚁群。"

　　"这么说，蚂蚁也有法医用途。"

　　"应该有。很显然，你得再做进一步化验——毒理检验之类的。"

　　"我们会的。我会联系局里的法医相关人员。"他打了个寒噤，"这地方太恶心了，蚂蚁把那些皮肤全都给剥掉了。好在它们这么干的时候他已经死了。"

　　她心底里有个想法但却没有说出来：咱们只能推测它们这么干的时候他已经死了。

　　也许他是心脏病突发或者遭遇了肺栓塞。一个令人毛骨悚然的念头接踵而来。那首老歌怎么唱的来着？蚂蚁大军在前进，一个接一个，万岁，万岁……蚂蚁大军在前进，一个接一个，万岁！万岁……蚂蚁大军在前进，一个接一个，小的停下来嗫了嗫她的大拇指，然后蚂蚁大军全都进了地下，躲雨去啦……

然后它们就开始啃噬。

严寒中,她突然开始冒汗。

可她对霍利斯说出来的话却是:"我愿意接手这事。"

"你不是法医,我得提醒你。"

"对,可我有一个朋友是昆虫医学家。"

"你确定?我还以为我搅黄了你的假期呢。"

去看望父母与假期这二者之间的差别,就好比冥王星到地球的距离。

"没事。给我准备一个适宜旅行的包裹吧,装上蚂蚁、真菌、皮肤样本——我这就订一张去图森的机票。崔伊泽就在那儿的大学教授昆虫学。"

"那是亚利桑那州立大学?"

"不,是……"她努力想了想,"另外一所。亚利桑那大学。"

"要是需要,我们可以把包裹单独托运。"

"没事,我应付得来,谢谢你。"

"为了法律,那就勇往直前吧,斯坦德小姐。"

"会的,柯珀探员。"

由于实在太晚,已找不到房间,因此汉娜干脆就睡在了那辆租来的轿车里。而且,她第二天一早就得飞往图森。她睡得很不踏实,一直在被一股看不见的力量拉扯着——未来的威胁、关于那扇敞开着的门的惊惧。威胁无所不在,无所不包,犹如一柄悬在众生头顶的剑,由一根细细的丝线挂着。一架被黑客劫持的飞机,坠毁了;恐怖分子将简易无人机当成了炸弹;一个被全球变暖给压得喘不过气来的世界;资源的匮乏,正在将这个星球拖入又一场冷战——兴许还会更糟:一次积极的全球冲突。

汉娜挪了挪屁股，一侧膝盖撞在了变速杆上，另外一侧撞上了方向盘。此时，已是凌晨四点。这就是我的工作，她暗想。去做最坏的打算，去做最长远的思量：人类即将面对的，将会是怎样的科技、何种社会体系以及自然界怎样的沧桑巨变？它将使我们受益进而进化，还是毁灭我们？

或者更糟，这才是她的工作最为棘手之处——我们将会用它来毁灭自我？她的唏嘘追随着那条黄灿灿的金砖大道一路来到了奥兹——可这座翡翠之城已经分崩离析，只剩下了挂着残破玻璃的塔尖和支离破碎的摩天大楼。她恍然看到了前方的凶险：人工智能的威胁、可劫持的神经植人物、机器人对日常生活的染指。它们会夺走我们的工作吗？我们是不是对它们太过于依赖了？立法能够及时控制并亡羊补牢吗？有一天，人工智能将夺过自己的控制权并决定什么才是机器人"生命"中的最大威胁吗？转基因粮食并不一定真会在喂饱我们的同时又能对我们的脑子做出修正，让我们都拥有读心的本事并最终走向大灭绝。可那些看似不可能的漩涡却有可能会是既定脚本。

不知什么时候，意识终于得到片刻的静谧，足够让她入睡了。可梦里的她，依然在被浓浓的恐惧感裹挟着——昏昏然的黑暗中，她似乎又嗅到了那种带着尿酸味的刺鼻臭气，闻到了皮肤碎片上的霉菌腐化为泥之后的土腥味；她将手伸进了一个邮筒，等到缩回时胳膊上已经满是蚂蚁。她想喊，想叫，可声音却被闷在了喉咙中。她试图挥舞手臂，可那条胳膊早已麻木，双脚也已在地上生根；她们家的农场小屋就坐落在远方；不知何处，一头山羊咩咩叫了几声，接着便是惨叫；蚂蚁开始撕咬，开始撕下一块块皮肤，像是从一个水淋淋的啤酒瓶上撕下来的湿漉漉标签——一点一点，一条又一条，全都打着卷，变成了一文不值的黏糊糊残片。很快，她那条胳膊便变成一片触目惊心的血红——鲜血淋漓的红，一如刚从牛身上割下来的牛排——一块新鲜多汁、泛着血光的肉，交织着青紫的血管。

终于，她惊呼了出来——

这一声惊呼，终于把她从睡眠中给拽了出来。她还在这里，还在机场的租车行。她坐起身来，头发已被汗水湿透，紧紧地贴在额头上。她看了看自己的胳膊，上面有三条抓痕一路向下延伸。没什么大不了的，没有流血，只是三条肿起的血痕，想必是她自己指甲的杰作。

她看了看时间，眼看着就要晚了。

沮丧地低吼了一声，汉娜下了车，一把从后座上抓起了行李。她给车行打电话，让他们自己来这个毗邻的停车场寻找车子。她一路猛冲，终于赶上了一辆摆渡巴士。

摆渡巴士很慢，安检口排队的队伍实在是太长，太长。还有，她不过就是 FBI 一个小小顾问，还没资格获得运输安全管理局授予的特权，因此只能乖乖同其他旅客一起，去走那些缓慢的"喂牛滑槽"。

飞机飞走了，上面并没有她。他们给她改签了当天下午的航班。她给母亲打了电话。

"你还没来，是吗？"

"是工作。"她说，她的常备答案。

"你爸爸想见你。"

"我知道。"

"他需要见你。"

"我知道。"

"不，你不知道。"那头传来一声叹息，妈妈的语气略微柔和了一些，"要紧吗，你现在正在做的？"

我也不知道。"对。"

"需要警示我们吗？是不是出了什么事？"只要一提工作的事，总能牵扯出这个问题。

"没事，只是常规事件。是……"她差点就把"谋杀"两个字给说了出来，可目前还没有证据，甚至都还没能得出合乎情理的推断，于是只好改口道，"正在调查。"

"你去年就没告诉我们，那架飞机的事。"

"我当时也不知道飞机的事。"

"恐怖分子真能通过黑客手段劫持一架飞机并让它坠毁？咱们都对自己干了什么呀，汉娜？咱们把它弄得太复杂了，复杂得都过不下去了。"

"我得走了，妈。我得去图森待上一两天，然后就——"

"别说，你不应该承诺那些你做不到的事情。等我们真见到你了才算。"

"我爱你们。"

顿了顿。

"我们也爱你，汉娜。"

这趟飞行，像是坐了一次过山车。飞机飞得像是一匹野马，一会儿在灼蹶子，一会儿又像是中了一枪（想到这里，一段记忆不期而至，突如其来：放倒一头白尾鹿的法子，便是朝着它肺部开上一枪，把里边的空气放出来，它立刻便会原地扑倒）。尽管五脏六腑都在随着身体其他部位忽起忽落，可困扰她的倒也不是气流——这一路上，她都在思索究竟如何才能用黑客手段劫持一架正在飞行中的飞机。她并不是黑客，因此她没有这个手段，可万一她有……

系统之间全都存在着某种紧密的联系，这便是问题所在，也是飞机的弱点。驾驶舱、无线网络、跑道控制，全都交织在一处且彼此相连。系统并非孤岛，这也就意味着若是你真的懂行，便能在系统中寻出一条路来，还能掘上一个洞——从技术程序角度来说——使之通向另一个系统。通过无线网络连接，一个真正的天才就能打出一个洞来，进入飞机系统。甚至还有更为简单的法子，却容易暴露得多：撕开扶手，用一根5类双绞以太网线插入接口（可能会有调制解调器），然后再连上一台笔记本电脑。而且，由于无线网络都有自身的安全协议，因此事情可能还会更加简单。他们并不希望你通过这种方式进去，因此一般都只有工作人员才能做到这一点——这也就意味着，在你通往飞机系统的道路上，紧锁的大门也就更少了。

然后呢，下一步怎么办？夺取控制权？设置自动驾驶？那你得懂怎样驾驶飞机才行。

或者，你只消告诉系统，让它像扔一块石头一样把你从天空中扔下去就行了。

这吓到了她。这东西的不堪一击、所有系统的相互连通，以及对那些心怀恶念之人的不设防。

为此，她心神不宁了一会儿——就在她本应该为一个死去的人和成千上万只死蚂蚁心神不宁的时候。

他们安全降落在了图森。

又租了一辆车，一辆日产。这地方很热，五月不到，气温就已经达到30℃了。一切都透着干燥的感觉。热浪压榨着她，如同压榨一颗柠檬；空气宛如吸血鬼，想要把她给吸干。如此这般的亚利桑那及其两座主要城市竟然还是许多超级自大狂们的定居之地，这让她有些始料未及。

住宿订在了大学对面的万豪。一到酒店，她便给伊泽发了短信，告诉她自己已经到了。汉娜刚办完入住，随即——叮，一直没有回复的伊泽突然发了短信过来：

伊泽：我在楼下。

（短信后面还跟了一串表情符号：心形、笑脸、高举在头顶的双手——既像是在赞颂基督又像是在击掌庆祝。更好玩的是，竟然还有一只小小的卡通蚂蚁，直立着两条后腿站在那儿。）

两人去了附近一个吃披萨喝啤酒的所在。这地方的招牌和它的经营范围一样朴实无华：披萨＆啤酒。伊泽呷起了精酿啤酒———种叫做"龙奶"的东西，而汉娜则要了红酒。

伊泽是一个小巧而窈窕的女孩，华裔，美国土生土长。她留了一个莫霍克发型（一头火辣辣的粉色，像是顶了满脑袋颤巍巍的枯萎了的花），两侧鬓角被剪得很短，幸存的发根被染成了翠绿色。此外，她还生了精致的鼻子、眉眼和双唇，两条胳膊上密密麻麻地纹了不少的虫子：蜜蜂、蚂蚁、螳螂，挨挨挤挤，全都缠绕在藤蔓和枝叶间；她的妆容很浓，同发型相得益彰：浓浓的绿色双唇、绿色的双眉、泛红的脸蛋，所有的颜色都是那么的格格不入，可在她脸上却又是那么的妙不可言。

在许多方面她都和汉娜截然不同：汉娜身材高挑，一头看起来脏兮兮的金色长发草草地扎在脑后，不着脂粉。儿时，她便常对父亲说：我很普通。而他则总会说：普通对我来说就是美。然后，他便会吻她的额头。

"死蚂蚁，"伊泽从披萨上拖走了一角香肠、青椒和洋葱，"一群显然在用小嘴大嚼特嚼人体皮肤的蚂蚁。"她像嚼口香糖似的嚼起了一团奶酪："酷。"

汉娜笑出了声来："是呀，酷。"

伊泽点点头："好吧，那，问题是？蚂蚁其实不大会真那么干的，撕咬皮肤什么的。"

"不过也不光是皮肤，"汉娜也给自己取了一角披萨，"还有真菌，长在皮肤上的真菌。"

"我看到了。不过最最古怪的是，只有切叶蚁才会那么干。切叶蚁是真会用它们的颚把叶子切成一小片一小片，然后搬回土墩——它们的老巢——用来做真菌的培养基，然后再搬回来更多的叶子，培养那些真菌。这是一种共生，它们种下真菌，培育它。"

"就像农民那样。"

"它们就是农民，许多蚂蚁都是。有的还会像牧养家畜那样饲养蚜虫，然后——这个听起来怎么样？喝它们的奶。"

"那它们会戴上那种小小的牛仔帽吗？"

伊泽拍着巴掌尖叫了起来："天，多妙！要真是那样该多么神奇呀？戴着小牛仔帽的小蚂蚁，屁股下面骑着甲虫。"她瞪着一双大眼睛，定格在了那里："我能做到的，我有那本事。"

"你先喘口气再说，科学怪人小姐，咱先一步步来。"汉娜咬了一口披萨，嚼着满嘴的清脆青椒道，"这么说，咱们现在面对的就是一群切叶蚁了。唯一的不同，就是由于时节还早，而且有霜，所以它们没有叶子可嚼，只好选择了我们的受害者？"

"也许吧。不过纽约并不是任何切叶蚁的定居点。"

"那，这说明什么？入侵物种？"

"或者一种新物种。"

汉娜挑了挑眉："有可能吗？"

"也不是没这个可能。地球是一万两千多种蚂蚁的家园，如果咱们把所有的蚂蚁都称上一遍的话，他们的重量应该远超人类重量的总和。每年都会有全新的蚂蚁种类被发现，不仅仅是在那些稀奇古怪的地方，而是到处都有。"她叹了一口气，"也就是说，有些叫人失望，但这是一种入侵物种的可能性更大。想想'非洲化'蜜蜂是如何从南美入侵而来的吧，不过是无意间放走了二十来箱,可却泛滥成灾。这也就是为什么实验室里容不得半分疏忽的原因:一不小心,你可能就会轰,轰,轰——"每说一个"轰",她都打上一个响指:"繁殖出好几代来。而蚂蚁是具有侵略性的——不妨想想这附近的'黄疯蚁'。我们其中一个授权项目,就是研究这些小王八蛋。它们非常小,却快若闪电。前一天还没人知道它们是什么玩意儿呢,第二天已经有几百万只了。它们无孔不入:工业机械、电子设备、汽车。而且,一旦触电,它们立刻就会释放出一种化学物质,召唤附近所有的蚂蚁蜂拥过来。然后它们就会赶来,一样被电,继续释放信号,直到被它们所聚集的机器突然崩溃——不管是机械还是电子设备。"

"蚂蚁就这样不停地来?"

"附近的全都会来,一波接一波,直到机器出故障,才会罢休。"

"听起来好吓人。"

"唔,没错,你的意思是神奇得吓人吧?它们对许多毒素都具有抵抗力,而且撞了南墙也不回头——哪怕你今天把它们给杀了,它们也绝不会去寻找新的出路,这一点和别的蚂蚁完全不同。它们就像是栅栏前的僵尸——只会不断地聚集,聚集,直到堆起一座尸山,然后踩着它爬过去。真是些才华横溢的小王八蛋。"

汉娜抬了抬一侧的眉弓,那幅画面再次击中了她:她从邮筒中缩回了手,上面已满是蚂蚁。"不过它们也是宠物。"

"就是,一年花费几百万。不过花的是我们银子,不是它们的。它们并不知道自己是宠物,它们只是在活下去。"

"就像我们一样。"

"没错,但我们清楚自己是宠物。"

汉娜举起了酒杯:"这实在是太值得干一杯啦。"

两人"叮"地一声碰了杯。"见到你真开心,斯坦德。"伊泽说。

"我很想你，伊泽。"

伊泽给了她一个大大的"疯人院"式的笑容，露出了嘴里的每一颗牙齿："也想你啦，斯坦德！也想你。"

她们聊了好几个小时，聊了书（汉娜从来只看非虚构类，而伊泽对于那些史诗奇幻则是来者不拒），聊了学校（两人都是在康奈尔大学修习的研究生），聊了家庭（伊泽每晚都会陪父母聊聊天，而汉娜则在努力做到这一点）。喝了那么多红酒和啤酒，两人都有点熏熏然了，而披萨则被吃成了一片狼藉。

来到外面，伊泽飞快地偷偷点了一根烟——"我知道，我知道，别拿那样的眼神看我，老妈。"她告诉汉娜，然后问，"那，你还好吗？"

"我挺好。"

"我挺好。"她把汉娜的话重复了一遍，但却丝毫听不出"挺好"的味道，"拜托，汉娜，你可以跟我说的。惊恐发作症又来了？"

"还控制得住。"应该算是吧，她在脑海里补充道。"我看到了一个巨大的无底洞，里边全是焦虑，而我就站在那上面。我可能永远也摆脱不了它，可我能选择不让自己坠下去。"

"吃药了吗？"

"没，"她坚定地回答道，也许太过于坚定了些，"我信不过药物。"

"不妨想想那些刚失意的女人，比如，来上半瓶金饭酒什么的。"

"比诺葡萄酒我倒是会来点。可那不是药。"

"啤酒就是我的药，每逢这个世界让人觉得灰暗和无望之时，一瓶上好的啤酒便能让一切各得其所。"伊泽从嘴边拿开香烟，两个鼻孔同时喷出了笔直的烟雾。她指了指那根烟："这个不是我的药，这是我的毒。可又能怎样？我一样在抽。"

"我们都会干一些本不应该去干的事情。而且，反之亦然。"

伊泽乜斜着眼，目光中尽是审视："你似乎话里有话呀。"

"没有，我只是说……"不过她说不下去了。

"接着说，和崔博士说说你有什么烦恼，孩子。"

"我跟你说过我老爸的事，对不对？"

"对啊。他现在怎么样了？"

汉娜叹了一口气："我想大部分时间里他还好。可当然了，他自然是不会去碰药物的——"

"你知道你刚刚这话很有讽刺意味吗？"

"听起来是挺讽刺的，但其实并不是。"她知道自己的话语当中已略微透露出了锋利的味道，隐隐多了一份冰冷，一份气苦，于是赶忙把它咽了回去，"万一我哪天真的得了什么大病，我会吃药的，相信我。我只是没有把焦虑性障碍症当成是一种病罢了。我现在还能应付。那些酗酒的人并不需要吃药便能把酒给戒掉，我也不需要药物来帮助我停止焦虑。不过说到老爸，这个问题严重得多。可妈妈绝不容许任何药物出现在家里。"

"你可以偷偷给他带点进去，比如，艾斯能什么的。"

"哈，你什么时候变成医药公司代表啦？"

"我姨妈曾吸毒成瘾，你也知道的，过世了。"伊泽做了一个鬼脸，像是刚舔了一只癞蛤蟆的肚子，像是只要一想到死亡这个词，便会让她心生厌恶，浑身不舒服。对此，汉娜深有体会。"临终关怀中心的人说我们应该把她的药都给扔进马桶里冲走，可我们还是把它们留了下来——唉，我也不知道为什么，反正就那样做了。所以，我还有一些艾斯能，可以给你。"

"我会考虑的。"若是她胆敢偷偷给爸爸带任何药物回去，哪怕是一片阿司匹林，妈妈也会一脚把她踹出来，然后毫不犹豫地把大门给锁上的。

"你回家去看过他了吗？"

"没有。"她想必也做了一个鬼脸，被伊泽抓了个正着。

"那就是了，那就是你的烦恼：回家。"

"呵。"

"被我说中了？"

"呵。"

"还真叫我给说中了。"

"回家就意味着……回家。"

"噢——同义反复。"

"可意思一样，我不喜欢家，我离开家是有原因的。不过，爸爸还在那儿……"

"像公主一样被你那暴君一样的老妈关在那儿。"

"她不是暴君。她是一个好女人，只是出了问题。"

伊泽耸耸肩，抽了一口烟："咱们又有谁没有点小问题呢。"

"我想她那可不是什么小问题，而是大问题。可她是我妈，他是我爸，尽管有错，也一样是好人。"我只是实在抽不出时间来回家，总会出现意想不到的事情。她心想。有时确实是偶然的，而有的时候嘛，连她自己也怀疑是不是故意为之，好远离那个家了。

伊泽将烟头扔在地上，踩着它来了一个恰比·恰克扭，然后拾起来扔进了身旁的垃圾桶："我来买单。"

"我来吧，局里可以报销。"

"我觉得美国纳税人的钱不应该用来为我的啤酒买单，斯坦德。你别管了，我来吧。"

伊泽将她送回了酒店——三分钟车程。汉娜下车，问："你明天开始可以吗?"

"今天早上我才刚刚收到满满一盒子死蚂蚁、死人血还有生着真菌的皮肤残片。今年的圣诞老人他老人家对我可真是够好的呀。"

"你真是个怪妞。"

"你才是怪妞。"

"好吧,咱俩都是怪妞。"

这样的唇枪舌剑,在她俩之间已不是第一次上演了,也不会是最后一次。

4

凌晨三点半,汉娜的电话又"叮叮"响了几声。

她好不容易睡着——酒店的床实在是不舒服,为了让脖子下面有足够踏实的支撑,她不得不用上了三个枕头,可纷纷扰扰的梦境依然没有放过她,她沦陷了。电话又响了一声,她从那片黑暗中奋力游了出来,将一只手朝着床头柜摸了过去。打翻了闹钟,终于摸到了电话。屏幕点亮,光芒刺得她睁不开眼。

一条短信。

伊泽:我在楼下。

愚蠢的电话,她暗骂了一声。竟然把昨天的消息,又重复给她发送了一遍,真让人恼火。睡意重新席卷而来。不过随即,电话震动了起来,又"叮叮"叫了几声,让她心里猛地一跳。

伊泽:穿上衣服来外面见我。你给老娘快点。

汉娜穿着昨夜的衣服,踉跄着下了楼。衣服还满是酒精和大蒜的味道,似有若无的烟味同样挥之不去。

外面,图森的清晨出乎意料的寒冷。黎明前的天空泛着青铜色。

不远处停着的,正是崔伊泽那辆小小的两门本田。汉娜拉开车门坐了进去,伊泽看了她一眼。

"这些蚂蚁并不存在。"伊泽说着,把一个文件夹扔给了汉娜,里边草草塞着一些纸张和打印出来的图片。

汉娜拿起那个马尼拉文件夹,一边翻动着那些纸张,一边竭力理解着出现在自己眼前的那些东西。几份基因图谱,一张是各种代码和术语的表格,几张放大了的蚂蚁照片。其中一张照片有点类似肖像画:一张明明白白的蚂蚁脸。再看那脸形状,很像是撒旦的黑色心脏:头顶上原本应该是两根触须的地方,却偏偏生出两个尖尖的、像是角的东西;下面的两颗紧紧地闭着,犹如一把带锯齿的剪刀;死气沉沉的黑色双眼,遍体的小细毛,黝黑、闪亮、诡异。

"我昨晚回实验室了,"伊泽似乎兴奋得有些透不过气来,"刚好有些时间,于是就把那些样品给弄了出来。等我回过神来时,已经是几个小时以后了。你那位死去的伙计的血液简直就是类胰蛋白酶和组胺调成的鸡尾,也就是说和过敏完全吻合。"

"过敏性反应。"

"过敏应激反应,不过也对。还有我检查了皮肤样品:皮下有反常肿胀,这也刚好印证了这一点。所以我敲开了咱们一位蚂蚁小朋友的脑袋,是一种带刺蚁。"

"切叶蚁蜇人吗?"

"确实会,许多蚂蚁都会。它们隶属膜翅目——与胡蜂、蜜蜂同属一个类目。火蚁用两颗夹人,但痛感却来自于它们的刺。咱们本地也有这种蚂蚁,马里科帕收获蚁——"

突然,车门处传来了动静,一只手从副驾驶一侧的窗子伸了进来。汉娜只觉得自己一颗心都要跳出嗓子眼了,赶忙在身子一侧摸了起来,希望能摸到一把刀、一支胡椒喷雾剂什么的,哪怕是一把钥匙也好。可她在自己兜里唯一摸到的,就是一张房卡,这使得她突然有了一种一丝不挂的感觉。而在那儿,就在车窗边,赫然站着个男人:邋里邋遢,上了年岁,蜥蜴一样的皮肤,两只眼睛深深地藏在皮肤的褶皱当中,半张脸膛红红的,想来不是皮炎就是湿疹。

她这一侧的窗子开始呜呜叫着下降,她惊慌失措地看向了伊泽。

伊泽道:"没事。"随即提高了音量,"嘿,卡尔。"

"噢,嘿!嘿,是你吗,小伊泽?"

他一副破锣嗓音——一条被艰辛生活的砂纸磨砺过后的食管。

伊泽嘟囔着俯身过来,越过汉娜将一叠皱皱巴巴的钞票递了出去。汉娜瞥见其中有一些一元的,一些五元的。

"是我,卡尔。这儿有些现金。"不过,他还没来得及接过去,她又猛地缩回手来,"啊,啊,啊。你知道这事的规矩的。"

他"嗤"地笑了——声音粗粝、呼哧有声,像是空气穿过锈迹斑斑的铁管时所发出的声响:"不能买酒。"

"那你会用它去买酒吗,卡尔?"

"不买?"

"有没有在撒谎?"

"也许吧。"

"不准买酒!"她凶狠地道,随即把那些钱递了过去,"去去去,快走吧,你个老货。"她嘘声将他赶走,而他亲了亲自己那满是老茧的手,向她抛了一个飞吻。汉娜闻到了他呼吸中的味道:并不好闻,但叫她意外的是,里边是草本植物的味道，像是罗勒抑或牛至之类。他蹒跚着两条腿，穿过了停车场，笑声一路不绝，渐渐远去。

"那是卡尔，"伊泽解释道，"他是本地流浪汉。一个不错的家伙，会喝醉，但不是骗子。在天气真正最热的那段时间里，我们会随时关注他，尽量把他给弄进带空调的收容所。"

汉娜长舒了一口气："刚刚咱们正说到……说到收获蚁？"

"没错！马里科帕收获蚁。收获蚁体内的毒液是昆虫界最毒的毒素，它的 LD50——半致死量——相当惊人：0.12。这个数值越低，杀死一个人所需要的毒液越少。而 0.12 真的低得不能再低了，汉娜。"

"世界上最致命的蚂蚁就在这儿，就在你家后院里？"

伊泽打了一个响指："没错，这就是问题所在。可它之所以这么要命，还不仅仅是因为它能杀死绝大多数人，而是它具有侵略性，就像火蚁，但数量很少，并不常见。这也就是说，人们并不会经常被它们叮到。在这鬼地方，火蚁遍地都是，所以从专业角度来说，超级致命。一颗手榴弹远比一颗子弹要致命得多，但大多数人都没有手榴弹。"

将两根手指弯成钳子状，汉娜捏住了自己的鼻梁。她沉吟了一会儿，问："你为什么告诉我这些？"

"自己看。"伊泽说着，抓起文件夹开始翻了起来，终于找到了她想要的——一张皮肤残片近景。镜头挨得实在是太近了，以致于它看起来几乎像是一张线条纵横交错的地形图。伊泽用一根指头重重地点了下去，道："我把上面的真菌给刮掉了。顺便说一句，是念珠菌，没什么新鲜的，老生常谈了。在下面，我发现了一些印子。线条、小点，线条、小点。"

果然，一清二楚，就在那皮肤残片上：一条细细的水平红线，一个红点从下面鼓了起来。"和火蚁一样，被它们两颗咬中的地方——咔嚓——会留下一条线，然后它们就会做上一段虫儿瑜伽，身体向内屈起，把它们那小小的刺插进肉里，注射毒液。"

"这些蚂蚁也蜇人，不光撕咬皮肤。"

"它们绝对蜇了他。而且，这些古怪小恶魔的毒液丝毫不亚于收获蚁。几乎是一样的毒素：氨基酸、缩氨酸、多糖。除了这些毒素，过敏性蛋白和生物碱也会同时让受害者中毒，并向附近的蚂蚁释放出化学信号。"

"这么说，收获蚁一路来到了纽约州，来到了一个偏僻湖边那间甚至更加偏僻的小屋，然后——"

伊泽笑出了声来，笑得莫名其妙，笑得肆无忌惮："不，你没听明白，斯坦德。表面上看来，是有点像是一只具有马里科帕收获蚁毒素的切叶蚁。可我要说的是：这样的蚂蚁并不存在。"

"这么说，你的愿望终于可以实现啦？"汉娜说，她脸上的笑容并非用来表达心底的愉悦，而是为了压住这事的荒诞所带来的震惊，"说不定你可以用自己的名字来给它命名呢。"

"它是一个新物种，完全正确。却不是在自然界里所能出现的那种。"

"你把我给搞糊涂了。"

"这种蚂蚁并不是自然界的产物，而是人造的。"

5

太阳还没升起，汉娜在崔伊泽办公室外的走廊上来回踱着步。办公室就设在学校的科技大楼当中。她的靴子踩在廉价的瓷砖上，发出声响，在走廊里回荡。电话紧紧地贴在耳边——此时的图森，才刚刚凌晨五点半，但在东海岸，却已是早晨八点半了。

"你就假装我是一个傻瓜吧，"霍利斯正说道，"实际上，用不着假装，因为每次碰到这种事情，我他妈还真是傻得不能再傻。你是说咱们的受害者是被蚂蚁给杀死的？还有这些蚂蚁是被某个不知名的人给造出来的？实际上，还是被人为改变了基因的？"

"我想是这样的。"

那头随即便是一段久久的沉默，久得她正打算接着说下去，可霍利斯随即弄出了一声响，一声沉闷而悠长的叹息："真要命。"

"是呀。"

"我的感觉没错。"

"什么？"

"让你来干这事呀。我知道这事很蹊跷，于是我问了自己的本能，本能让我去通讯录里找你的联系方式。所谓非常之事需得非常之人，非常之人必是汉娜·斯坦德。"

这话听得汉娜心里五味杂陈。一方面，被别人需要的感觉着实不错；另一方面，这真是她想要的吗？一件令人毛骨悚然的谋杀案？她暗暗告诉自己：这就是工作的一部分，这就是顶着一个 FBI 未来学家虚名所需要付出的代价。

霍利斯接着道："你在听吗？是不是掉线了？"

"对不起，应该是我这边丢了一两秒的信号。"她撒谎道，"你刚刚说到哪儿了？"

"我在问你那位昆虫朋友怎么知道这些蚂蚁是转基因的。"

"她说她发现了基因——指示性基因，标志性基因。实验室在转基因试验中会用它们来判断植物或动物的改造是否成功。如果它们在繁殖过程中被保留下来的话，那就证明这种基因模型是可行的。"

"原来如此。下一个问题：谁干的？"

"不知道，我甚至不知道该怎么去查。总之蚂蚁出现在那儿了，是有预谋的。可咱们能确定真就是它们杀死了他吗？"

"血液检测结果说咱们的受害人死于惊吓,至于到底是死于过敏性反应还是由于被那些小虫子啃掉了皮肤的原因,我就不知道了。"

"那这么说,可以认定是谋杀现场了。"

"看起来像是谋杀。"

一场由转基因生物所实施的谋杀,她暗想。未来还真是一扇门,但看来是毁灭赢了。

伊泽回来了,带着烤玉米早餐饼——西班牙香辣肠、鸡蛋、芝士。她在桌后坐下,弓着腰,吃得跟一个饿死鬼似的,而汉娜则蜻蜓点水般应付着自己那一份。

汉娜实在是太兴奋了,根本吃不下。她心里七上八下,满满的都是严峻而又乱七八糟的紧张。未来,转基因领域的犯罪似乎已可预见:一场为争夺某个种子专利而引发的谋杀;或者某个家伙改进了一种细菌,从而制造出了一种猖獗的超级病菌——某种新型结核病抑或是霍乱。

可眼前这事呢?蚂蚁?昆虫?

伊泽像是看穿了她的心思,嚼着满口的玉米饼道:"你知道的,这种鬼东西是前所未有的。"

"我刚才也正想这事来着呢。"

"这也是一件好事。"

汉娜挑起了眉毛:"怎么说?"

伊泽狠狠吞咽了一口,解释道:"这并不是一个人所能干出来的活儿,不像一个白人疯子去一个枪展上抢一把 AK-47,或者一个国外恐怖分子自制一个炸弹就能绑在身上冲向一辆城市巴士。它需要资源,需要基础设施。生物改进是一个只能一寸寸往前走的游戏——这儿动动,那儿调调。可那些蚂蚁呢?它们是一个巨大的飞跃。正如我说的,史无前例。很难单凭一个有钱、有天赋的人就能把它给弄出来。你的怀疑范围其实会比你想象的要小许多。"

汉娜心里一动:"对于自己的原创,一般公司都会申请专利权,对不对?"

"是呀。"伊泽抬头看着天花板,突然灵光一现。她手忙脚乱地用一张餐巾纸擦了擦嘴:"去他娘的,他们当然会。说不定这就是钥匙,比对DNA图谱和特有的标志性基因——看看有没有其他人在用。"

"就好比印章。"

伊泽咧嘴一笑:"好比签名。"

大学实验室是临时搭建的:一个书架充当了一面墙,只是上面摆放着的是一个个木质相框而非书本。趁着伊泽在电脑上忙活的工夫,汉娜将其中几个拿了出来。每块玻璃下面都有一只死去的虫子。蝴蝶、圣甲虫,还有一种被称作皮囊虫的东西,是一种甲壳虫。

紧挨着那个书架,又是一排架子,上面摆放着一排排玻璃容器。汉娜在其中一个里边看到了一条毛毛虫,正在沿着一根倾斜的棍子往上爬。同一个容器后面的角落里,荡悠着一个茧——或者是蛹?

她的目光逐一滑过那些容器,只见这个里边爬着几只硕大无比的蟑螂,那个里边又是甲虫和蠕虫。她一路朝着架子底部看了下去,伊泽回头叫道:"底部的两排架子里边全都是蜘蛛,顺便提醒你一声,怕你吐出来。"

其实寻常蜘蛛对汉娜来说一直就算不了什么,可眼前的这些却不可相提并论。绝大多数都是狼蛛,其中一些看上去还毛茸茸的,那种感觉,恐怕不是"毛茸茸"三个字所能形容的了,而是应该上升到毛发旺盛的程度了。

伊泽道:"要是你想玩玩,我可以给你拿一只出来。我们在那儿有一只智利红玫瑰狼蛛,叫妖妇。她那细细的小腿在你手上爬过的感觉,就像是用棉签给你挠痒痒。"

汉娜笑了起来:"不了,我现在这样就挺好。"随即,她便在一个玻璃罩内看到了一个很像人类头骨的东西,她开始时还在想:幸好没有蜘蛛。不过,等到她凝神看向那颗骷髅时,却在它的眼眶中看到几条毛发倒竖的细长肢体。此外,还有几缕白色的半透明网从那两个孔里垂了下来,就像是哥特式房子窗后那萧索的窗帘。骷髅周围也缠着一些网,一直延伸到了容器底部——每一根都细若发丝,几乎看不到。

汉娜又靠近了一些,其中一条腿突然缩了缩。

"我可不能把她给放出来,"伊泽说,"那是OBT。"

"OBT?"

"爱咬人的橙色东西。好吧,其实是橙色狒狒狼蛛,非洲金巴布。那暴躁的小婊子只消一口,就能把你给送进医院。还有,她攻击前是绝对不会警告你的。如果想给它换一个容器,我还得穿上特制服装,防水连靴裤还有手套面罩什么的,以防万一。"

"哇喔。"

伊泽打了个响指,头也不回地指了指:"去屋子对面看看吧。"

汉娜去了。一排铁架子同伊泽的办公桌平行而立,上面插满了特百惠盘盏箱风格的塑料箱,都开着盖,一只悬挂在另一只上方。这让汉娜不由得想到了餐馆:塑料箱、架子等等。她像拉抽屉一般将其中一只塑料箱拉了出来,随即差点尖叫出来。

蚂蚁,如同芝麻粒一般的黑色小蚂蚁,正在几只死蟋蟀和小小的安瓿瓶上面蠕动着。安瓿瓶里装着一些黏黏糊糊的东西,看起来有点像是粉色的橡皮泥。除此之外,还有一样看起来像是烧杯一样的东西,顶端塞着一颗棉球。在每只箱子的角落处，都有几堆脏兮兮、黑漆漆的东西，四处还散落着一些黑色的圆形之物——像是冰球一侧开了一些孔。

伊泽不知何时已来到了她身边。

"你找到兰迪亚蚁啦！"她说。

汉娜咽了一口唾沫，身上莫名多了一种蚂蚁爬过的感觉："我还是不大明白。"

"不明白什么？"

"怎么这么多箱子里边全是蚂蚁？"

"酷吧！每个箱子里边都是一种不同的蚂蚁。阿根廷蚁、香家蚁、木蚁，它们全都有着一个优雅的名字——小黑蚁，又名小黑家蚁。"

"那它们怎么不爬得整个实验室都是？"

"弗隆，液态聚四氟乙烯，在每只箱子边缘上都喷一些，它们就不会越雷池半步啦。偶尔也会有一两只偷偷溜出来，但绝大多数时候都能圈住一整个蚁群。你看，那些小黑盘是蚁巢，住着整个蚁群和蚁后，"伊泽点了点其中一颗冰球的顶端，蚂蚁立刻蜂拥而出，口中叼着小而白的东西，像是蚂蚁蛋。

"角落里那些脏东西又是什么？"

"粪堆。蚂蚁都是爱干净的小坏蛋，它们会一丝不苟地清理自己——实际上，太过于完美了，以致于有的纳米设计者正尝试着研究，试图模拟它们的清洁习惯，来让显微装置保持清洁。这些蚂蚁会把所有的垃圾和尘土给送出来，还有蚁群同伴的尸体，将它们垒成一座像模像样的小蚂蚁山。"

"这也就是那些蚂蚁切下皮肤并把它给带走的原因？"

"我有点怀疑。很有可能是把它当做食物源了。不过，嘿，在这个疯狂的、滑稽的世界上，一切都有可能，毕竟所有的新物种都是它给发明出来的。"

伊泽继续回去工作了，而汉娜则打开笔记本，开始搜索全世界——至少是公开的——正尝试从基因角度来改善昆虫或其他无脊椎动物的人来。

在全球范围内，只有寥寥几个有价值的对象浮出水面。绝大多数公司都集中在转基因作物领域：玉米、小麦，尤其是大豆什么的。这并没有什么好大惊小怪的，农业本就是一门大生意，不但一本万利，而且，等到专利期一过，转基因种子在全世界范围内一扩散，便具有惠及全世界的潜力（汉娜心知肚明，它同样有祸及全世界的潜力）。

不管怎样，这些针对细胞或植物层面的研究都是凤毛麟角，而且风马牛不相及。关于其中一些研究者，她倒也听到过一些风声。有流言说孟山都公司正致力于改进蜜蜂的基因，以阻止它们整个蜂群的崩溃，不过该公司一直以来都在不断地否认；九天农业科技股份有限公司，一家德国企业，已初步涉足一种昆虫的改进，研究对象是一种欧洲玉米螟——一种蛾子，其幼虫喜欢在玉米杆上钻洞，从而毁掉它们。这家公司的目标是创造出一种能自我毁灭的昆虫：第一代在野外疯狂繁殖，然后传递一种致命基因，以让其种群彻底毁灭。

其他的公司，诸如阿格拉科技、约翰斯顿杂交以及马氏基因，也和孟山一样，据传都在研究蜜蜂转基因技术，但都在不约而同地否认否认再否认。

各所大学中也有一些科学家涉猎昆虫甚至鱼类和老鼠的转基因技术，但都仅限于一代，不具有可复制性，而且大多只是让它们发发光什么的。汉娜不由得在想，若是有一天一群发着水母身上那种蓝光或是绿光的老鼠逃脱了禁制，那将会是怎样一种壮观的场面？还得再等多久，一个普通房主才会发现一只具有生物性发光能力的老鼠从他卧室的地面上蹿过？或者，是整整一个鼠群在垃圾车中一齐闪耀着绚丽的绿光？

可这些实验室真有那个本事，创造出一种全新的物种来么？那可是需要大把的金钱、时间和系统性支持的。

而且，一个杀人犯又怎会将自己的研究公诸于众呢？

除非他们是故意为之。

这让她突然想到了一样东西：《卡塔纳赫生物安全议定书》。

•

大晚上的召集一次电话会议，总是需要一些连哄带骗的手段的。伊泽和汉娜坐在大学实验室中（一同参加的还有伊泽的助教，一个精力充沛的预科生，名叫汉克），而免提电话那一头，则是霍利斯。

"我真的对这些东西一窍不通。"霍利斯说。这是他的口头禅，总是喜欢再三强调他的学校是多么老，而自己在黑客、基因或是任何类似的荒谬领域面前，是多么的白痴。汉娜觉得这应该是一种表演。"不过，好像是有一个基因改造生物数据库，《卡塔纳赫生物安全议定书》的一项成果。"

"可美国政府从未正式批准过呀。"伊泽说。

汉娜回答了她这一问题："的确如此，但许多美国公司只要想做海外生意，就必须出现在名录上。"

"还有数据库里。"霍利斯道。

伊泽问："您能让我进去吗？"

"已经可以了。查收一下您的电子邮件，崔女士。"

"我想你应该叫我崔博士。"伊泽一边说，一边对着汉娜眨了眨眼，随即风风火火地转过身去，打开了邮箱。

"抱歉，崔博士，我真是糊涂。"

"放松点，柯珀探员，我跟你开玩笑呢。哦，邮件收到了。"她竖起了两根大拇指,"如果里边真有什么发现,本姑娘是绝不会放过的。"

汉娜的双手沾满了黏糊糊的鲜血,风在不停地鞭笞着她脚边的青草,她的右手握着一把施拉德牌的折叠开膛刀,上面同样是一片黏稠的红。

一具尸体,就躺在她眼前。两只人类的脚——一只脏兮兮的棕色鞋子被踢了下来,泛着尸体所特有的青色的脚尖,从破旧的袜子洞里露了出来。她也瞥见了白色的毛发,溅着红色液体的白色毛发。

空气中是浓浓的动物粪便的味道,耳旁是蚊子振翅的嗡嗡声。

爸爸就站在身旁,微风撩起了他的白发,一如送走了一棵干枯的蒲公英上的花朵。他手里握着一支步枪,一支 .30-30 霰弹枪,就横在他的胸前心口位置,犹如大路上一扇紧闭的大门。

"你干了什么?"他嘶声问。

一双手摇醒了她,她大口吸了几口气,过了片刻这才回过神来——草地不见了,脚边也没有尸体。灯光夺目而耀眼,正是大学实验室里那粗陋的荧光灯所散发出来的光。

一张脸在眼前慢慢清晰起来,是伊泽,一脸的关切。

"你还好吧?"她问。

汉娜想要回答,但嗓子好像被黏住了,说不出完整的话。她咽了口唾沫,湿润了一下舌头,终于道:"好。"

"你睡得够死的呀。"

"抱歉。"

"我看到啦,你有时候还是睁着眼睛睡的。"

汉娜眨了眨眼,眼皮和眼珠之间像是隔了一层沙。她拍了拍衣兜,可眼药水并未带在身上。她应该早点想到这儿的空气是多么干燥的。"抱歉,不常这样,只是……偶尔。"

"我发现了点东西。"

汉娜站起身来:"给我看。"

屏幕上是一个数据库,设计得很是蹩脚,丑陋而又粗制滥造。伊泽道:"关键是,就像咱们说过的那样,这些标志性基因。它们是独一无二的。"

"签名。"

"就是他娘的签名。没有谁在用这些基因,除了……"

她敲下了一个按键。

什么动静也没有。

伊泽压着嗓子骂道:"我发誓,要是这玩意儿再在老娘面前崩溃……真他娘的神奇,科学界竟然还留着这种过时的老古董,而且竟然还活得好好的……噢!"

数据库上显出了一个条目:方舟实验室。

"方舟?"汉娜问,"就是那个……"

"艾纳·盖尔森的众多金山银山公司之一,就是它。"

汉娜想起来了:"蚊子。就是他们。"

"阿德斯埃及蚊。"

"标志性基因一样吗?"

"一模一样。"

"该死。"

艾纳·盖尔森,一个与艾伦·马斯克以及史蒂夫·乔布斯(兴许还有钢铁侠托尼·斯塔克)同时代的亿万富豪,房产遍布全世界,但他大多数时间都居住在夏威夷一个名叫考艾的岛上。方舟,他众多公司当中的一个,坐落在一个私人岛屿上——柯勒赫环礁,考艾岛以西,距离尼毫岛几百英里处。

汉娜总不能直接开车过去敲门吧?

几天时间倏忽而过,伊泽在继续研究着那些蚂蚁,霍利斯则在四处奔走,试图联系上艾纳和方舟公司。汉娜感觉自己似乎被排除在外了,无从插手。她花了好几个晚上,查阅艾纳·盖尔森和他公司的资料,此外还阅读了一些同蚂蚁有关的书籍——并不是什么好选择,因为这些总能让她陷入并不令人愉悦的梦境,每天晚上都很难睡安稳,夜半梦回时,总会有一种它们正爬满她每一寸肌肤的感觉。

她告诉霍利斯说自己该回家了,可霍利斯让她原地待命,以防伊泽有什么发现。毕竟,从亚利桑那订一个航班飞往夏威夷要方便得多。

可她真的想回家吗?她已经逃避了这么久了……

汉娜整个上午都在撒比诺峡谷远足,想要躲避暑热,尽管从未做到。第三天早上,她在撒比诺溪上方的观景台上跑步。下方,棉白杨正在绽放,一簇簇颠顶的红色花朵,在微风中颤巍巍地悬在枝头,左摇右晃,犹如一根根正遭受鞭挞的指头:哒,哒,哒。

随即,就在下方的溪流处,出现了一头白尾鹿,一头肚子低低地垂向地面的母鹿。汉娜停下脚步看了一会儿,那鹿低下头喝起了水,尾巴轻轻地摇摆着。几只苍蝇嗡嗡叫着围向了它的后腿,水面上溅起的涟漪一圈圈在它脚下漾开。

汉娜只觉得自己右臂微微紧了紧,食指轻轻抽了抽——可笑的肌肉记忆,在她还小的那个时候,她总是不忍心去射杀一头怀孕的母鹿,但妈妈会将她骂个狗血淋头。可纵然如此,见到一头这样的动物,记忆还是犹如幽灵一般浮现了出来,她恍然听到妈妈的声音在说:一头这样大小的鹿,足够填满一整个冬天的冰箱了。

突然,裤兜里传来一阵震动,接着便是短促的铃声,是她的电话。

汉娜很是意外，没想到在这荒郊野岭也能有信号。不过，她还是抓起电话接了，等到她再次抬眼去看时，只见两道水花翻过，那鹿躬身一跳，如离弦的箭一般冲进灌木林，不见了。

是柯珀。

"他们真是铜墙铁壁，问我要授权。他们那位代表，一个叫埃斯皮诺萨的趾高气昂的混账无名之辈，说他们是一家私人企业，没干任何坏事，除非有官方正式授权……"他叹了一口气。

汉娜头顶上方，一对秃鹫正在绕着对方飞翔，像是被拴在了同一条中轴上："我觉得自己陷入了进退维谷的境地。"

"你现在就是进退维谷，我们大家都是。"

"兴许你们应该考虑另请高明了。"

"到目前为止，我们谁也不会请。"电话那头顿了顿，像是在斟酌着接下来的话，"汉娜，我理解你一直就在计划着回家，可这事怎么办？这正是我需要你的原因，正是我们付你钱的原因。除非你想让我们把这钱给别人。"

她知道局里的工资单上，像她这样的人还有不少。未来学家并不算是常人，可也并不难求。FBI还有满栏满圈的黑客、哲学家、作家、专业混蛋以及面向未来的偏执狂。若是他们不能指望她，那她就算是完了。她若是在这事上打退堂鼓，也就等于她将来再也无人问津。

"没事。我参加。"她的声音听起来生硬而愠怒，她意识到，这就是她此时的感受。这也不能怪柯珀，他需要他所需要的，而她不过是一件工具，现在他需要她去干活，就是这样。她决定回到原来的话题："关于那具尸体，你们有什么发现吗？你打电话给我，不会就是想跟我说这些老生常谈的话吧，对不对？"

"哦，有一些。首先，我们在湖里发现了一样东西，一个容器。"

"什么类型的容器？"

"确切地说，我们也不知道。并不是什么特别的容器，而是实验室用来运送东西的那种箱子。从湖底打捞上来的，距离码头不远。被人装了石头给沉下去的。"

"发一张照片给我。死者的身份确定了吗？"

"没有。咱们还没有全国性的牙科记录或 DNA 数据库，毫无头绪，无从查起。我们正在安排人进行面目重建，鼻子是一个问题，因为它大部分都不见了，不过重建至少能让识别软件有可下手的地方。"

"指纹呢？"

"你忘了？这些也没有，因为一群邪恶的蚂蚁恶魔把它们都给咬掉了。"

"说不定还是能找到的，伊泽就在几块皮肤残片上发现了撕咬和螫刺的痕迹。把那些皮肤样品再过一遍吧，一片片找，看看能不能挽救下一枚指纹来。"

"那真是太恐怖啦。但是我喜欢，我会找一个实验室来干这事的。"

下面传来了一阵窸窣声响，汉娜倚着观景台那矮矮的石墙看了下去。一头高高瘦瘦的郊狼从灌木丛中溜了出来，正在那儿游荡。它抬起头来，看到了她，一人一狼相互打量了一会儿，然后那头郊狼便接着往前走了。

"其他的还有什么发现吗？"

"又发现了一些脚印，通向湖岸，同样是洛瓦牌，但比受害者脚上的小一码。看步态，似乎也有些不平衡，有时歪向外侧，有时倾向内侧。"

"唔，好吧。"同样的靴子，却没穿在受害者脚上？这一发现唯一的用处，便是牵扯出了更多的谜团，"这么说，步态应该能说明一些问题。鞋子不合脚，或者，残疾。"

"我们会接着干的，只是想把这些新情况告诉你一声，虽然并不算多，但我们确实在接近答案。而且，我们也会让你更加接近的，方舟无论如何得向咱们敞开大门，哪怕到最后不得不用上攻城锤，我们也在所不惜。"

可她并不想要攻城锤，她想要的，是一把手术刀。

"咱们晚点再聊，柯珀探员。如果我想到了什么，会随时给你打电话的。还有，给我发一张那个容器的照片！"她挂断电话，等待着柯珀发过来的邮件，不过就凭这儿的信号强度，怕是不足以下载任何图片。头顶上方，那对秃鹫已经不见了，只剩下一架飞机拖着凝迹而过，像是在天空中画下了两条粉笔线。

回到酒店，她打开邮箱，发现那容器的照片远不止一张，而是有好几张。其中一些看不出什么所以然来，但总的来说足以满足她的要求了。那是一个金属箱，被橡胶和看起来像是泡沫塑料一样的东西连接起来。箱子内部，是一个个用塑料隔出来的格子，六边形，像是蜂巢——如果蜜蜂真能像老鼠那么大的话。

当晚，同伊泽在附近的一家墨西哥煎玉米卷小馆吃饭时，汉娜给这位昆虫学家看了那些照片。

"看起来像是冷冻箱，"伊泽说，"我们有时也会用。"

"是吗？"

"是呀。只是我们蜂巢的内部设计和它不完全一样，我们的是圆柱形。这个有可能是定制的，但原理是一样的，格子里边说不定还会有更小的容器。在圆柱周围包上液态氮，蒸发出来的干燥气体便能把所有东西都给冻住。然后，等你打开时——噗，嗖，虫儿们全都暖和过来啦。"

"就像冬眠？"

"差不多吧，更像是假死。用在蚂蚁或其他小东西上易如反掌；但对较大一些的动物来说还是有些困难，不过我还是相当肯定已经有人找出了速冻一头猪并让它重新苏醒的法子了。"她低头看了看自己的煎玉米卷，眉毛好奇地一掀，"我想要一份猪肉玉米卷啦，你来一份碎肉卷怎么样？"

汉娜朝着酒店步行而去，因为傍晚的天气已经凉爽了下来，夕阳如血，夜色正一点点流淌进天空，而且还有大学校园里的学子们那欢快（尽管略显白痴）的声音相伴。就在这时，她的电话响了。

她接了电话："嗨，妈。"

"你还没来电话。"

"我知道，对不起，又是这个案子。"

"这个案子、那个工作、这个约会、那个会议，我们已经不指望你为我们，为你爸爸抽出任何时间来了。"

"嘿，我可以跟他说话吗？"

妈妈犹豫了一下："他已经睡了。"

"是吗？"奇怪，他向来不都是要看完所有的深夜节目才睡的吗？"是因为吃了药吗？噢，对了，不可能。"一阵尖锐的愧疚突然涌了上来。这话听起来有些带刺，她清楚的。

"他不大好，接不了电话。"妈妈说。她有些言不由衷，汉娜知道她在撒谎。

"我明天会再试试的。"汉娜说。

"如果你有时间的话，亲爱的。"

回到酒店房间，汉娜坐下身来，开始咬起了指甲。她有些心神不宁，那片指甲被撕下得太快，嘴里多了一丝血腥味。慌乱袭了上来，犹如突如其来的浪涌：抗生素已经不起作用了，超级昆虫在肆虐。即便是一个小小的感染，也能要了你的命。你在流血，伤口正在感染，就因为你咬掉了一片愚蠢的指甲，因此便可能丢掉一根指头、一只手掌兴许还有一条小命,然后……然后!万一抗生素对所有人都失去了作用,那这个世界又会怎样?任何一个小小的心脏手术都将不会再是一次轻而易举的重复探索,而将变成一次凶险无比的行程,一如那些初次涉足不毛之地的开拓者……抗生素一旦失效,一切都将不再。兴许,最先倒下的那块多米诺骨牌还不是这个;兴许,它将会是我们失去所有蜜蜂的时候,抑或是所有的冰盖之时,或者,或者,或者——

置身于酒店房间的空调之下,她冷汗涔涔,胸口发紧,双臂僵硬无力,两眼泪水涟涟,牙关紧咬,像是要咬碎后槽牙——我这是心脏病犯了。她想。

不,她这是惊恐发作。

她仰躺下来,努力呼吸,鼻子吸,嘴巴呼。两手指甲深深地嵌进了掌心,她似乎用尽了力气,这才艰难地松开手掌,伸直手指。一遍遍地,她在脑海中不停地重复着自己的箴言:

未来是一扇门。

未来是一扇门。

未来是一扇门。

她在心底里勾画出了一扇门:白色的走廊尽头,一个黑色的框,银色把手,边缘泛着闪亮的光。那扇不可知的门,是完完全全的虚空和捉摸不透。它并非答案,依然是一个问题。世界的命运悬而未决,她的生命尚未走到终点。

未来是一扇门。

汉娜抬起头来,图森已是暮色四合。

她清空思绪,看向窗外。另外一个旅馆房间里,一名女子正一丝不苟地打开自己的行李箱,提起一件件衬衫和一条条短裙、长裙,将它们一一挂在衣架上,再用指尖轻轻拈去上面的线头。就这样眺望着别人过自己的生活，是一件抚慰人心的事情。如此专注，如此精细。单那只箱子看起来就赏心悦目，并非像别的箱子那般是草草的黑，而是印了图案，可能还是字母组合。兴许，甚至是定制——

她心里一动，只觉得意识深处被什么东西轻咬了一口，犹如一条小狗在用嘴巴挠痒痒一般。

定制行李箱，箱子。伊泽曾说过那只箱子看起像是她们用过的那种，但实际上并不是。她说它有可能是定制的。

她立刻给伊泽发了短信：

汉娜：你说那只箱子有可能是定制的？

伊泽：你这勾引我的法子还真是有新意呀，娜

汉娜：你觉得方舟有他们自己的专用箱子吗？

伊泽：有这个可能，对呀

汉娜：我怎样才能弄到艾纳·盖尔森的邮件地址？

伊泽：他是我的情哥哥所以你稍等我帮你在通讯录里查查

伊泽：einargeirsson@hot-icelandic-billionaire.com

汉娜：哈哈。

伊泽：我是在英雄联盟上面遇到他的（笑死我啦，我的神啊）

汉娜：照你这么说，我是没办法弄到他的个人地址呗？

伊泽：哎呀呀汉娜我帮你谷歌一下

伊泽：顺便说明一下我这个自动修正大小写的谷歌能修正一切人名唯独汉娜不行不过别灰心别难过因为公司也是人在操作而人从根子上来说也不过就是虫子

伊泽：噢乖乖不得了今天要不是你的幸运日真是天理不容

汉娜：怎么了？

伊泽：einargeirsson@einargeirsson.com

汉娜：哈哈哈你又来，我看看能不能找到方舟的公司邮箱地址吧。

伊泽：汉娜我他娘的真没跟你开玩笑这就是他的邮箱地址

伊泽：他就明明白白地写在他自己那讨人厌的网站上而且这个网站看起来就像是推销模特的那种

伊泽：全都是艾纳人模狗样性感得冒烟的照片

汉娜：那真是他的邮箱地址？

伊泽：反正他个人网站上这么写的不过我得警告你很有可能会是一个助理来看的信而要我说这个助理不过就是一只拿着高薪的小野猫

伊泽：一只很有可能只会说"操"然后再用一只毫不留情的爪子把你这封信给拍进碎纸机的野猫

伊泽：一只漂亮的冰岛小野猫

汉娜：你真恶心。

伊泽：不你才恶心

汉娜：好吧，咱俩都恶心。你真棒，爱你。明天再找你聊。

伊泽：别忘了告诉我情哥哥说我想他

汉娜坐下来，两手放在一处，将指关节按出一串噼啪声响，随即开始起草邮件。

盖尔森先生台鉴：

我叫汉娜·斯坦德，目前在以顾问身份为联邦调查局服务。就最近一起人员死亡案件，我们一直在尝试联系您。该案件中有一人殒命，分析结果初步表明是死于蚂蚁多处叮咬所引发的过敏性反应。

检测结果表明，该案所涉及蚂蚁为基因改造品种，它们身上所携带的指示性基因同贵公司所改进的埃及伊蚊匹配同称。我们相信它们是通过这种箱子运送的（照片见附件）。此外，我们还进一步怀疑这种箱子为贵公司所独有，为定制产品。

我谨真诚期望能在您方便的时候前往方舟拜访您，宜早不宜迟。若不能成行，邮局亦已做好派正式探员代我前往拜会之准备。若此，则证明邮局已取得正式授权，而调查亦必将更为严肃。诚望您能看到此信，并严肃对待之。我亦如是。打扰之处，诚望海涵。

（同时附上本案负责探员霍利斯·柯珀之电子邮件地址及电话号码。）

顺颂商祺

汉娜·斯坦德 再拜

她犹豫了起来。就这样将一封信给扔出去，等待一个泥牛入海般的结果，也算是傻到家了。可管他呢。

汉娜敲下了"发送"键。

汉娜辗转反侧。

她听到了几声哒——哒——哒的声响，就在她头顶上方暗处。闭上双眼，她欠起身来歪着头去听，又来了，嗒嗒——嗒，像是雨滴的轻响。

随即，更近了——啪！宛若一滴水落在了她耳畔的枕头上。

汉娜暗骂一声，摸索着把手伸向了旁边的台灯。想必是天花板漏水了。她摸到了开关，黄澄澄的光线泻满房间，伴随着双眼的慢慢适应，一切渐渐清晰了起来。

她眯着两眼去看枕头。

上面有一个深黑色身影。

一只蚂蚁。

她暗想：这事可真是讽刺而又离奇——自己正好在调查一桩与蚂蚁有关的谋杀案，一只蚂蚁就登堂入室，出现在她房间里了。不过随即她又凑近看了看，那是一张熟悉的脸：邪恶的心形、头顶那狰狞的倒钩、不停开阖着的锯齿状大颚、颤动的触须。是它们当中的一员。

又一个声响从她头顶再次传来，哒——哒——哒。

汉娜抬起头来，看到了空调管道，一个小小的黑点正从里边爬出来。又是一只蚂蚁。

接着又是两只，四只。随即，大群的蚂蚁便从那个狭窄的小孔中倾泻了出来，如水般铺展。汉娜尖叫着跳下床，连滚带爬地躲向后面，一侧肩膀狠狠地撞在了墙上——

我刚刚发了那封电子邮件。

我不该发的。

现在，它们来杀我来了。

蚂蚁已经漫过床沿，饥渴的两颚不停地开阖着，触须在四处搜索——搜索着她。它们向她涌来，她尖叫了起来，拼命把两条腿向前踢出，推着自己挪向对面的墙壁，挪向门廊。可就在那儿，有东西已来到了她脚下。她跳了开去。

乌黑的水，从门缝下面涌了进来。

不，不是水。

是遍地犹如潮水一般的昆虫，乌黑、闪亮。此刻，它们似乎已经爬上了她的身子，爬上了她那赤裸的双脚，掠过了小腿和大腿……

皮肤上猛地一痛，像是一颗尖锐的图钉被狠狠按了进去……

于是，她尖叫着在自己床上醒了过来。被子和床单早已乱作一团，她浑身大汗淋漓。汉娜拍打起了自己的双臂和双腿，什么也没有。她飞快地打开台灯，看了看四周——

什么也没有。

没有蚂蚁。

只是一个梦。

"真傻。"她说,既像是在笑,又像是在哭。

6

几小时前的梦魇阴魂不散,于是黎明还未到来,汉娜便已洗完澡了。她打开浴室门,水汽立刻犹如解除了封禁的毒蛇,汹涌而出。

一条新消息点亮了手机屏幕:

不管你做了什么,你都做到了。夏威夷欢迎你,斯坦德女士。好好享受。霍利斯。

PART

蚁 群 最 佳 化

元启发式算法,一种利用仿生人工蚂蚁寻找最佳路径或走出困境的族群智能行为。

7

孤零零地坐在一架私人喷气式飞机上，颇有一种末世之感，汉娜就像是成为了这个世界上唯一的幸存者。当然，飞机上还有飞行员，可在这后面，在米黄色的皮质座椅、小小的餐桌和同样小小的厨房之间，就只她一个人。

窗外，一缕缕白云正在飞速掠过；下方，是蜿蜒的海岸线，是北美大陆同蔚蓝深邃的太平洋相接的地方。那犹如卷了边一般的海岸，俨然像是那些蚂蚁从受害者身上撕扯下来的皮肤。汉娜从厨房拿了一份带包装的三明治和一瓶"博伊兰"冰激凌苏打。三明治的标签上列着威斯特伐利亚熏腿、格鲁耶尔干酪、康考特葡萄、微型水田芥、精磨芥末。

她一边吃，一边研究起了方舟及其创建者兼首席执行官——艾纳·盖尔森。飞机上有无线网络，因此她笃定不管她浏览什么，方舟都会一清二楚。不过，她此行的目的早已不能藏着掖着，因此也只能是：任由他们看去吧。

她在自己的苹果笔记本上打开了艾纳的资料。这已不是她第一次见到他的照片，她还从没好好看过。在过去六年——兴许是七年的时间里，他一直是技术革新的执牛耳者，可网上绝大多数的资料落笔点都在他的努力结果上，而非他本人。他似乎在刻意回避着聚光灯和媒体。

因此，他那个个人网站看起来就颇有些叫人诧异了。正如伊泽指出的那样，它更像是一名模特的照片合集。上面太多艾纳的照片了，通常都是一头随风轻扬的沙色头发，一副带着大男孩气息的脸颊和一份顽皮的浅笑。他那两只眼睛，既不是太蓝也不算太灰，波澜不惊，一如冬日里一汪冰封的深邃湖水。

照片上的艾纳，在冲浪，在潜水，在烹制美食，在弹奏一把原声吉他；照片上的艾纳，在帮忙清洗一条脏污不堪的人行横道；在他自己的一条生产线旁踱着步，在深情款款地凝视着琥珀当中的一只蚊子。

这一切给人的感觉是如此做作，如此虚伪——这样的一个人，能坦诚待人吗？他的网站称他为大公无私的资本家，还引用了他本人的话："改变世界远比改变我自己的财富状况要重要得多。不过我相信做正确的事也同样是一个致富的好法子。"

到目前为止，他还未尝败绩。他人生的第一桶金，是从一款游戏当中掘来的。该游戏由他和另外十人设计，是他第一次也是最后一次出让自己的成果。《龙之门》是一个宏大而又开放的多玩家世界，可变化可重建。汉娜对它并不算了解，却清楚不管你走进哪一家沃尔玛或是塔吉特，都能买到该游戏以及同其相关的玩具、T恤、沙滩巾还有零食。现在，艾纳已不再拥有其版权，他把它给卖了，一同出售的还有几年前他一手创建用来打造这款游戏的公司。不过它现在依然在运营。

打那以后，他便用赚回来的数十亿美元，启动了一系列项目：海水淡化装置、太阳能电池、风能、纳米科技，以及，当然了，动植物基因技术。更小一些的经营项目更是数不胜数：一家热衷于可持续发展的公司、免税咖啡、一个企图免费发布不受版权或专利限制的科技数据和计划的微型印刷公司、南非一家开发免费手机冥想应用软件的小型软件公司、平板电脑、台式电脑平台。最近他又开始放出风来，说自己有一辆无人驾驶汽车在生产（这事同传闻中他在怀俄明州的那间秘密工厂还有着千丝万缕的联系）。

他相信科学技术的革新将拯救这个世界。根据他的说法，纳米科技能弥补抗生素免疫所带来的危害，海水淡化将解决地下水数十年之内便会枯竭这一难题，风和太阳能——全都设计得既唬人又能吸引买家——是能在气候恶化到一发不可收拾前亡羊补牢的。

汉娜突然觉得，不像自己，他对未来似乎没有任何惊惧。这让她有些担心，一个拥有着他这般能力和经历的人，是不该如此盲目乐观的——而且，那些有能力的人们的伪装所造成的威胁，丝毫不亚于全球变暖、饥荒亦或是疾病。

然而，他此时的成就是无可匹敌的，他的公司也确实在改变着世界。在诸多面向未来科技的投资上，从没有人像他这么大胆过。绝大多数财富五百强公司所选择的商业模式，都是基于对现状的维持，可盖尔森在面对任何问题之时，从不曾退缩。

可话又说回来了，你真的能够相信一个拥有着如此财富、如此能量的人吗？表面上看，艾纳·盖尔森似乎代表着革新，可万一他背地里押的是毁灭呢。

他们降落在了考艾岛南岸一条小小的飞机跑道上。汉娜刚一走出舱门，一阵劲风便兜头撞了过来。机场地面呈黑色，却有铁锈一般的红色尘埃一直铺到视线尽头。远处，蜿蜒的护栏外突出来的几棵棕榈树，成为了此地是夏威夷而非火星的唯一标识。除此之外，应该便是鸡了，三三两两的几只母鸡和公鸡，在四处游荡着。

不远处的跑道上，停着一辆林肯城市，轮胎和车底满是红色的尘土。

司机是一位两颊丰腴、生着一张本地脸的老人，他给了汉娜一个大大的微笑，露出了满口洁白闪亮的牙齿。他一边笑，一边冲她挥手。她回头看了看身后，在那架私人喷气式飞机上，并没有人出来送她，飞行员依然还在驾驶舱里。她上了那辆车。

"眨眼的工夫就到。"司机回头看着她，隔着座位道。他脸上依然挂着那璀璨的笑容，似乎这便是世界上最好的工作似的。兴许就是。艾纳原本便以对员工出手阔绰而闻名，当然，也以压榨他们而臭名昭著。若是哪位员工想要请假去给孩子过上一个生日或是参加父母的葬礼，必定在他那里讨不了半点好。汉娜在飞机上曾看到过艾纳的一句名言："我们是来这儿改变世界的，不是为了分享它的乏味。"

"谢谢您来接我。"汉娜说。

"我叫柏诺。"司机一边说，一边用一只手握住方向盘，将另一只手从肩膀上面递了过来，好跟她握手，"您真幸运，盖尔森先生的客人。他就住在这儿，您知道的。"

"我知道。北边？"

"北岸。离基拉韦厄灯塔不远，那上面可漂亮着哩。他有马，还有停放这些漂亮老爷车的车库，还有小型电影院、一个小型机场和一个直升机停机坪呢。"她突然在想她为什么没有直接飞那儿。柏诺似乎捕捉到了她的疑虑，补充道："那是他专用的，非常私密。不过漂亮，真的。我已经有一阵子没走过那条路了，不过……漂亮，就是漂亮。他甚至还有那种从日本进口的马桶，它们什么都能干。"柏诺从胸膛深处发出了一声嘶哑的低笑："我很奇怪它们怎么不给你手——"他清了清喉咙。"女士，我很抱歉，那么说是不合适的。那不是一个司机该用的语言。我再不会——我不应该说的，请别告诉任何人我说过那种话。"

她笑了起来，这是一次漫长的飞行，不过阳光很暖，虽然一下飞机就见到了一片火星似的地形,可她好歹是到夏威夷了:"没事的,柏诺。你就住这附近吗?"

"不,我住在利胡埃。"他似乎还是有些尴尬或是担心,"您呢?您打哪儿来?"

"大陆,贝塞斯达。"

"哦,好,好。"他回过头来,张口欲言,随即又把脸转向前面,接着再次转了回来,"一点小建议?我们并不喜欢您称它为'大陆'。"

"噢,现在该我道歉了。"

"小事情啦。只是——我们就是夏威夷本地人,这儿就是我们的大陆,您知道吗?这儿就是我们的家。"

"那,你们怎么称呼它?邦?"

他咂了咂嘴:"您看,那又是另外一个问题了,因为夏威夷只是一个州,您知道吗?所以那样叫它听起来有些自大,不像是一个正式的州一样。"

"你们不想成为这个国家的一部分,可你们又不愿意别人说你们不是?"

柏诺打了一个响指:"对头!您说对了。"又是"嗤"的一声低笑,"我们夏威夷人真矫情,是吗?"

"矫情是因为你们知道自己想要什么,那是一件好事。"这话原本是爸爸常说的,听到它们从自己嘴里说出来,汉娜心里的愧疚猝不及防地澎湃了起来。她想念爸爸了,突然就想了。悲伤浸入愧疚,它们手牵着手,亡命天涯,一如"末路狂花"。

车窗外,披了一身赭色尘埃的栏杆在徐徐向后退去,显得那么荒诞。一些想必是用夏威夷语写成的牌子,矗立在四处。路旁,更多的棕榈、紫色叶子花现了出来,一辆蓝色皮卡车在他们前面上蹿下跳着,车上装的是冲浪板和潜水装备。鸡,又是更多的鸡,这儿挠挠,那儿啄啄。

"怎么有这么多鸡？"她问。

"啊，对，对，这些都是伊尼基鸡。伊尼基飓风在 1992 年席卷了一大片养鸡场，好多都被放出来了。它们变成了野生鸡，并继续繁殖，入侵物种，他们是这么说的。"他耸了耸肩，"至少他们吃蜈蚣！"随即，柏诺又道："咱们到啦。"说着，他将车子拐上一条小土路。土路同满是乱石的沙滩平行，路口的指示牌上写着"洛可凯"几个字。柏诺下了车。

土路尽头处，坐落着一栋小小的公寓以及一片碎石铺成的停车场。"明天，"柏诺一边弯腰去拿她放在后备箱里的行李，一边道，"一大早我再来接你。喀普喀啊那噢喀拉（当地土话，音译）。太阳一出来，我就来接你去上船——"

"船？我要坐船去吗？"她只觉得自己一颗心立刻揪了起来，她不喜欢坐船，"我还以为——会是一架飞机或是直升机……"

"不，不。"他将一根指头摇得跟钟摆似的，"你去的地方，只有盖尔森先生能坐直升机去，因为他有许可而且他还有飞行员。柯勒赫是一片受保护的环礁，每个月进出的飞机数量是固定的。所以，坐船去。"

"我不喜欢船。"

他大笑着耸了耸肩："抱歉，冰箱里有吃的。明天一早见，太阳出来的时候！"

"太阳出来的时候。"

他开车走了，留下一路烟尘，只剩下了汉娜，茕茕孑立。

太阳出来了，将天际线染得像是一条刚割开的喉管。柏诺接上她，将她送往不远处的一个游艇停泊港。

她一路无精打采，路上见到了一些正从船上往下卸鱼的男男女女。码头上，是一台台水汽氤氲的冷冻设备。码头尽头，一名身穿粉色夏威夷衬衫外加一条松松垮垮黑色裤子的男子,正笔直地站在那儿,像是一枚插在地上的标枪。只见他扬着下巴,戴着墨镜。船上还有一名男子——白色胡须,更老一些——正仔仔细细地收着一件多出来的救生衣。想必是船长,她暗忖。对方朝她微微一笑,点了点头。

而另外一人,就是穿粉色衬衫那位,则摘下墨镜,伸出了一只手。

"雷蒙·埃斯皮诺萨,"他道,"雷。你一定就是斯坦德探员了。"

汉娜同他握了手,他手上的劲不小,捏的她的指关节像是被咬在了磨盘当中一般。

"不是探员,"她说,"只是一名顾问。"

一个揶揄的笑:"好,当然。这就是咱们的船。"在他身后,是一条豪华双体船,蓝、橙二色,上面漆着名字:珊瑚鱼。"上面那位是船长,丹·沙利文船长。"

"斯坦德女士。"船长说着,俯身下了船舱。

"你准备好了吗?"雷问。

"好了。"

"好。"他最后意味深长地看了她一眼,"我猜你应该是可以自己拿包的,男女平等嘛。"僵硬地一笑,他沿着踏板,率先上了船。

这下有的玩了,她暗想。

儿时,汉娜曾差点被淹死,妈妈坚持认为她必须学会游泳,而汉娜则不想。水让她恐惧,它似乎是那么的无边无际而又不可捉摸,有着太多的未知。

可妈妈的想法却不一样。于是有一天,她将汉娜扔进了蓄水池。幽暗的水,像是要将她给一口吞掉。汉娜挣扎了起来,觉得像是有无数的手伸向了自己(也有可能是鱼,也许只不过是缠结的水草或者废弃的鱼线），她一连呛了好几口水。妈妈说她其实并不会被淹死，只是对于一个小女孩来说，肯定会有要被淹死的感觉。最终，她还是学会了游泳。等到她心不甘情不愿地艰难长大后，对水的恐惧依然挥之不去。而现在，它又像是一头深潜的怪兽，浮出了水面。

船下的汪洋让她很是不安，她不由得在想下面究竟会潜伏着一些什么。大海依然还是一个人们知之甚少的生态系统，每年都会有人从里边捞出来一些似乎从不曾存在过的生物——像是来自地狱的水母、寄生线虫，仿若来自外星的贝类、火体虫。她曾在一份文件上见到过洪堡乌贼——一种巨无霸，身长远超六英尺，攻击性极强，曾用它那布满刀锋般吸盘的触手，撕碎了一名毫无戒备的潜水员。

不过她的恐惧也是问题的一部分，这一点她心知肚明。人类对于海洋，几近于一无所知。正是因为这样，所以人类对她毫无敬畏之心，正在用滥捕、污染、全球变暖和有毒藻类的爆发，一点点毁灭着她。

于是，当汉娜一个人孤零零地坐在这条"珊瑚鱼"的甲板上时，对海洋究竟为何物（一张饥饿的巨口）以及她究竟会变成怎样（一个死去的地方）的恐惧，双双袭向了她。尽管天气很好，大海蓝得不可方物，可汉娜还是觉得那眼看就要全面爆发的恐慌近在咫尺。而她，则就在其深渊边上，摇摇欲坠。在船的右侧——应该就是右舷吧？想必是的，考艾岛的尽头到了。参差的山峰以及酷奇山脉的悬崖断壁，森然而来。汉娜努力想要把注意力转移到它们身上，可它们的形状又让她想到了一个覆满青苔的小鹿骷髅中的牙齿——大自然就这样用死亡的方式，收回了一种生灵。死亡，眼前的景色，再次将她拉回了这两个字眼。为未来祷告吧，为了所有人类，为了万事万物。

可她，只是闭上了双眼。

这真是一趟漫长而又颠簸的行程。几小时过去，她的脑袋开始和五脏六腑失去了联系,即便紧闭双眼也无济于事。等到她再次睁开眼睛时,便看到了雷,正站在她上方。"晕船了?我可以给你弄一只桶,你毕竟是艾纳的客人嘛。"

她眉头紧锁:"不是晕船。"可她并不需要给他任何解释。

"好啦,不管你现在哪儿难受,都没必要坐在外面。你可以到船舱里去,那儿有一个酒吧。来上一点沙拉、三明治、葡萄酒什么的。还不错,你该去试试。"

"我就在这上面。"她也拿不准这究竟是为什么。难道是被恐惧吓得不敢动弹了?还是正在奋力直面恐惧?她告诉自己是后者。"日程是怎么安排的?等我上岛后。"

"哦,我们会先让你住下来,吃上一顿饭,带你参观参观。然后就看你了,四处闲逛,打听打听。或许,别去打扰任何人,尽情享受一下这片无人染指的天堂就好。"

"好吧。"她说。除此之外,她也不知道还有什么好回答的。"艾纳会在那儿吗?"

"艾纳会在?拜托,不会,当然不会。他是这个世界上最忙的人之一。他才没时间来理会这种……事哩。"雷站在那儿,她能轻易感受到他的不耐烦和恼火。眼前这人,正不断地弄出一些小声响来:轻声的哀叹、指尖那烦躁的互相敲击、低低的轻哼。终于,他在她旁边坐了下来:"这就是扯淡,你知道的。"

"很多事情都是扯淡,"她说这话时,似乎又看到妈妈在为她的粗鄙而皱眉,"所以你最好具体些。"

"你,这事,你来这儿的原因。"

"谋杀。"

"扯淡。"

"谋杀从来就不是扯淡。"

"我说的是……蚂蚁？真是的，你说是蚂蚁杀死了那个家伙，而我们是……"

她继续凝望着远处的大海："我可没说过任何这样的话，我们只是觉得蚂蚁对那个人的死至少负有部分责任。我们相信那些蚂蚁是人工转基因的结果；还有，那些蚂蚁身上的标志性基因和你们的蚊子身上携带的相同。"

"那些蚊子可是救过人的命。"

"这一点我丝毫不怀疑。"

"要是我们有本事把它们带到佛罗里达——哪怕就是这儿，夏威夷的话。登革热可不是什么好东西。断骨热这个名字可不是天上掉下来的。"他皱了皱眉，"你会……眼睛后面会痛得要命，就像是有人把大拇指伸到后面想要把你两颗眼珠子给抠出来一样，还会伴随着发烧、头痛、发冷、流汗。可最要命的是骨头疼，你的胳膊，你的腿，感觉就像是有人要砸碎它们，就好比把大石头给碾成小碎石块那样。"

"你得过。"

"我他娘的就是得过，几年前在海地做援助的时候。我们正在尝试做好事，而你却在阻挠。"

"我没有阻挠任何人。我只是有一份工作要去做，而这份工作的目标就是去找出事实真相。我并不是一名探员，这事咱们之前已经讨论过了。我来这儿只是想要排除方舟同这事的牵连……"

"你就是一个地地道道的敌人。"

"很抱歉让你有这样的想法。"

他耸耸肩："祝你的调查好运，斯坦德女士。"他大摇大摆地走了，吹着口哨。她很想追上前去。

不过,却隔着船舷,一口吐向了大海。

汉娜伏在船舷上,努力呼吸着。她呼出来的气息潮湿而温润,可双唇却干巴巴的。就在这时,她看到了一条线在视线上方现了出来,一处小小的隆起。在这条船上苦熬了七个小时,现在她终于看到了一个小山包。

她放眼四望,那是一座孤岛,视野范围内没有与之毗邻的岛屿。

"柯勒赫环礁。"丹·沙利文的声音道,吓了她一跳。他不知什么时候已经上来了,双手抱在胸前,挺着胸膛,俨然所有的天空和水域都是他的领地。他这人并不伟岸,许多方面都不过是寻常水平,但俨然一副船长的气质。"柯勒赫——夏威夷语,'挑拨离间'或'搅屎棍'的意思。一个无赖。"

"这可真贴切。"她说。她只觉得随着船身的上下起伏,自己的五脏六腑也在翻江倒海。

"关于这片环礁的传说倒也同百慕大三角没多大差别。试图避开她的船只沉没在了这儿,想要靠岸的失踪了。还有,当然啰,那上面还有不少残骸呢。还是在那岛上,一架老式日本零式迷了路,走错了方向,撞毁了。"

汉娜双眉一挑:"咱们也要撞毁吗?"

"当然不会!"丹船长抖着大肚子,哈哈大笑了起来,"我才不会把那些传说、故事放在眼里哩。什么血红的天空,什么船上的橡胶,什么美人鱼,对我来说全都是鬼扯。我可是一名老船长,我只会用科学和脑子来完成每一次航行。"

"你让我看到了人类的希望,丹船长。"

船只乘风破浪,在翻腾的海水中时而高高冲起,时而重重拍下,而他则在哈哈大笑:"需要来点苏打水吗?蛋白棒?"

"我还行。"

"真幸运咱们没有遭遇坏天气。"

"坏天气?"

"接下来几天会有一些。别担心,在它到来前我们会把你送出去的。"

很快,傍晚便降临了。像是在报复丹船长对于迷信的无视和固执,天空中透出了一片诡异的红。这样的红色天空,到底是出现在傍晚还是清晨,水手们才应该打起十二分精神来着?她回忆了很久也没能想起来。不过也无所谓了,因为一片血红色的天空,本身便带着一种不祥的气息。

小岛在暮霭中又森然逼近了一些,汉娜对于它的形状开始有些概念了。绝大部分都是平坦的,一如大多数环礁一样——尽管她清楚这并非完全就是一个环礁;一部分由珊瑚礁组成,也有部分源于大陆架;最边缘处为一圈断壁,但里边那一串环形岛屿,却像是用底部凹凸不平的平底锅给烤出来的甜甜圈一般:中央鼓起,但边上却变成了薄薄一片。从她所站之处看出去,已能看到地面上的那些抬升之处——黑魆魆的岩石和地面,点缀着些树木和白色小点。鸟儿,她暗想,那些白点应该就是海鸟,成千上万。

船只沿着那座指环形小岛的边缘一路向前。海水似乎平静了一些,汉娜长舒了一口气。

雷从船舱下面现身了。"到了。柯勒赫。"

"你经常来这儿?"

"你这是在讽刺我?"他翻了翻白眼,"没有,我不常来这儿。一年一两次。"

"那您到底是做什么的,埃斯皮诺萨先生?"

"我说了,叫我雷。我是一名联络人。"

"联络谁?"

对方轻蔑而无耻地一笑:"我愿意联络谁就联络谁。"不过随即,他的脸色暗了下来:"现在,你就是我的工作,汉娜·斯坦德。我要确保你不把这儿的事情给搞砸。"

"我无意去破坏你们在这儿所做的任何事。"

"但愿如此,否则我们的律师会很乐意吃了你,就像你说的那些蚂蚁吃掉那个死人一样。"

"它们吃他的时候,他还活着。"

"那就更像律师了。"

突然,雷的身子被撞向一旁,丹挤到了两人之间。"喔噢,"船长说,"抱歉,埃斯皮诺萨先生。"

"丹,你别惹我,我可不愿意向艾纳告状。"

船长耸耸肩:"我也不愿意。等下次我跟他玩牌的时候,指定会直接向他道歉的。下周二吧,我相信应该是。"

雷突然变成了一只泄了气的皮球,鼻孔像是要喷出火来,目光却看向了别处。

"咱们已经准备靠向码头了。"丹船长道。

8

一个窄窄的码头,在两行被海水舔得油光水滑的岩石的簇拥下,伸向了一段木质桥板。桥板就横在平坦的沙滩上,连着这座浮夸的小岛的隆起之处。再往里,便是那片不大能算作是环礁的环礁的中心了。汉娜刚拖着随身行李走下双体船,有人便来到码头上接他们来了。

她曾在搜集资料时见过这张脸:大卫·滨崎博士,一个矮个子男人,圆脸上带着灿烂的笑容。不过有一样倒是照片上所没有的:他留了一个梭鱼式发型，头顶和两侧头发短，后脑头发长。他走路的样子，就像是随时都要一个马趴摔向前面一样，或者，更像是这个世界总是在不停地将他从一个地方拽向另一个地方那般。

"嗨，嗨，嗨，"他一到几人面前，便忙不迭地道，同时抓起汉娜的手，热情地握了一番，"我是滨崎博士——大卫，大卫，您可以叫我大卫。"

"我是汉娜·斯坦德，一名顾问，替——"

对方摆摆手打断了她："我知道您，没必要再做那样的介绍。您在我们这儿可是稀客，尤其是像您这样……带着要求的人。"他略微带点纽约口音，听起来像是她曾经约会过的一名来自哥伦比亚的犹太人。

她还没来得及回答，雷便一步跨到了身旁，阴阳怪气道："嘿，戴夫。"

"去你娘的，雷。"大卫回答。他两眼一瞪，脸色一沉，几乎有些凶狠了，"你这是攒够大子儿了还是怎么地？"他摊开右掌，用左手背在上面拍了几下。

"我给你带钱来啦，咱们能先下码头再说吗？"

"别指望我会放过你。"滨崎转向汉娜，"抱歉，实在是抱歉，抱歉。那位雷是迈阿密海豚队的球迷，而我则不一样，知道海豚队不过就是一群浪费橄榄球天赋的乌合之众，而纽约巨人队才是所向披靡。我们打了一个小赌，赌的是哪个队在赛季结束后的成绩会更好一些，嘿嘿……"他开始沿着码头向上走去，几人一起越过了沙滩。正走着，他问道："您最喜欢的是哪个队？"

"我其实不大懂体育。"

雷在后面道："她当然不懂。"

一阵怒火从她心底里升腾了起来，不过大卫挥挥手扑灭它："别理雷。我要是敢说雷是一名尼安德特人，那真正的尼安德特人指定会从冰川里蹦出来让我道歉，说我玷污了他们的令名。尼安德特人其实非常聪明。

小心脚下。"

前方更加陡峭了一些,伴随着桥板一路向上深入一片郁郁葱葱的低矮棕榈林,植被也更繁茂了一些。哪怕是路边稍纵即逝的荫凉,也是讨人喜欢的。

他们来到山顶,滨崎离开道路,走进了灌木林。这儿背阴,所以更加荫凉一些。在不远处,汉娜瞥见了一把木制折叠椅,就端坐在两棵棕榈树之间,不由得赞道:"那是什么?"

"那是我的地盘,"大卫说,也听不出他是不是起了戒心,"我喜欢来这儿,喝喝咖啡,坐上一小会儿。因为看,看。"他将手朝着四周一挥,"在这儿,整座岛屿都能尽收眼底。"

她走上前去。他说得没错,这儿确实是一个俯瞰岛屿的好地方。在岛的中部,是一个名副其实的潟湖,湛蓝而澄澈,蓝得有些不真实,像是文德克斯牌清洁液。目光越过沙滩,她在水下看到了一些斑斓的影子。

"那些是鲸鱼吗?"她问。

他看了她一眼,像是在说,拜托别侮辱我的智商。"那是裙礁,所以船只很难进来。你进来的地方是唯一的通道,否则除非你有小浅水筏什么的。不过那也好,这也就意味着这个地方并没有,您知道的,被破坏。我们这儿还有一些物种是你在这个星球其他地方找不到的。柯勒赫雀,柯勒赫鸭,还有碱土夜蛾。"他手指不停地动着,像是要从虚空中将重点给拈出来,"这是一个特别的地方,一个纯洁的所在。而她保持这份纯洁的方式,便是对外界的不友好。天堂是脆弱的,只消轻轻……"他像表演哑剧一般作势轻轻一推:"就能让它失去平衡。想要毁掉一个伊甸园,并不用费多大工夫。您明白吗?"

他想要告诉她的,和雷一样:你在这儿并不受欢迎。

"咱们可别忘了,"她直截了当地道,"伊甸园并不是被外人给毁掉的。

天堂的毁灭,都始于内部。我来这儿并不想伤害任何人或者毁掉哪家公司。可是有人死了,发生了蹊跷的事情,而目前,它同这儿有联系。"

他叹了一口气:"当然,我会尽一切努力帮助您的。"

"您这话说得倒像是友情提示。"

"确实是。我想这儿除了我,没人会这样做。"

"我还应付得来。"

"那就好。"他脸上的笑容更加灿烂了。此人脸上的笑容,还从没起过任何波澜,就那样如同面具一般挂在他脸上,既非卖弄,也没有嘲讽,而更像是一种长辈般的谆谆告诫。"咱们先送你去宿舍房间,看看实验室,见见团队。"

他们走出了雨林,接着便有一片建筑从小岛阴影中现了出来,让她想起了"天行者"卢克在塔图因星球上的家。

"它们叫做豆荚,"大卫说,"模块豆荚,官方称谓,是艾纳在大学的一位朋友发明的,都是3-D打印建筑。"他摸了摸自己那没多少胡子的下巴,"实际上,艾纳竟然还没有动手打印3-D快艇,这让我有些意外。"

"他会的。"雷接口道。他已来到他们身后,正盯着自己的手机。伴随着他手指的飞速移动,那设备上面传来了某种游戏抑扬顿挫的音乐声响。

实验室的两扇大门上方,悬着一块不大的牌子,上面用粗体字写着"方舟"两个字。它看起来像是那些模块豆荚的组合:塑料穹顶错落排列,中间由内嵌的通道和密封门相连。其中一些豆荚比别的要大一些,窗户也不尽相同(既有舷窗类型也有那种颇像是挡风玻璃的弧形方窗),还有的豆荚上面似乎装有空调分区控制系统。最后面的几栋,看起来尤其大——两层,兴许是三层楼那么高。

"不过我们并不叫它们模块豆荚,"大卫说,"我们叫它们泡泡,实验室泡泡,宿舍泡泡。它们的建造方式真的非常酷。那些机械臂就那样沿着两根可旋转的轴干活,喷嘴和激光接着便会打印出一个高柔韧度不锈钢蜂巢骨架来。然后再往上面添加一层层塑料,接着是绝缘层,然后又是塑料。我还看到其中一些也往里面注了水泥。"他一边说,一边挥舞着两只手,就像那一幕幕正在上演,而他自己的胳膊则幻化成了机械臂一般。

"叹为观止。"汉娜道。她嘴上虽然这么说,但对 3-D 打印却有着自己的顾虑。若是现在就将对智能产品的劫持视为心腹大患的话,不妨等等看,等到他们劫持的对象不再是书和电影,而是一整套蓝图吧。第三世界国家兴许会从 3-D 打印当中获利——尤其是当他们使用的是那些偷来的智能设备和受保护的专利产品的时候。凭此,他们便可以建造出廉价而又能抗风暴的建筑出来,也可以用来生产新型的农业设备或者……

"您还好吗?"大卫问她。

"只是开了一会儿小差。"她说。随即,考虑到同行之人,她决定再抛出一个更加有诚意的答案:"在幻想未来呢,好的和坏的。"

他"扑哧"一笑:"我们喜欢把它当成是一场梦,但最好别忘了也有可能会是噩梦。所以现在我们才要去做那些好的事情,做出有益的决定。在船还远远没来得及靠近冰山之前就转舵,对不对?"

雷发起了牢骚:"咱们就不能进去再说吗?"他将手机装进了衣兜,汉娜估摸着他的游戏应该是输了。

三人穿过了一个用作接待室的泡泡,里边空无一人。

大卫道:"说实话我真搞不明白干吗要设这么一个区域。"而雷则回答:"因为这就是艾纳想要的,大卫。"大卫低声对汉娜嘀咕了一句:"这赞歌听着耳熟啊。"

第二个泡泡仅起连接作用。

左转，大卫指出道，那边能通向生活区：宿舍、厨房、休闲区。"还有卫生间和洗澡间。"雷补充说。

右转，便是方舟本部了：实验室、办公室、会议室、科学图书馆、餐厅。生活区是开放的，而试验区则有无线射频识别锁。

"在这儿工作的每一个人都有一条腕带，内置一块芯片，具有一定防水性，但不能完全防水。我们可以在实验室的主电脑中用代码授权谁可以通过哪一扇门。"

"不是每个人都有权出入所有泡泡？"她问。

大卫回答："我们这儿有三十三个人，但其中一些只是后勤人员：两名厨师、两名清洁工、一名维修工。厨师用不着深入实验室，而且只有一名看管人员接受过培训，能够处理危险性或生物防范性事务——这并不是说我们这儿就有这样的问题。"他似乎突然起了戒心，"总之，咱们先把你安顿好再说吧。"

大卫径直走向了生活区，雷紧跟在汉娜身后。路过休闲区时，汉娜看到里边摆放着朴素的欧式沙发，一排书架上面，精装书和破旧的平装书并排而立，此外还有《卡坦岛》那样的棋盘游戏、满满一格黑胶唱片、一支装着乐高积木的金属小桶以及一本填色书。这儿有孩子？汉娜不由得想。

大卫边走边道："这儿就是休闲区。您知道的，一个休闲的空间，尽管有时人们也会在宿舍里娱乐，打打牌，听听音乐。它们的隔音效果非常好。"他话题转得实在是太快了，让她觉得自己像是刚刚从一辆行驶的汽车上被甩了下来一般。"我们没有为您准备识别卡，所以当您去实验室或者餐厅的时候，必须得由我们其中一个人跟你同行才行。不过那应该不是问题，根本就不是问题。"

同休闲区直接相连的是一个小小的厨房泡泡,矮小的冰箱、微波炉、烤箱、橱柜,一应俱全。过了厨房,便是宿舍了。大卫朝着长长的走廊指了指,只见它曲曲蜿蜒,犹如一根柔韧的吸管内壁。"看这儿,看到这些门了吗?"圆柱形的走廊两侧,尽是一扇扇狭窄而无窗的门,"十四个房间,每侧七道门,通常一个房间住两个人——虽然每个房间里面都有四个床位,但那因为是上下铺。那头是卫生间和淋浴间,共用,不分男女。"

"好。"汉娜说。

"餐厅里正是用餐时间。"

"还有点早,我可以先用一下洗澡间。"

"没时间了,除非你不想吃饭。"

"我……想吃。"她很疲惫,但同样也饿,而且最好还是着手工作为好。

"咱们去吃吧。"雷说。

餐厅是朝向实验室的第一个泡泡。大卫将自己腕带上那块钻石形白色塑料片对着识别锁晃了晃,门便开了,一个摆放着五张又长又笨重的餐桌的房间露了出来。方舟里的一切似乎都是一场苦修,唯独这个房间不一样:桌子由抛过光的红木制成,汉娜还在上面的铜质花瓶当中看到了洁白的兰花和碧绿的棕榈叶,天花板上有吊扇,对面那面弧形的墙壁上还架着一条独木舟,圆形舷窗开着,外面送来了满是花香和咸咸味道的微风。

厨房为开放式,就在那条装饰性独木舟对面。餐饮为自助式,不过她倒也看到有两名厨师正在后面忙活着——其中一个是一名身材壮硕的本地妇女,看那身材颇有几分橄榄球后卫的味道,而另一个则是一名病怏怏的瘦弱男子。

吃饭的约摸二十五个人,全都回过了头来,各自调整椅子来看究竟是谁来了。从他脸上的表情判断，他们全都知道她是何方神圣，而且显然不乐意见到她。不过，从他们看雷的眼神来判断，他们也同样不想看到他。

有意思，汉娜暗想。

大卫·滨崎，这个脸上笑容不曾有过半分变化的男人，拍了拍手："大家都注意一下，咱们的客人已经到了。这位就是汉娜·斯坦德，FBI探员——"

"顾问。"她坚持道，可大卫并没有纠正自己的错误。

"接下来她将同咱们一起待上两三天，并把实验室里那些害群之马给带回船上去。她调查时，我期望你们大家都打起精神来，好让她向联邦调查局提交最好的评估。"

有几人扬了扬下巴或是轻轻挥了挥手，算是欢迎。而绝大多数的人，则无动于衷。这里坐的几乎就是所有人了，不过汉娜看得出来，这些家伙当中绝大多数都是科学家而非后勤人员，其中几个甚至还穿着实验室服装。绝大部分都是年轻人。

大卫在面对独木舟的一张桌子前为她拉了一把椅子。"咱们就坐这儿吧。"他一边说，一边笑盈盈地拍了拍那把椅子——一个不冷不热、不动声色而又不卑不亢的动作。究竟哪一种成分多一些，她说不好。坐在同一张桌子上的，还有一名双肩瘦削、臀部肥硕的妇女，留一头朋克味道的淡金色头发；一名朴素的印度男子；一个一头乱发、相貌平平的邋遢白人男子，胡茬漆黑，戴角质镜框眼镜；一个小巧得有些叫人意外的菲律宾妇女，嘴角尽是讥诮，一双火辣辣的眼睛，像是恨不能在汉娜身上烧出几个洞来。

汉娜还没坐下，那个小女人便撇了撇嘴，道："卡罗柯罕。"她这话说得如此恨意十足，以至于汉娜很是诧异——她干吗不接着再吐上一口唾沫呀。

"抱歉请问您的意思是？"汉娜说。

戴眼镜那名男子微笑道："是塔加拉族语，'微不足道'的意思。"

"是塔加拉族语'扯淡'的意思。"那女人纠正道。随即，她脸上便端出了一副汉娜这辈子都没见过的虚伪笑容来："你好，我是梅尔卡多博士。"大卫赶忙笑道："南茜是我们团队的头儿。"随即，他继续介绍起了其他人，全都是项目领导——

他指了指那名一头沙黄色怒发的女孩："那位是凯特·里德，埃及伊蚊项目的领导。在她旁边的——"他指向了那名面无表情的印度男子，"是阿加伊·巴特纳格尔，主持的是我们称为'授粉'的项目。还有那位显然忘了刮胡子的老兄是威尔·加拉西，主持特别项目。不过，我们好像还有一名成员没到——"

像是在回应他这话似的，一个大腹便便、满脸通红的男子，穿一件粉色马球衫和皱巴巴的外套从那扇通向实验室的大门中风风火火地闯了进来，一头乱糟糟、脏兮兮的金色卷发，紧紧地贴在他那保龄球一般的脑袋上。"对不起！对不起，"他一边说，一边调整好姿势坐了下去，"嘿，大家好啊，但愿我没错过什么。"还没有人来得及说话，他便转向了汉娜："您肯定就是那位从CIA来的女士——"

"FBI。"滨崎纠正道。

"对！对！没错。我叫巴里。"

"巴里·罗维博士。"滨崎更加正式地道。

随即，便听巴里模仿着灵魂歌手那深沉而又性感的声音道："或者跟他们一样，也可以叫巴里·Love。"他笑得狂放而又肆无忌惮，犹如一头驴子。见没人附和着自己笑，他只好对着拳头清了清喉咙，道："抱歉，我负责可持续食用性昆虫和——"

他肩上突然有东西动了动，闪现出了一片绿影。汉娜吃了一惊，赶忙把椅子往后挪了挪。那是一只螳螂。

巴里翻了翻白眼，露出了嗔怪的笑容，随即抬手将那只螳螂给拈了下来："这位是芭菲。"螳螂扬了扬它那外星生物一般的脑袋。

"唔，嗨。"汉娜道。此刻，所有的目光都集中到了她身上。这些人并不喜欢她，也信不过她。而且，她暗暗提醒自己，他们当中兴许就有那么一个或者更多人同那种蚂蚁的制造脱不了干系。她还清楚记得许多年前，自己离开父母前去同小姨苏吉同住时的情形。那时的她，可谓是人生地不熟，而小姨家那三条狗——两条獒犬和一条吉娃娃——盯着她看的眼神，就像她是一个闯入者，一个气味根本不属于那儿的人。她唯一能做的，便是等待，等着那三条畜生哪一天最终下定决心将她给撕成碎片。那种感觉，同目前的情形大同小异。既然这样，那干脆就挑明了说吧："那，究竟有什么扯淡的？"她突然想起来了，雷也用过同样的字眼。扯淡。

梅尔卡多博士——南茜——似乎对她的大胆很是意外，不过还是回答道："你来这儿的原因。你们真以为我们有本事做出你们所暗示的那种东西来？凭空创造出一种全新的物种简直就是天方夜谭。问问阿加伊。"

巴特纳格尔博士大声吸了吸鼻子，脸上的肌肉几乎纹丝不动："我们目前正专注于改进蚂蚁，好让它们来取代授粉者角色。蚂蚁确实经常在花间移动，而许多蚂蚁身上那些浓密的毛发，也确实能带走花粉。"他脸上随即露出了一丝不易察觉的厌恶之情，"问题是，那些最适合改造为授粉者的蚂蚁，其身上往往也会分泌出一种自然抗生素，对花粉有害，并让它们成为无效授粉者。我们曾尝试清除这种抗生素，可那样一来，又会让它们对疾病完全失去抵抗力——所以，探索还在继续。"他礼貌而又伤感地一笑，随即掉开目光，看向了虚空。

"你们发现了什么？那些蚂蚁？"南茜道，"它们根本就不是人造蚂蚁。那简直就是胡说。它们是一个新物种，必须是一个新物种。"

"蚂蚁身上有你们所独有的基因标志，"汉娜说，"来源于蚊子项目。我用 U 盘带来了数据，你们可以自己看。"

"你们的人，柯珀探员，已经给我们发过了。"凯特道，她说话略微带点泽西口音，"我就实话实说吧，那些看起来确实像是我们的标志。"

南茜皱眉道："看起来像我们的并不能证明就是我们的。"

"它们有专利吗？"汉娜问。

"有。"南茜回答。

"那，它们能被人偷走吗？"

"不可能。"

"不大可能，"威尔道，"不过也并非完全不可能。要偷也不用费多大劲。"他转向汉娜，意味深长地一笑："毕竟，我们并没有雇滥竽充数的人。在座的许多人都是来自于全国，乃至全世界最好的项目。"

吃完饭，汉娜来到他们给她安排的宿舍，开始打开行李。

"嘿，舍友。"一个声音在门口道，是凯特。

"我可以问问大卫看能不能给我换一间——"

"别。"凯特挥挥手，止住了她，随即踢掉了自己脚上的特瓦户外鞋，"我的小猪窝就是你的小猪窝。有所失必有所得嘛。还有，你一两天之后就走，对不对？带走那些不合时宜的岛民？"

"对。"一个提醒：时间有限。

"好。"

就一个字，语调稍高了一点，语气太欢快了一点，是听到汉娜离开的那种欢快。

也就是在这时，汉娜明白自己为何要和别人同住而不是被安排进一个单独的房间了。这不仅仅是空间问题，在这儿，凯特可以随时盯着她。一个问题在她脑海中浮现了出来：他们到底有什么非隐藏不可的？

"还有，"凯特说，"那样你就可以避过坏天气了。"

"丹船长倒是提过。什么坏天气？"

凯特站在那儿，两手抱在胸前："这片区域的台风季就要开始了，所以外面会有一些特大风暴。"

就在这时，大卫·滨崎将脑袋探了进来："凯特，咱们谈谈？"

"当然。"凯特说。

两人不约而同地看了汉娜一眼，打算离开。她觉得这是一个好时机："大卫？打扰一分钟。我知道我的手机没有信号，不过——"

"我们有三部座机，但都被到处乱放，所以你得去找。有可能在实验室？"实验室，一个她无权进入的地方，她提醒自己。

"那我怎么和岛外的人联系？"

"试试扯着嗓子喊哪。"凯特说。

说完，两人便走了，扔给了汉娜一份独处孤岛，既没朋友也断绝了所有联系的感觉。她突然觉得有些茫然，像是眩晕再次袭了上来，尽管她此刻就站在坚实的地面上。汉娜霎时感觉到了自己的渺小：在地图上，这座小岛不过是一片蓝色当中的一个小点，而她，不过就是这个小点上的一粒芝麻。

为了打电话，汉娜不得不来到了外面。其中一些泡泡留有后门（以防火灾），大卫将她指向了浴室的后门。

此刻，她正站在一片棕榈树的华盖之下，给母亲打电话。在俄亥俄，现在应该差不多是凌晨四点，可妈妈几乎不怎么睡觉。

电话响了一声又一声,汉娜只好留了一条口讯:"妈,是我。一切都好,我在一座岛上。晚点再打给你。"她本想加上一句"爱你"的,可话到嘴边后还是咽下去了。

接着,她抓紧时间按下了霍利斯的号码。

他还醒着,也不知是早起还是没睡。"斯坦德,你正在某片沙滩上优哉游哉地喝着迈泰鸡尾酒吗?"

"哦,那是肯定的。就跟春游似的,我还赢了湿 T 恤比赛呢。"她压低声音道,"我刚刚住进来,只想告诉你一声都好。还没深入,可这儿似乎所有人都觉得人工制造出那样的蚂蚁来是不可能的。"

"那你相信他们吗?"

"我只相信他们当中确实是有人这么想的。不过不管怎样,那些蚂蚁是存在的,而且不是从天上掉下来的。你那边怎么样?"

"还没有任何结果。身份识别没有进展,不过技术部门已经把皮肤样品筛查了一多半了。要是走运的话,明天这个时候说不定就能得到一枚指纹。"

"要是不走运呢?"

"那就只能靠你了,斯坦德。随便给我弄一个理由,然后我好派一队探员去夏威夷,去敲艾纳·盖尔森家的大门。"

"我会的。"

"还有一件事,斯坦德。"

"什么事?"

"别忘了你身边的人当中,其中一个说不定就是杀人凶手。"

她打了个寒噤:"多谢提醒。"

"职责所在。"

9

凯特脸朝下趴在床上，鼾声犹如深沉的贝司在轰隆作响。汉娜醒了，睁着两眼。一圈橙色的光，从舷窗塑料遮阳帘边缘溜了进来。她摸到了自己的手表，上午六点。

她叹了一口气，知道这样睁着两眼躺下去的后果：再次坠入思绪里刺骨的汪洋之中，一次任性而又令人提心吊胆的滑落。

她奋力起了床。

刚洗完澡，穿好衣服——一件舒适的T恤外加牛仔裤，她便闻到了咖啡的味道。

同休闲室毗邻的便是那间小小的厨房，威尔·加拉西正在其中。他不知从什么地方弄来了一个本生炉，蓝色火焰正在一只洋葱形状的玻璃容器下面嘶嘶跳动着。水开始咕嘟作响，升到了上面的一只玻璃漏斗中。就在这时，他看到了她，浅浅地朝她咧嘴一笑："也是早起的虫儿？"

"一般不这么早的。"她说，"时差。"

"啊，时差是淘气的小鬼。"他开始倒咖啡。

"要吗？"

"岂止想，简直迫不及待。"

"能理解。"他倒了两杯。

他的咖啡，颇有星巴克的味道——带着那种用在淡水水族箱净化器里的活性炭的味道。她"啊"地叫出声来。

"欢迎来到我的世界：大溪地香子兰、小份私家鸡尾苦啤外加龙舌豆。"他咧嘴一笑，"既然咱俩都起来了，介不介意去参观一下我们的工作？想看看虫子吗？"

实验室很大，由两个泡泡联袂而成，一对组合泡泡。汉娜一眼便看明白了二三十人是如何同时在此工作的——全都并排干活。而现在，却只有一个年轻女子，双目明亮，脸上雀斑像瓢虫那么大。看上去，她正在测试仪器。

实验室里的一切都干净而朴素。所有的仪器看上去都跟新的一样——其中一些还开有刃口。汉娜看到了一套压电式基因微排监测站、几台3-D打印机，后墙前还有几台硕大的热循环仪；其中一面墙壁前的桌面上摆放着几套细细的机械臂，其中一套的末端装的并不是手，而像是循环吸管。

威尔拿起一副黑色护目镜。眼镜本身装在一只白色头盔上，而头盔后面则连着一些电线。"虚拟现实眼镜，此外我们还有一套全息透镜，这样我们就能进入微观世界并将其宏观化——能够实实在在地在里边操作。就用这些手臂。"他指了指那些机械臂。

"不得了。"汉娜说，确实也是这么想的。不过她又忍不住在想：这些东西，对于她应付一名杀人犯，又能有什么助益呢。

威尔用腕带打开另一扇双开门，引着她穿过一条小小的活动式走廊，来到了另一个操作间。这个房间装着三道门。"选一道门。"

汉娜指了指最左边那一扇。

"左门，不祥之门。'不祥'这个词源自拉丁语，其意思是——"

"左边，没错，我知道。"她示意他开门。他照做了，她侧身走了进去——

"嘿！"巴里猛地转过身来，手中正摇晃着一只大口瓶，里边装的像是臭虫，声音像是某种古怪的破烂乐器发出来的那般。"哎呀呀不得了，伙计们，快请进，快请进。你们可真是稀客呀。"最后一句话被他说得颇有一些喜出望外的味道。

这个房间是一个要小得多的泡泡，实用而平常，弧形墙壁间，金属架子被摆放成了马蹄形。在其中一排架子上，汉娜看到了大大小小的不透明塑料箱，里边装的全是黑乎乎的东西。她已经明白自己看到的是什么了：满满当当，一箱箱全都是死去的虫子。房间对面，又是一扇门，紧闭着。

在巴里身旁，摆放着一张小桌，同他腰部一般高，上面摆放着小小的塑料杯。在每只杯子里边，汉娜都看到了臭虫。杯身上用黑笔写有数字，一到六。

"伙计们想做一个品尝测试吗？"巴里问。

"我看还是算了，"她回答，"我还想吃早饭呢，可不希望这个就是早饭。"一听这话，巴里立刻笑出了声来。他似乎随时都在笑，直到她补充道："这么说，这个就是艾纳的部分幻想，嗯？"

这时，巴里开始严肃了起来，严肃得要命："不开玩笑。人们常常开玩笑，但这事不能开玩笑。这个世界也是许多饥饿者的家园。饥荒可不是闹着玩的。全球变暖让它变得更加严重了，而且我们还正在失去授粉者，因此寻找一种新的蛋白源是一场真正重要的奋斗。昆虫廉价且可持续，而且，如果我的工作没做错的话，还可口。"

"我并没有取笑的意思，"汉娜说，"如果不小心给您这样的误会的话，我道歉。我只是想说，这是一个满是死虫子的房间。我们以为未来就是机器人和飞行汽车，其实真正的未来说不定就在这儿。"

"就是，"巴里道，"它就是。"不过随即，他从那严肃得要命的状态中挣脱了出来："您觉得这些死虫子很酷，那您真应该去看看那些活着的——"他准备伸手去拉架子后面的一扇门，但威尔止住了他。

"巴里，还是让我带她去下一个房间吧。"

巴里点点头："那些家伙简直就是摇滚明星，您会看到的。真的值得一看！"他朝她微笑了起来，可威尔已经离开了，汉娜得赶紧追上他才是。

两人回头朝着那个装有三道门的房间走去时，她道："原来这就是艾纳。"

"艾纳怎么了?"

"首先,你们叫他艾纳。"

"是他要求我们直接称呼他的名字的。"

"这么说,他是一位很好相处的老板?"

威尔轻声一笑:"倒也不是每一个人都这么评价他。艾纳异常严肃,而又有紧迫感。他是真诚地希望能够拯救这个世界。也就是说他把我们逼得非常紧。周末加班,很少有假期。"

"我还看到他希望那些刚生完孩子的父母们尽量少休假,至少比法定假期要短。"

"这事还存在争议,不过是真的。"

"我想跟他谈谈。他们告诉我说这是不大可能的,可……"

"除了季度总结,他一般不来这儿。而每到那时,我们都得手舞足蹈地展示我们的成果。那刚刚才过去几周时间,他不会这么快回来的,而且天知道他现在在这个世界的哪个地方?很抱歉让你失望了。"他领着她穿过了下一道门。

她刚一迈进去,便立刻觉得一阵震颤直接传到了牙根,蔓延到了她的全身,又从脚底上来。一阵嗡嗡的声音,几乎让她眩晕了起来。

为了同蜂巢相匹配,这个泡泡建造——是打印,她提醒自己——打印得很是特别。长长的半透明材质管道,从地板一直通向天花板。墙壁在蠕动,成千上万只蜜蜂在振翅、舞蹈、上蹿下跳,在六角形的蜂房中进进出出。

她走向其中一个,将双手贴在上面,震颤立刻透过手掌传到了肘部。蜂群中还藏着一个个白色小圆点:蜂宝宝,她暗想。幼虫。在玻璃边缘处以及那些蜜蜂后面,全都是一片片黏稠的金色——蜂蜜。

威尔走到她身旁，将手伸到其中一扇窗子下，拉出了一个像是文件盒一般的透明塑料抽屉来。在其中，汉娜看到了交错纵横的蜂巢。蜜蜂们在舞动，蜂蜜在渗出。一段回忆犹如翻涌的浪花一般袭来：她正在一个发电机棚后面跑着，一脚踩空，一大群黄色的胡蜂倾泻而出，劈头盖脸扑向她，蜇她。三十多处蜇伤，两个星期的悲惨记忆，妈妈还告诉她她一样还得干杂活……

"你还好吗？"他问。

"啊，对。"汉娜将记忆赶走，"那，这一切是如何工作的？蜜蜂酿蜜需要花粉，它们去哪儿采？"

"从技术上说，它们酿蜜用的是花蜜。"他说，"它们所用的花蜜完全来自另外一个地方，我可以带你出去看看，你绕过去就能看到那些塑料管子，它们全都通向外面，好让蜜蜂去找它们的花朵。这附近有番石榴、菠萝、桃金娘花等等。阿加伊负责收集蜂蜜，如果你想尝尝的话厨房就有一些。"

"最终目的呢？"

"这些蜜蜂？创造出一种更强的蜜蜂，具有更强的免疫系统，可以抵抗瓦螨和其他寄生虫。或者，作为备选，抑制非洲蜜蜂的侵略性。"汉娜知道在非洲蜜蜂所生活的区域，它们的蜜经常会被其他动物所掠夺，所以它们便发展出了一种敏捷而又凶悍的反应机制出来，因此它们也很难被家养以用作食物之源。

"到目前为止有什么好消息吗？"

"算不上。我们往蜂后身上移植了外来基因，在欧洲蜜蜂身上尝试进行染色体组改造，不过十多年过去了，我们还是没能弄明白那些复杂的关键点。蜜蜂的免疫机制密码就在那儿，可它如何同幼虫腐臭病或者螨虫相互作用的，我们就不得而知了。你想去看看蚂蚁吗？"

"想。"

他们退出那个嗡嗡、哼哼的房间,走向另一扇门。不过开门前,威尔停了下来。"我得坦白,"他说,"我是一名粉丝。"

"粉丝……查理兹·塞隆的粉丝？X战警的粉丝？蒙福之子乐队的粉丝？"

"你的。我是你的粉丝。"

汉娜退后半步："你把我给搞糊涂了。"

"我读了你在《连线》上的文章,看了你在TED对话——"

"是TEDx。"

"还在YouTube网站上看了你在大学里的一些演讲,都很有洞见。而且,它还纠正了我既定的一些认知,也就是说,不得不承认,我是有一些先入为主的认知的。不过它真的很有见地,你很有见地。"

他这话给了汉娜一种奇怪的感觉：她内心是开心且受宠若惊的,可仍然觉得有些离奇。尽管她所从事的行业属于公开领域,可想来都是微不足道且——至少对她自己来说——平常的。还有,它本是一件小众、虚无而又似是而非的领域。"谢谢"两个字,成为了她唯一的应对。

"我也常常在想未来的事情。"威尔一边说,一边把身子后仰,看也不看地对着门锁刷了自己的腕带,"咱们看看蚂蚁吧。"

门嘶嘶叫着开了,好奇和恐惧开始了激烈的交战,汉娜只觉得呼吸为之一夺。整个房间,就是一个个大大的蚁群。

在其他泡泡中,墙壁都是呈弧线而下,上面极少有装饰。而在这个豆荚里,则完全看不到墙,全都隐藏在了一层汉娜估摸着得有六英寸厚的泥土和下面的一层透明塑料后面。泥土中,整整一个蚁群在忙碌着,四面八方皆是：左侧、右侧还有头顶,除了脚下。在她脚下,依然是粗糙的寻常地面,同方舟实验室内的其他豆荚并没有什么两样。

她恍然又有了一种蚂蚁爬遍全身的感觉——走蚁感。麻酥酥，刺挠挠，一种无形的感觉，却又那么真实。一幅幅令人心惊胆寒的画面，开始在她脑海里走马灯似的轮转了起来：塑料突然开始破裂，整个蚁群朝着她蜂拥而至，泥土满眼，蚂蚁爬进了她的头发、耳朵、鼻子——

她深深吸了一口气——停，汉娜，打起精神来。

"很漂亮，对不对？"威尔问。

"对。"她如此断言道，既为了自己，也为了内心。而且，实话实说，那确实是一件美妙的事情。整个房间简直就是一个工程、昆虫甚至艺术的盛宴。它给人的感觉很像是在地下。整个蚁群的精巧就那样明明白白地摆在眼前：迷宫般的巢穴、各种大小的蚂蚁、有条不紊的穿行、各司其职的寂然无声、如血脉般的流淌。沸腾的生命，就这样在各个通道和格子内往复，整个蚁巢俨然成为了一个完整的循环系统。

"这些都是什么蚁种？"她问道。

"须腕纲褐蚁，佛罗里达收获蚁。"

收获蚁。她似乎又听到了伊泽在说：收获蚁的毒液含有昆虫界最致命的毒素。那些人造蚂蚁的毒素不就最接近收获蚁吗。她斟酌着问道："这些都有剧毒，对吗？收获蚁。"

"嗯？它们攻击的时候确实会非常疼，刺很毒辣。我就被叮过，然后伤口开始肿胀，火辣，分泌液体，疼上好几天。不过真正有毒的是马里科帕收获蚁。不过尽管厉害，这些小家伙们的攻击性却不强。你得真正激怒它们，才有可能会被蜇。"

她靠向了那层塑料，靠向了蚂蚁。透明墙壁后面，它们正在自己的迷宫当中舞动着，其中一些正在把一些小点送往蚁巢尽头处的一个小房间。种子，她暗想。

"那是它们的其中一个粮仓。"威尔突然不声不响地靠了过来，她甚至都没感觉到他的动作。我这是又走神了,她暗想。肯定是时差在作祟。"它们是种子收集能手,所以才叫收获蚁。"他跪下一条腿,拉开蚁巢下面的抽屉,拿出一面放大镜——珠宝商用的那种——将它贴在了塑料墙上,"给,用这个看看,会看得更清楚一些。"

汉娜接过镜片,将它放在塑料前,看了起来。通道内,蚂蚁们正在飞速移动着。她调整姿势,看向了粮仓。在那儿,一只只小小的红色蚂蚁,正将一粒粒种子衔往储藏区,动作慢了许多,也更容易看清了。"它们似乎是把种子衔在嘴边而不是放在嘴里。"

"在它们的颚里,没错。不过在它们头部腹部一侧,你还能看到一片长长的毛——那些就是臧莎草毛。它们形成了一个篮子,蚂蚁可以用它们来搬种子,或者沙子,或者其他颗粒状东西。我们目前正在研究这些毛,看看能不能将其用于授粉。蚂蚁在植物间奔走获取种子的同时,也带走花粉——理想状态。不过我们现在在考虑要不要转而寻找饮蜜蚁。"

"这些收获蚁是本地的吗?"

"不,所有蚂蚁都不是。夏威夷和背风群岛都没有本地蚂蚁。"

"那为什么把它们带到这儿?这样不是会破坏生态平衡吗?"

威尔耸了耸肩:"风险总是有的,跟蜜蜂一样。不过,收获蚁的攻击性是极其弱的。它们不会攻击别的物种,不会破坏野外生态——如果真有什么,那也是通过种子的运送来促进新植物的繁衍。不过,夏威夷现在确实有两种入侵蚂蚁泛滥成灾——火蚁和疯蚁。因此我们也在考虑是否要开始一个新项目,创造出一种有益的蚂蚁来,使它们具有攻占其他有害蚁老巢的能力。"

两人沉默了一会儿,汉娜甚至可以清晰地听到蚂蚁腿所发出来的几不可闻的嗒嗒声,就在她周围。"还是我来问吧,"她说,"你和阿加伊正在进行那些项目?蚂蚁和蜜蜂的。"

"啊。是的。"

"不，"她假装自己记不起来了，"没错，你在做……叫什么来着？额外项目？"她故意将这个项目名称给说错，希望他来纠正她。

他果然纠正了，扶了扶眼镜道："不是，叫特别项目。"

"那是关于什么的？"

一个讳莫如深的笑："要是我告诉你了，它就不那么特别啦。"一个老练的回答，感觉像是演练过似的，同时也是在顾左右而言他。

她正要追问，不过随即一阵微弱的震颤从脚下传了上来，接着便是一阵远远的有节奏的呼呼声。

"我还以为不是随便什么人都能坐直升机来这儿呢。"她说。

"没错。也就是说那并不是随便什么人。"他还没说出"艾纳"两个字，她便明白过来这话意味着什么了。

直升机一响，方舟实验室立刻从一潭寂静无声的死水，变成了一个被人用石头刚从树上砸下来的马蜂窝。走道里，人影交错，各自在匆匆忙忙地脱着身上的实验服。四下里都是一阵阵既兴奋又不知所谓的慌乱。

汉娜很是乐意旁观艾纳的到访所引发的骚乱——如果真是他的话。她站在接待区，等待着，观察着。威尔同她在一起，正试图让自己表现得冷静一些，但失败了——伴随着焦急的吞咽，他的喉结在上下滑动着，右手则在衣兜上敲出了一串断断续续的鼓点。

雷风风火火地跑出了实验室，依然还在扣着外套下面那件皱皱巴巴的白衬衫的扣子："你们在干吗？咱们在干吗？大卫呢？该死。"

大卫·滨崎接着出来了，伸着脖子，脑袋和下巴远远地走在前面，身体的其他部分在上气不接下气地追赶着。他依然在笑,但笑得很勉强,就像是一条被绷紧的线,眼看就要断掉一般。

"好吧,好吧,艾纳喜欢有人去停机坪下面迎接他,所以咱们走。"他率先出了前门,雷亦步亦趋地跟在他屁股后面。

威尔对她淡淡一笑:"咱们可以在这儿等——"

"不,我也想去停机坪看看。"汉娜大步流星出了门。外面,天朗气清,海平面上吹过来的风张扬而温暖。她刚踏出树林,跟着雷沿着一条窄窄的木板小道绕过左侧建筑,那风便迎面撞了过来。这条小道一路向下,穿过树林,通向岛中心那硕大的潟湖。在那儿,三道拐过后,在一片逼仄的黑色岩石崖壁后面,在铺陈的棕榈树掩映之下,便是停机坪。

汉娜已能看到那架直升机——黑灰二色,让人不由得联想到昆虫。红色的旋翼,像是刚刚尝过鲜血的味道。她对直升机知之甚少,但在查阅艾纳的资料时,刚好看到过一篇关于这一款的文章:贝尔 525 铁面,极尽奢华之能事的直升机座驾,甚至都还没在市场上发售。

直升机旁,一名飞行员正背着两手站在那儿。夹在雷和大卫之间,她看到有两人正从停机坪上走来:其中一个是一名高挑、瘦削而又苍白的女子,活脱脱就像是一副吸血鬼的骨头架子;在她身旁,便是那个男人。

前方,她听到雷正压着嗓子咒骂道:"咱们太慢了。"

艾纳·盖尔森径直走上前来,雷和大卫上前迎接,可他完全没去理睬他们。接下来,汉娜所看到的,便是他已朝着自己伸出了手来。两个温柔的吻,左右脸颊各一个,轻得如同蜻蜓点水一般。她想要避开,可念头刚起,他便已经完事了。

"汉娜·斯坦德,"他略微带点口音,说出来的话抑扬顿挫,"艾纳·盖尔森。荣幸之至。"

"该是我的荣幸才是。"她回答。此时,她才突然意识到他之所以看上去这么帅气，正是缘于他那小小的不完美：鼻梁很窄，略微弯曲；双唇很薄，身上带着一种陌生而又未知的掠食者气质——美得如同蜘蛛抑或是狼。

"咱们走走。"他说完，随即朝着实验室方向而去，其他人赶忙转身跟了上去，就如同一群追随着鹅妈妈的小雏鹅。

她被裹挟在其中。"没想到能见到您，"她紧走几步，赶上他，同他并肩而行，"他们告诉我您会置身事外。"

"啊，我怎么能置身事外呢？你的报告如同一个噩梦一般困扰着我，所以我就来了。这一困扰不消除，我又怎能对这件事不闻不问呢？"他打了一个响指，"你知道如果航行时遇到巨浪该怎么办吗？不能掉头就走，或者背对着它，那样会葬身大海的。所以，你得迎头而上，把巨浪斩作两半，勇敢地直面挑战。"

雷插上前来："艾纳，我只想向您汇报一下，这里的一切都在控制之下。"

"那是自然，"艾纳说，"我是绝对信任你的，雷蒙。汉娜，这位是我的助理兼保镖，温拉·诺米。"

汉娜转向那位正藏在一副硕大无比的太阳镜下的吸血鬼，道："见到你很高兴，诺米女士。"

那女人一声不吭，只是淡淡地点了一下头。

此时，他们已经回到实验室，穿过了前门。艾纳继续着他那一路势不可挡的步伐——这次是朝着宿舍方向而去。"温拉，请让人把我的包从贝尔身上拿下来，我想抓紧时间跑上一小会儿，晒晒太阳。"穿过休闲室时，他对汉娜道，"我来这儿完全是因为你，汉娜。我会尽我最大的努力，来帮助你最大化地推进你的调查。在这件事上，就把我当成是你最忠心耿耿的仆人好了。"

"谢谢您。"汉娜道,心里既有一种被拉近的愉悦,也有一份被推远的失落。她实在是难以抉择,不知道他如此这般,到底是真想帮她并把它当成一次公关行动呢,还是背后还隐藏着更深的戒备和防范之心。

"你在这儿还舒心吗?"

"舒心。"

"大家都还好相处吗?"

"好相处。"

"不幸的是善意的作用总会被低估。他们帮到你了吗?"

"一样,是的。"

"好。我们晚餐时候再见,梳理一下你的发现。下午七点?咱们等其他人吃完再去,好有一个私密的空间,畅谈一下你这个案子。"

她还没来得及回答,他便已径直朝着宿舍后门飞快地走了过去,用自己的腕带打开识别锁,随即消失在了一条步行小道上。小道另一头,是一栋穹顶建筑,约摸一百码开外。

汉娜差点就追着他穿过了那道门,不过雷赶了上来,抓住了她的手肘:"唔——喔,你不行。咱们不能跟那么近。"

大卫道:"除了温拉,没人能去他的圆顶帐篷。"

"还有我。"雷说。

大卫不屑地看了他一眼,像是在说:真的?汉娜不由得在想雷到底有多长时间没真正进入过公司内部了。因为突然间,他看起来完全成为了一个外人。科学家们把他当外人,艾纳的内部小圈子也一样把他当成外人。而此时看来,那个所谓的小圈子,不过就是一个两个人的小集团,甚或,还要更少——一个一个人的独裁法庭:艾纳是唯一的主宰。

我想抓紧时间跑上一小会儿,晒晒太阳。

这话让她有了主意。叼着一条羊角面包，汉娜坐在她的小床上，起身拉上了一条跑步短裤和一双运动鞋。她一边匆匆忙忙地嚼着口中的面包，一边将头发在脑后扎成了一个马尾。

凯特像一阵龙卷风一般刮进了屋子："糟糕，糟糕，糟糕，还没准备好呢，突然就来了。不会又要检查吧？这么快？应该早点想到的。艾纳总说他相信出其不意才是美德。"她似乎是在自言自语，因为说完这话，她好像突然才意识到汉娜的存在："噢！哦，斯坦德探员。你这是要去跑步？"

"是的。"

"艾纳在跑。"

"我知道。"

凯特眯起了双眼："他跑步的时候我们是不能去的。"

"我跟你们不一样。"她这话里的骄傲，听起来比她预想的要明显一些，可她并未去做任何掩饰，"没关系的，我不会去打扰他。"

凯特的脸上显出了一丝犹疑，似乎知道些什么，但又不敢说。它转瞬即逝，不过被汉娜抓到了。

"祝你愉快。"凯特说。

汉娜起身来到了接待区前门，温拉正站在那儿，而其中一名实习生则在哼哧哼哧将行李包一个个给拖进来。"你这是要去哪儿？"温拉一边问，一边上下打量着汉娜，就像是在看一个闯入鸡尾酒会的流浪汉，同时双唇紧抿，嘴角拉出了一个讥讽的冷笑。她的口音听起来犹如刀子般锋利，兴许是芬兰口音。

"跑步去。"

"不行，艾纳在跑，他要跑一个小时。"

"我跑不了多长时间，而且我也不会挡他的路。"

"可我会挡你的路。"这女人断言道。说完,她走到了汉娜跟前,活动起了双手,犹如一只正在做着体操的蜘蛛。突然间,汉娜想起来了:助手兼保镖。看这个女人的动作,就好比一根收紧的弹簧,随时都准备展开弹出去。

汉娜只觉得自己的身体也在收紧。"你这是在威胁我吗?"她问温拉,"那恐怕不是什么明智的做法,对吧?威胁 FBI 的一名顾问。"

"这不是威胁,而是保证。别忘了你的客人身份。"

"你们才是客人。我看过租赁协议,艾纳是和联邦政府联合承租的这座岛。要是因为这件小事而重新审视协议的话,那可就丢脸了。"

"小顾问,"温拉狠狠地道,"你还真是可爱,竟然觉得自己有这个本事,竟然觉得艾纳的钱买不到任何他想要的东西。我可以在白宫前的草坪上打断你的两条腿,然后艾纳开上一张支票就能摆平。他能够摆平你。"

"明白。"汉娜说完,掉头回了宿舍区。身后,温拉正在骂骂咧咧地催促那搬行李的男孩手脚麻利些。

汉娜加快了动作。门刚在身后关闭,她便一路小跑穿过了宿舍区——越过休闲室、厨房和宿舍,来到了公共卫生间。先前在主实验室见过的那个女人——大眼睛,雀斑如同瓢虫大的那位——正在其中一个敞开的淋浴隔间中,一条腕带就放在水池边的水龙头上,想必正是她的。

汉娜冲了过去,隔着哗啦啦的水声叫道:"嗨,大卫说我可以用这个。"她一把将那条腕带捞在手中。那姑娘吃了一惊,转过身来。"嘿,我需要那个,"她反对道,"我得在十五分钟之内赶回实验室去。"

"你叫什么名字?"

"莉拉。"

"莉拉,我十分钟内就回来。"她这是在撒谎。

"噢……好吧。"姑娘一脸的愁容。

汉娜听到温拉又在朝着那名叫卡诺的实习生吼叫,催他快点。她赶忙出了卫生间,来到侧门,用腕带打开识别锁,到了外面。

她开始跑了起来,双脚在合成桥板上嘭嘭有声。

跑步对汉娜来说一直就是一个需要不断去澄清的事情。人们总觉得这事很有趣,于是问:你在跑什么呀?而她则往往回答:逃离死亡。不过,真正的答案却大相径庭:奔向答案。

奔跑能够让血液流淌起来,从心到大脑,能够清理她意识桌面上的鸡零狗碎,为新的想法、点子和信念腾出地方来。

她两腿交替,坚实有力。穿过树林,越过一簇簇兰花,跑过了两棵挺着大肚子的棕榈树,来到了低垂的番石榴花下,听到了蜜蜂们那嗡嗡的低吟。脚下的道路曲折而蜿蜒,一路向下穿过树林,沿着潟湖边缘向前,随即折而向上,来到了海鸟们筑巢的火山岩山脊。太平洋犹如一面深邃的镜子,在她眼前铺展。

随即她便看到他了,就在小岛裙裾的另一头,跑得稳健而有力。隔这么远,在辽阔的天幕下,艾纳不过就是一个小小的剪影。她其实并不太清楚自己为何要来到这外面,唯一知道的便是那头的艾纳,是一个谜。他本不该出现在这儿的,可他偏偏来了。真的能将他同一名谋杀犯联系在一处吗?他到外面跑步,便禁止任何人出来,这恰恰告诉她,兴许,仅仅是兴许,这外面说不定有什么东西值得一看。

汉娜跑得更加用力了起来,往双腿注入了更多的力量,汗水同时也顺着眉弓流了下来,浸入双眼。又翻过一道山梁,下到了沙滩上。她抬起眼来再次看了看,然后便发现——

艾纳已经停下来了。

阳光下,汉娜眨了眨眼,因为此时她看到了两个人——艾纳的剪影一分为二,变成了两个,两个朝着对方伸出手去的身影——

不,那就是两个人。还有一个人也站到了那儿。随即,他们便动了起来,穿过一道由婆娑的棕榈树形成的门,消失在了第二道山梁后面。

那是谁?不该有人出现在这外面的。

汉娜再次跑了起来,绕过小道北部海岬,双腿迈动得更加用力了。他们距离她,指定还有一英里远。原本,只消八分钟她便可以从容跑完一英里的,可现在,她得逼自己,逼自己更快一些。道路在犬牙交错的火山石当中曲折往复,朝着下一道山梁爬去——

她脚下一绊,在一片哗啦作响的碎石上一滑——

剧痛从扭伤的脚踝袭了上来,她一跤摔了下去,道旁的植物如鞭子一般抽了上来。砰,她一侧着地,重重地倒在地上,蜷起了一条腿。随后,她花了好几秒这才重新站起来,可那只脚已经落不了地了,哪怕是往上边施加一点点的重量——也是一个错误,必定会引发又一轮剧痛。她把它给扭伤了,或者情况还要更糟。

笨蛋,笨蛋,笨蛋。

此时的她,距离出发地点,距离实验室,已经有好几英里远。汉娜估摸着她应该刚好跑到了中点位置,因此不管是继续向前还是回头,都会是同等距离。她唯一能做的,便是鼓起勇气,一瘸一拐,小心翼翼地向前。

越过山梁,她再次看到了艾纳。他已领先了好长一段距离,正掉头朝着实验室方向跑去。她想朝他大喊,可为什么?最后,她还是没能喊出声来,而是继续朝着她上次看到他时的位置而去。他去了哪里?见了谁?这外面说不定还有一个人。突然间,她开始觉得后脖颈有些发凉了。

一阵沙沙声传了过来,其间还夹杂着粗糙的摩擦声,可能是鞋子踏过碎石的声响。她停下脚步,深吸一口气,屏息凝神。

风过绿叶,浪涛拍岸,鸟儿啁啾。

随即,便是脚步声。一个人影在她前方现了出来,正穿过树林——"威尔,"她吃了一惊,同时满腹狐疑,"你在这外面干什么?"

他倒抽一口凉气,惊恐地抓住了自己胸前的衣服:"噢,天。斯坦德探员。你把我的魂都吓掉了。"

"原来是你。"那个和艾纳密会的人。她看了看威尔走来的方向,只见一段石阶一路向下,穿过泥地和满是气孔的火山石,通向了海边。"下面是什么?就是特别项目,对不对?"

"汉娜,这事我不能说。"

"那我自己去看。"她一边说,一边开始绕过他。

她跛着一条腿正要从他身旁过去,他的一只手随即落在了她的手肘上。汉娜想也没想便闪电般抬起另一只手,一把抓住了他的大拇指,用力朝着后面掰了下去。威尔无处可躲,只好把一条腿跪在了地上,一阵呜呜的低吟,从他紧咬的牙关中穿了出来:"放手放手放手。"

她放开了他,他将手抽开,甩了甩,随即一串奇怪的声音从他喉咙里冒了出来——一阵大笑,笑得有些莫名其妙。

"你还真是个人物。"他说。

"我就是。现在我得继续走了。"她掉头朝着小路下面而去,尽管"走"此刻对她来说也是一件奢侈的事。现在,她能想到的唯一一个动词,便是"跛"。

威尔跟了上来:"没关系,反正你也到不了那儿。"

就在这时,汉娜看到前方的升降平台。那东西看起来俨然就是工业时代的产物,由厚厚的木头和一个铁框组成,挂在一束不锈钢缆绳上,毫无现代感,毫无时髦感。随即,她又立刻认出旁边的识别锁。

"我猜这个应该不管用了吧。"她举起了那条"借来"的腕带。

威尔摇了摇头:"对。"

"我可以用你的。"她朝他的手腕点了点头。

"你当然可以,这是肯定的。"他突然变出了一副祈求的神情来,不过汉娜却拿不准这里边到底有几分诚意,或者,对方正在拿她当猴耍,"可艾纳会开除我的。而且请您一定理解,我所说的开除,并不仅仅是指我即将丢掉这里的工作,而是说他会用大炮把我给轰到一面石墙里边去。跟我回方舟去吧,去跟他谈特别项目的事,让他亲自告诉你。"

"下面到底有什么,威尔?什么是特别项目?"

"不是你想的那样,跟你的调查没有关系。"

汉娜再次看了看那个升降台,它似乎是直接从悬崖一侧下去的。高度应该不超过三十英尺,她暗想,我可以爬下去。她一直在做自由攀岩,可她重心才稍稍移动,脚踝上的剧痛便立刻提醒了她:你哪儿也去不了。"好吧,"她说,"我回去。"要是艾纳不帮我,那我就给霍利斯打电话,看看他能不能打点打点。不过前提是,他们得让她再次使用座机。可万一他们不让呢?一想到这里,她一颗心又开始七上八下了起来。

"你还行吗?"

"我好极了。"

"你的脚——"

"扭了。会好的。"

"我跟你一起走。"

什么,好让你来盯着我吗?

他很急切,太急切了。"不行。"

她一瘸一拐地走在前头,还是让他跟在了后面。回去的路很是艰难,对她的脚踝简直就是一种折磨。更糟糕的是,两个人一路上都是默不作声,让这次行程更加糟糕了起来。

汉娜正在打电话，另一头是霍利斯。"我们有那包裹运达小屋的记录，"霍利斯说，"那包裹，也就是你说的蚂蚁。"

"对。最近的交通摄像头在二十英里外，但在其中一个上我们发现了一家廉价快递叫……等等……"她听到那头传来了纸张翻动的声音，"极速货运有限公司。"

她倚着一棵棕榈树，尽量把那条伤腿抬高。公司内的护士给了她一个脚踝支撑环，一个简单的橡胶环，但上面安装着可开合的护具。她拿了一个冰袋，敷在伤处。护士并不认为那是扭伤或拉伤，说那只是轻伤，但也有可能是过度使用导致的结果。说不定是肌腱炎什么的，不过只有医生能确诊。

"还有别的吗？从哪儿送来的？谁送的？"

"我们不知道是谁送的，对方所留的信用卡信息完全就是扯淡，叫约翰·史密斯什么的。有意思的是别的事情。"

"说说。"

"他们让那个送快递的家伙去小屋前廊西角的一块石头下面拿钥匙。他们明确规定了送达时间，并且还告诉他如果有人在现场的话，如何遗弃包裹。"

她皱起了眉头："那——他们想干吗？设一个陷阱？"

"听起来是这样的。还有一件事，包裹来自夏威夷。"

"考艾岛。"

"不是，是大岛，一个叫希洛的镇子。不过，离方舟也不远。"

"霍利斯，艾纳来了。"

霍利斯在嗓子眼里哼了一声："呵，我们确实暗示过一位全球知名、宅心仁厚、天赋异禀的亿万富豪和一间小木屋里的蚂蚁杀人事件有关。

我猜他这是当真了。"

"我知道。"她深吸一口气,"他在对我隐藏什么,岛上有一个特别项目。"

"我敢肯定他对你隐藏的东西绝对不止这些。那种家伙,保险库的秘密要是没有黄金多的话,也到不了今天这种地步。"

"我今晚晚餐的时候会问问他。"

"晚餐,好哇。不正中你下怀吗?"

"对,喜欢得不得了。"脚踝一阵阵地疼,汗珠顺着鼻尖流了下来,她眉头紧蹙,"我实在是太喜欢啦,得赶紧去好好洗个澡,然后再拷问他特别项目的事。"

"继续查吧,汉娜,我们已经近了。敲山震虎,打草惊蛇,你喜欢什么招就用什么招吧。你还有多长时间就得回家来着——从现在算起三十六小时?注意时间。"

11

餐厅里边空空荡荡的,只有一个男人和一堆食物。艾纳坐在那儿,俨然一个慈眉善目的国王:双臂平伸,两掌上翻,如同正在欢迎罪人用餐的耶稣。汉娜刚一走进去,他便站了起来,轻轻给了她一个微不可察的拥抱。

"请,"他道,"坐。"

她照做了,食物的香味令人迷醉。艾纳抬起一只手,一一介绍起了面前的盘盏:眼镜鱼刺身、酱油五花拉面、烤太平洋枪鱼、蒸面包果、瑚厘酱汁腌制的豆腐。

最后,他那宛如弹钢琴一般起落的手指终于悬在了一道紫菜包鱼饭上。她一开始还以为那不过是一道简单的寿司，不过随即明白了过来：裹在米饭外面的那一片根本就不是鱼肉。

"午餐肉，"他几乎带着孩童一般的喜悦，"午餐肉饭团简直就是夏威夷的盛宴。午餐肉是在第二次世界大战时流行起来的——"

"我想了解点关于特别项目的事。"

他的手悬停在了盘子上方，嘴角上扬，拉成了一个揶揄、玩味的笑："好啊，他们告诉我说你今天去跑步了。"

"我是跟着你去的。"

"你躲开了温拉。就这事，我必须——"他将两手合在一起，作势鼓了鼓掌，"道歉，如果她做出了不恰当的威胁的话。不过容我说句实话，她在出色完成工作的同时，有点过于想要保护我了。"

那是因为你跟她睡了。此时她已能够看到了——他脸上那抹淡淡的痛苦，一个悔不当初的标志。不过，那并不是她这次来到这儿的目的。于是，她再次道："特别项目。"

"岩洞。"他说。

"什么？"

"那是它的别称，岩洞。你也看到那个升降台了，它直接通向悬崖底下，不过你看到那儿有建筑了吗？"

她犹豫了一下："没有。"

"建筑就在岩石内部，在海上的一个小岩洞里。"

"一个进行敏感工作的好地方。我想看看。"

他脸上的表情僵了僵："明天上午吧，我得安排安排——"

"今晚。实际上，就现在。"她的心就像是一个正在被一名职业拳击手连续击打着的梨球。她给他们清理的时间越少越好。天知道已经浪费了多少时间了呢，万一他们已经把该藏匿的全都藏好了呢。

艾纳用拇指边缘敲击着盘子："这么好的晚餐，浪费了真是可惜。"她正要反对时他又接着道："那，咱们就把它们打包，让人给送到特别项目去吧。咱们可以在那儿吃。"

夕阳如血，染红了他们身旁的大海。

艾纳带了一支手电筒——还不到用的时候，虽然夜色正在浸染天幕，但灯泡的光亮依然浅淡。他曾努力想让汉娜坐进轮椅来着（他们的医护室有一辆），可她坚持要自己走过来。

"哪儿疼，"他说，"是在脚踝里面还是外面？"

"外面。"

"好。那就是扭到内侧了。一级，非常轻微，很有可能会自行消失。不过既然你坚持要再让它落地的话……也许，慢慢来？"

"我会……尽量的。"

她蹒跚而行，他保持着同她一致的步伐。"我看了你的演讲，"他突然开口道，"是威尔鼓励我看一看的。"

"哦，然后呢？你的看法？"

"非常喜欢。其实我觉得自己也是一名未来主义者。不过，很显然，我不仅仅满足于看着未来一步步走来。我是积极主动的，而非被动。我这么说并没有看低你的意思。研究是一项工作之所以具有意义的本源，总得有人在那儿，不停地追问咱们的行为是否正确，而批评是最基本的一种。"

"你似乎相信未来会站在天使这一边。"

"前提条件是我们努力，努力使它朝着这个方向前进。咱们必须主动参与，去创造一个未来，不能仅仅做一个预言家。只需要拥有一点勇气，我们就可以去预言我们想要的一切。可除非咱们把它给实现了，让它真切地出现在眼前,否则可能永远都只是镜花水月。你说有两股力量正奔向一扇敞开着的门——"

"进化和毁灭。"

"天使与魔鬼,对。但对我来说,这并不是谁会赢的问题,而是咱们想让谁赢。是我们在推着它们前进,赢的那个之所以会赢,是因为它是我们所支持的怪兽。"

"很有见地。"

"是吗?我也是从你那儿得到的灵感。你的思考方式,是我原来从没有过的。而对此,我不得不说:漂亮!"

两人走在棕榈树下,穿过一片树荫下的幽暗,两只鸟儿在灌木丛中惊飞了开来。蜜旋木雀,她暗想。两只鸟儿就这样追逐着对方出了领地,也许是为了配偶,也许是出于某种人类尚不可知的鸟类原因。

艾纳问:"你觉不觉得你的观点因为受到过儿时经历的影响,所以复杂了一些?"

"抱歉?"她突然戒备了起来。

"你父母都是心肠很硬的人。"

四下里那温暖的空气中突然多了一丝寒意:"你怎么知道我父母的事的?"

"你在来这儿之前递交过一份背景调查。"

"我没做过这样的事情。"

"你是向FBI递交的,而FBI给了我们授权,给了我们查看这些调查报告的权限。"

她停下了脚步,扭伤的那只脚悬在了距离地面一英寸的地方:"那是隐私。"

"我在这儿所做的事情也很私密。全世界不知道有多少记者为了能够看一眼这儿究竟在做什么，不惜争个头破血流；而我的那些竞争者们，为了能一窥究竟，哪怕是割断他们的喉咙也在所不惜。你之所以能来，是因为我信任你，而我之所以信任你，是你的背景帮助我做出了判断。"

"很好。"汉娜说，声音很是僵硬，她继续向前走去，"受宠若惊。"

"你的父母，他们相信未来会在魔鬼那一边，不是吗？"他看着她跛脚前行，犹如一只鹰在盯着一只老鼠。

"他们害怕即将到来的东西，对。"

"他们并不是末日审判的拥趸，不过……"他凝望着半空，像是在寻找着丢失的言词，"那个词怎么说来着？"

"生存主义者，末日生存者。他们是幸存主义者。"

"没错，对。他们相信这个世界终将会走到头，很有可能就在他们的有生之年，或者你的有生之年。"

"对的。有的人对于这一终结还思考得非常具体——反应堆融毁、政权颠覆、彗星撞地球、饥荒、两极倒转。"

"嗯。你父母相信会是哪种？"

汉娜并不习惯谈论这事，想要换一个话题："没什么具体的。"

"末世的征兆必定是有的，"艾纳道，"比如全球变暖就是其中之一，会是我们生命中最大的挑战。而且，它只会使早已存在的水资源危机更加复杂化。此外，还有食物危机、国家间的战争。"

"是。"他说得没错，她还能有什么可说的呢？

"奇怪吗？"

"什么奇怪？"

"和他们一起生活，那些人，那种观点。"

"没什么好奇怪的，我就是那样长大的。"

"那个著名的鱼之问：'鱼儿呀，今天的水温是多少度？'鱼问答：'什么水？'司空见惯的东西，总没有什么好奇怪的。"

"没错。"

"你开始在家念书的时间也很早。"

"你怎么知道的？"

他微笑道："我的背景调查是很全面的，我知道是他们在家教的你，而且我还知道后来的某个时间你离开了，去和苏吉小姨一起住。妈妈的妹妹，对不对？"

汉娜只觉得自己被压在了一块玻璃后面，而艾纳的放大镜正贴得如此之近，以致于她无处可逃，无可遁形，毛骨悚然。

"对。"如果连这些事情他都知道，那想必没有什么是他不知道的了。

"你为什么离开？"

"这跟你没什么关系。"

"咱们就聊聊天而已。"

"不，还是让我来说吧。你已经把你的解剖刀给亮出来了，可我并没有觉得被肢解。我来这儿是因为 FBI 信任我，相信我有作为顾问的能力，相信我能查明某些蹊跷的事情，某些诸如被人为改造基因后的蚂蚁杀害了一个人这样的事情。而这些蚂蚁所携带的其中一种基因，不是别的，正好同方舟实验室所拥有的标志基因吻合。在玻璃下面的并不是我，盖尔森先生——"

"请叫我艾纳，谢谢。"

"在玻璃下面是你和你的地盘以及你们在这儿所做的一切。"

他笑了，摸了摸她的胳膊："当然，汉娜，当然。我并没有想要窥探你的意思。我哥哥常说我就像是一条追踪血腥味的猎犬，我不停地追呀追，一不小心就超越了气味本身，突破了世俗礼仪。我只是觉得你很令人着迷，如此而已。"

你才令人着迷呢,她暗想。一个奇怪的男人,有着神秘的财富和能量,拥有着一种既想让人亲近又反感的非凡魅力,翻手为云覆手为雨,莫测高深。

升降机不过就是一个包在铁框中的平台,像个笼子,汉娜暗想。当它沿着那黝黑的崖壁滑向下方时,她听到了海浪一遍遍无情地拍打小岛的声响——砰,哗啦,砰,哗啦。随着升降台的移动,如雾一般的水花,氤氲了视线。

他们一路朝着黑暗滑去,渐行渐远的夕阳已转到了小岛另一边。身下,黝黑的岩石和深邃的洞穴,进一步加深了阴暗。伴随着那洞穴的森然逼近,汉娜只觉得自己的心跳不由得加快了起来——一头怪兽正在那儿等待着,等待着用它那饥饿的大口将他们吞没。

不过,当升降台咣当当响着终于"砰"的一声停下时,艾纳抬腿走出去,"啪"的一声按下一个开关,洞内立刻泻满了亮光。长长的一串灯泡,被铁栓牢牢地固定在了岩壁当中。一条钢铁制成的走道——一段晃悠在成束缆绳上的桥面——在汉娜眼前现了出来,将他们引入了洞穴深处。桥对面是一栋建筑,质地看起来同那些用来建造模块豆荚的塑料没什么区别,只是形状大不相同,呈圆筒形状,像是一条嵌进岩石的长长管道。

"这就是你们在这儿建的?就在这洞里?"

艾纳微微一笑:"就是。"他指了指沿着洞穴两侧排布的几条深深的印痕——像是被一柄硕大无比的利刃给斫进去的一般。"那就是固定3-D打印机的地方,剩下的活儿都是机械臂干的。只有落潮的时候才能施工,所以花费的时间和资源也是相当大的。"

令人震惊。她差点把这话给说了出来,但又无意去成全这个男人的自负,于是只是点了点头,僵硬地笑了笑,一边暗暗希望自己内心的震撼还能掩藏在面孔之下。

圆筒形建筑上开着一道门，艾纳径直走了上去。她第一次发现他并没有腕带，可那门还是为他敞开了。而且，此刻她才意识到，升降台似乎也是如此。莫非他体内植入了芯片？她暗自揣摩。

里边又是一个完备的实验室，筒形房间旁是三个环形网状平台，每个之间都有弯曲的台阶相连，更有一段通向地面。一路上都是各种装有节肢动物的玻璃容器。两人一路向下，她又分别看到了狼蛛、蜈蚣和蝴蝶，甚至还有一个纸做的胡蜂巢，彼此自成一个生态系统，模拟着雨林、沙漠和沼泽，使这地方看起来更像是一个动物园而非实验室。在最下面，又是一扇门，再往下，应该就是在海平面以下了，她暗想。

艾纳像是看穿了他的心思。"筒形通道是根据海水的压力设计的——既包括水压也考虑了潮汐的起落。不过，"两人来到了房间底部，"你会看到那些巨大的……怎么说来着？水闸。就在地板上，在咱们进来的那扇门下面。"

她抬眼看了看，果然看到了——一个个紧闭的钢铁闸口，同房间融为一体："它们是做什么用的？"

"只要按下那边那个红色按钮——"他指了指墙上挂着的一个分线盒，一个同这个房间格格不入的工业时代产物，上面果然有一个大得离奇的红色按钮，"整个房间就会被淹。在咱们脚下还有更多的栅板，如果有需要，完全可以把这儿淹了然后再把海水给排出去，尽管那样得花不少时间。"

她内心一凛："为什么需要把这个房间给淹了？特别项目到底是什么？"

"针对基因改造昆虫的军用项目。"

蚂蚁，就是它们，不是吗？他几乎是在明说了，军用项目。她只觉得手心一阵发凉，早已被冷汗打湿。"这好像不像你啊，和你的道德观不符。"

这男人笑了——嘴角上翘，一个得意的笑，像是很开心她能这样想似的："你也知道的，我是和联邦政府联合租下的这个岛。咱们的上一任总统将美国的疆土扩展到了这些岛屿，而我之所以能把方舟实验室放在这个与世隔绝的小岛上，是因为我跟他们做了交易，条件是我同时单独成立一个部门，研究并尽可能设计出一些可用于军事的昆虫。"

"你这是在制造武器。"

"啊。"他抬起一根手指指向了天空，"那是你的想法，不过我倒是希望政府也能这么想。"他靠了过来，神秘地低语道："可这推断是不对的。"

"不明白。"

"军用设备，那是一个模棱两可的概念，不是吗？政府想从我这儿搞到武器，他们拿出来的第一个实例以及明确的诉求便是方舟为他制造一种武器化的蚊子，一种用来携带基因病毒的绝育虫子。可实际上，其原理并非真就像那样，正如我所说。我确实注意到你可以制造出一种蚊子来，通过叮咬，将一种全新的基因传递给被叮咬的对象———种可以让受害者更加容易感染疾病的基因。"

"就好比第二次世界大战时发生在日本和中国之间的那样。"

艾纳对她的博闻很满意："对，731部队。"

731部队，日本一支生化部队，使用感染了病菌的昆虫（主要是跳蚤和苍蝇）来向无辜的中国人传播病菌。汉娜曾看过一则报道，说他们原本还企图用感染了鼠疫的跳蚤向美国西海岸发动袭击，但好在战争及时结束了。

"不管怎样，"艾纳接着道，"当我开始研究蚊子时，发现了一种更为有趣的玩法，一种可以繁殖，但却能传递终结基因的蚊子。遗传至下一代的基因确保它们只有一代可以存活，一种被改造了的埃及伊蚊。"

"并不能完全算是一种军事运用。"

他耸耸肩:"我可能不大赞同。研究表明,被某种特定环境灾祸比如饥馑、疾病、水资源短缺等所驱使的人们,更加容易陷入暴力。有时,这种暴力是随机的,比如当热浪袭击某座城市时,当地的犯罪率便会上升;有时这种暴力也可以是精心策划的:一名独裁者打着改善人们生存境况的旗号,夺得了大权。而毫无疑问,这名独裁者必定会将他的人民拖入更加不堪的水深火热当中,或者更糟,战争。改造一只蚊子——"

"也就意味着解决一种通过蚊子传播的疾病,而且,更加理想化一些,将一个发动战争的因素给消灭在了桌面上。"

"完全正确。"

"相当聪明。你这儿其他的项目也这么慈悲为怀吗?"

他笑道:"确实是。到目前为止我们还没做出一件武器来。我们有一种蜘蛛和蚕,它们吐出来的丝的拉力和强度,甚至比高铁还要高,也比绝大多数芳香聚酰胺要高,而且完全是有机的。大多数人都不知道蜘蛛能吐好几种不同的丝:有用来猎杀的,有用来建巢的,有用来降落的。至于它们都能有什么作为,我们才刚刚看出点端倪。建筑、装甲、战地手术,都有可能。不过还远不止这些。你觉得一种可以用来探测炸弹或其他危险材料的蜜蜂怎么样?或者一种通过基因改造而使其具有更加敏感但却可控的神经系统的昆虫,让所有的控制增强技术更加容易实现?"

"就像是创造出了一种遥控控制的虫类。我看过有关同类型蚊虫、毛毛虫和蟑螂的设计的报道。"

"没错,没错!这个就是将来动物和机器结合的起点。如此之大的潜能,如此美好的愿景。"

"全都披着军用的外衣。"

他噘嘴道:"用不着披谁的外衣。别忘了,互联网就是一项军用技术,现在看看它是如何改变我们的文化的。"

"那些蚂蚁呢?"她问。

"那些杀人蚁?据称留下了一具尸体的那些?你是想问它们是不是方舟实验室的成果?"

她紧张了起来。他这是在耍她吗?

"用不着拐弯抹角。我问的当然就是那个,它就是我来这儿的原因。"

"不是,汉娜。我们既没有制造过任何军事用途的蚂蚁,也没有制造过那样一种生物。尽管它们身上出现了我们的标志性基因,但它们确实不是我们的。"

"那你怎么解释你们的指示性基因在它们身上出现这事?"

他叹了一口气,眉头深锁,像是在思索着答案:"我们也在查。我所能做的最合理的猜测就是——它们被盗了。我们有着一个不停流转的团队,他们当中许多都是高学历但又年轻且涉世不深的人。他们是签过法律文书,而且每个离岛之人都通过了严密盘查,可天底下没有不透风的墙。我的其中一位对手为了我的秘密,说不定会开出很高的价来;而像指示性基因这样的核心机密,他们的出价甚至会更高。"

"你的意思是这是商业间谍活动,竞争对手所为。"

"不敢肯定,但源头说不定在此。"

"你的敌人真那么恨你,竟制造出那样邪恶的一种蚂蚁来?用偷来的指示性基因?什么样的商业阴谋我都能相信,可这个似乎完全就是另外层面的事。"

艾纳将两手背在身后:"仇恨的力量是无穷的,很少始于仇恨本身,而是一件别的什么事情。一件更加微不足道,更加难以捉摸的事:嫉妒、贪婪或者自我怀疑。在生物学上,事件往往都不是孤立的,牵一发而动全身。就这件事,可以反过来说,所有那些负面情绪都与且仅与一件事有关——仇恨。"

两人沉默着坐了一会儿，互相审视着彼此。越过他的肩膀，她窥见了最后一道门——依然紧闭着，后面所隐藏的，她希望就是那尚未露出庐山真面目的特别项目。她正要开口问他能否将它给打开，就在这时——

砰。她吃了一惊。

"咱们的晚餐到了。"艾纳道。在他们上方，厨师和服务生已经进来了，送来了海岛食物那令人垂涎欲滴的味道。

晚餐很是丰盛，美味珍馐，五味俱全。他开了一瓶红酒——博尔卡斯特酒庄出品，还让她尝了一种冰岛白酒，喝起来有葛缕子和茴香的味道（艾纳说这酒有时也被称作"黑死"，倒也不是因为它的味道，而是因为冰岛在历史上曾一度想要劝诫饮者，于是在所有的酒瓶上都放上了骷髅图案）。

很快她便有些微醺了，一切都多了一种柔软而又令人沉醉的美感，双唇有些发麻，而牙齿则像是过了电，稀奇极了。恍惚中，她的注意力总会不经意地在他身上打转。或者更糟，她这是被他给勾引了，就像是一名魔术师的误导，让你看向某个闪闪发光的小东西，而真正把戏，则在你看不见的那只手上不动声色地上演了。一样，在艾纳讲述自己的故事时，她便已经中招了。他说自己曾在冰岛一个富足的家庭当中长大，后来离开父母开始游历全球。那时他年轻而又单纯，唯一拥有的便是无知无邪的眼和空空如也的口袋。他曾在南非的一艘渔船上干过活（有一次还打退过海盗），也曾在俄国的一家孤儿院做过看门人；此外，他还帮忙运营过马来西亚的一家朵朵糕工厂，"朵朵糕是一种用来嚼的糖果，"他解释道，"会像口香糖和胶一样黏在你牙齿上。"他说自己正是在那里学会的吃榴莲，那水果（他估摸着应该是水果）闻起来就像是死人的嘴巴，尝起来就像是洋葱糊糊。她很想享受他的故事，她也确实那么做了。

不过她还是有些担心——我正在错过什么吗？还有什么是我没看到的？

艾纳告诉她："我曾亲眼看到一个男人死在了巴黎的大街上，一名埃塞俄比亚男子。有报道说他是一名男妓，可法律部门只发现了他在一家当地货仓工作的证据。两名光头党找上了他，其中一人从后面抓住了他的头和脖子，另一人将一支破酒瓶捅进了他的喉咙。然后他们就跑了，像乌鸦那样咯咯乐着。我冲了过去，他死在了我的怀中。正是那个时刻改变了我，打那之后，我便决心要让这个世界变得更好，而不是更差。"

"我爸爸杀过一个人。"她说。这个故事原本便被公开报道过——如果他真的对她进行过全面调查的话，这事想必不会遗漏。她告诉自己说之所以要告诉他这些，完全是为了巩固他对她的信任，或者，礼尚往来，也卖一个破绽给他。有些男人只要一感觉到女人的脆弱，那脸皮瞬间便会厚起来，这会让他们犯下错误。突然间，她又开始担心了起来：他为何要跟她说那个埃塞俄比亚男人的故事——莫非是在将她诱向此刻这个话题？到底是他在操纵着她，还是她在摆布着他？无所谓啦，现在已经太迟了。艾纳在看着她，在等待。

"一个本地男人，你可能会说那是一个流浪汉，但并不完全准确。他是一名农家汉，住在同一个区。酒鬼，喝得太多而又吃得太少，终于把身子给搞垮了，肝脏严重受损，记忆力衰退，失去了一些理智且再也找不回来了。

"我们住在镇子边上，兴许还要更远一些，甚至都不能算是一个镇子——只有一个邮政编码。"而且有一天当母亲将那个邮筒给劈倒之后，连邮政编码也没有了。"我们家有栅栏也有牛栏门，车道很长，房子很远。有牲口、园子和温室，还有一个练习射击的地方。它足够与世隔绝，足够神秘，因此我想一些当地人对里边的事情确曾演绎出一些传奇来过——祭坛啊阴谋啊什么的，或者，至少也得是一伙扛枪的笨蛋在筹谋着推翻政府。绝大多数人可能都知道这不过是故事罢了,可罗伊不是这样。那就是他的名字:罗伊·佩弗。一天,他决定穿过我们家栅栏然后……"接下来的话语在她嗓子当中湮灭了下去,而余下的故事情节却在她紧闭的双眼后面无声地上演。

"那人袭击了你。"艾纳道。

"对。"

"你爸爸向他开枪了?"

"对。"

"所以你也看到了一个人死在了眼前。"

"对。"

"对你来说肯定非常艰难。你那时还小?"还不到十岁,她暗想,不过嘴里说出来的却是:"我想看看那扇门后面有什么。"

一个僵硬的笑容:"当然,汉娜,我会为你开门。轻松愉快地去探索吧。我给咱们煮点咖啡怎么样,来点儿提提神?"

她点点头,接受了这个条件。两人一起走到门前,他将门打开,露出了后面那条满是房门的通道,随即一个字也没说,便留下了她一个人。

熏熏然,但却没醉,汉娜抬腿走上前去。门在她身后滑上了。只剩下了她一个人,有那么一小会儿,这让她松了一口气。

不过随即,一阵恐惧便袭了上来。通道里只有应急灯在亮着,天知道前面会有什么人,什么东西。一想到墙壁后面、隔栅下面还有头顶上方都有蚂蚁在爬,她胳膊上的汗毛顿时根根倒竖了起来……

她继续往前走去,脚踝上的疼痛在酒精的麻痹下消褪了一些。她探头看了看第一个房间,不过就在她迈进去那一刻,里边的灯"啪"的一声亮了,雪亮而又刺眼的荧光猝不及防地倾泻开来。她眨了眨眼,让目光慢慢适应——随即便看到了一个雪白的房间,当中摆放着一张铁桌,同三面树脂玻璃做成的墙壁一起构成了一个笼子,乍一看上去空无一物。不过随即她便在里边留意到了一片由一些小小的黑点所组成的迷雾,淡淡的灰色,闪着微光游移着,一如战栗的幽灵。

蚊子,埃及伊蚊。

树脂玻璃墙壁一直通向屋顶,另一头是一些网状,像是蚊子巢一样的东西。铁桌上还有一个小一些的透明塑料箱,一侧开着一个包裹着橡胶的孔。透过这孔,汉娜暗想,完全可以伸一只手进去。为了测试叮咬效果?测试昆虫的某种排他性?

她继续沿着走廊往前走,又是一扇门,后面是卫生间。接下来的房间,是一个储物间。

随即,一股味道传了过来。强烈、刺鼻,是香皂混合着香茅油的味道。那气味如同两条饥渴的虫子,一个劲儿地直往她鼻孔里钻。

接下来的两道门都是通向同一个实验室。她走进去,灯光又应声倾泻了下来。这个房间大小同方舟实验室不相上下,乍一看上去同样是空的,宛如一个建设在世界尽头的实验室。

随即她便瞥见了,又是一张铁桌,又有一只箱子。泡沫塑料箱,一圈黑色橡胶分隔着两边,就像他们在湖里找到的那只。

汉娜吞了一口唾沫,觉得嗓子有些发干。她又往里走了走,脚步声回荡在空旷的房间中。来到箱子旁,她抬手顺着箱子边缘的深色橡胶摸了摸,想要把盖子给抬起来,可它纹丝不动,于是她再次用力一抬,只听"啵"地一声——

"你在这里呀。"

"老天爷。"她说。

"抱歉,"艾纳双手抬到胸前,摆出了祈祷的姿势,"你离开有一会儿了,咖啡已经好了。"

她朝着箱子内部瞅了瞅，在塑料隔板间又看到了一些更小的盒子，是圆柱形的，不是六边形。这个和湖里那个并不一样，是普通的，和别的箱子没什么区别，就像伊泽用的那些。

一阵轻快袭遍全身，宛如幽灵的指尖，她打了一个寒战——也不知是因为这一刹的放松，还是因为别的什么。

"有什么发现吗？"艾纳问。

"没什么特别的。"她汇报道。

回到餐桌，一个小小的咖啡机已经摆放在了那儿——爱乐压咖啡机，他是这么说的。咖啡机旁，是一只同样小巧的电水壶和一个手动研磨机。艾纳按下活塞，咖啡倾入小杯。"浓缩咖啡。"他道。汉娜举起杯子，蒸汽拥向双唇。

"这么说，你看过那些蚊子了。"

"看了。"

"希望你们政府有一天能用上它们。"

"我还以为你跟他们是伙伴关系呢。"

他往自己的小杯中倒了一些，啜了一口黑色饮品："令人伤感的是，在这个上面并不是。所谓众口铄金，积毁销骨呀。我猜，要是知道我们释放了人工改造后的蚊子，人们说不定会以为自己全都会患上癌症，或者以为我们会把他们变成和'蜘蛛侠'类似的吸血鬼呢。当无知拥有选票时，科学也就成了无知砧板上的肉。我们在世界其他地方也还有一些项目：南美、马达加斯加、菲利宾。有一天，我们兴许可以说服你们政府相信它是安全的。也许，那得等到登革热终于在佛罗里达、路易斯安娜甚至是夏威夷这儿真正肆虐开来之后吧。"

"通常我们也只有站在灾难的风口浪尖上时才会醒。"

他举起了自己的小杯:"那,就为了灾难的风口浪尖吧。"
"当然。"她"叮"的一声碰了杯。

⑫

入睡前的最初一个小时里,睡了艾纳(或者是他睡她)的记忆挥之不去:他的双手缓慢而又沉稳,双唇激烈而又热切,顺着她的胸部来到了她的腰,下到她的两腿间,留下了一条湿滑的线;交颈缠绵的感觉——既有她在他上面,也有两人默契的相互进退,外加微醺微醉的酒意,给了她一种眩晕、混沌而又迷糊的快感。不过,当更深的睡眠将她捕获之后,幽暗的梦境便取代了它们的位置。令人窒息的梦境中,汉娜在上气不接下气地干咳着,咳得眼冒金星。一口尽是蠕动着的蚂蚁的浓痰,从舌尖一直流向下巴,垂向地面。鼻孔当中还有两挂,正在绵延不绝地涌出。她弯着腰,胳膊叮满蚊子,鲜血犹如小溪一般流淌。遍地都是黄粉虫,湿漉漉、黏糊糊,扭动翻腾,一眼望不到边的,是它们的头。

远远地传来了爸爸声音的回音。

一声枪响,一声动物哀鸣,随即她醒了。

"你——"一个声音道,是温拉。汉娜瞥了一眼钟,午夜刚过。这个时候,艾纳跑哪儿去了?

温拉站在一个红色相思木做成的衣橱前,正在用一种考究得如同激光制导一般的姿势,挂着几件衬衫。

汉娜正睡在一顶圆帐当中。艾纳的奢华圆帐——这两个词连在一起是如此的别扭,以至于她几乎没把它们给想起来。圆形墙壁圈着一个由木条拼成的菱形图案,上面盖着白色皮革。

汉娜在床上坐起身来——一张完美地平衡了舒适性和支撑性的床,

一张让汉娜甚至有些自惭形秽的床。温拉停下手里的活，走了过来。这女人俯身越过脚踏，两手各抓住一根床柱，像是扼住了两条喉咙。

"你睡了他。"温拉说。

"不关你的事。"汉娜回答。她将被单掀向了一旁，并没有把它抓得更紧。突然，她有些难为情了起来。她之所以决定要跟他睡——或者说她此刻是这么告诉自己的——是希望可以得到他的信任，进入他的圈子。她越是靠近，他向她透露的东西可能就会更多。而这也就意味着她距离一桩谋杀案的解决以及对案子的理解更近了一步。不过昨晚，这样的逻辑却从没在脑海中浮现过，她满脑子所想的，便是自己已经期盼了多久了，透过那醉意（或者因为这醉意），她是多么想要疯狂地要他，毫无保留，毫不在意场合。

"艾纳所有的事情都和我有关。你醉了，他占了便宜，事情就这样发生了。你又不是第一个。"

"我没醉，他也没有占便宜。"

说完，她暗暗开始骂起了自己，因为既然温拉能这么说，那所有人都有可能说出这样的话来。她来这儿是工作的，得不偏不倚，公平公正。哪怕是仅仅给人以上过艾纳床的联想，也能让她的努力付诸东流。更何况她还真的干了，这无异于雪上加霜。

温拉低头盯着她，就像是在看一辆飞驰而过的汽车里抛下来的一片快餐垃圾："只要能有助于你晚上的睡眠就行，斯坦德女士。不过请记住我的忠告：艾纳的事就是我的事。你要是让他这颗明珠蒙了尘，哪怕是一星半点，也逃不过我的眼睛，而且我会行动的。"

"他正在考虑开除你。"

这话就这样没经过思考地从她口中溜了出来，惹得她对自己又是一阵暗骂。这么尖酸刻薄，并不是她的风格。不过，这女人的监视确实让她有了一种岌岌可危的感觉——被逼到了墙角,犹如一头困兽,突然生出了致命而又毫不掩饰的攻击性来。

打击是沉重的,温拉似乎晃了晃,两手从床柱上缩回,站直了身子,双眼茫然。她的嘴唇动了动,像是有话要说,但终于还是没能说出来。

"祝你的调查好运。"这便是她唯一说出来的话。说完,温拉从屋角抓起一个小包离开,丢下了汉娜,将她丢在了一顶并不属于自己的圆帐当中。

汉娜回到方舟实验室时,还是深夜。离开前,她在艾纳的卫生间里花了几分钟,草草洗了个澡。一头乱糟糟的头发,只会坐实人们对她和艾纳勾搭成奸的联想。她不能那样。

当她仓皇逃离那个地方返回实验室时,汉娜开始意识到自己刚刚把这次调查给搞复杂了。就因为她喝醉了。还因为——什么?她以为她也能玩上一场权力的游戏?把身体当作一件武器?或者,仅仅因为这恰好就是她当时想要的?我已经是一个成年人了,完全可以支配自己的性,爱他娘的怎么样就怎么样!

是她勾引了他吗?还是他勾引了她?这能算是勾引吗?要命。

汉娜在小径上踱着步,穿过棕榈叶,推开一挂挂开着花儿的藤蔓,朝着方舟而去。

回到宿舍,她抓紧时间,又昏昏沉沉、不知所谓地休息了几个小时。睡眠很浅,她漂浮在梦与醒之间,咀嚼着自己的错误——并非仅仅是同艾纳上床,而是她这辈子所说过以及做过的蠢事。

清晨,她努力将自己给拽出了被子(尽管她很想就那样藏在被窝当中,去躲避光天化日下令人无可遁形的审视)。休闲室里,她从咖啡壶下取了一杯咖啡。四处不见威尔的踪影,也找不到温拉和艾纳,其他人倒是已经来了，一个个的目光，恨不能在她身上烧出几个洞来。凯特在小声说着话，巴里在试图拿阿加伊打趣（后者只是盯着他，一张脸犹如亘古未变的崖壁，不带丝毫表情）。突然，雷走到了她身后，故作神秘地道："你搞他了？"

"闭嘴，雷。"

"你又不是第一个。这家伙简直就是娘们儿磁石呀。帅，但又不是太帅。有钱，完全有本事在月球上买下一块基地。要是可以，我也想上他。"

她猛地转过身去面对着他，几滴咖啡从杯子边缘洒了出来。她撒谎道："我没有。我们喝了点东西，我睡着了。故事结束，好吗？"

"你是说他只给你看了特别项目却没有让你看他的'特别玩意儿'，嗯？"他一脸怪相，不怀好意地笑了。

"你知道吗？"她刻意提高了音量，好让所有人都听到，"你跟我说过不喜欢我出现在这儿，可我觉得你的意思是，这里的所有人都不喜欢你。有人喜欢过你吗，埃斯皮诺萨？我敢打赌根本就没人喜欢你。"

"哎哟喂，胡蜂可是有刺的呀。"

她一把推开他，走了。

他在她身后叫道："我盯着你呢，斯坦德探员。"接着，又对其他人道："他娘的看什么看？"

她进了宿舍区，雷尾随了过来。她看也没看他一眼便问道："艾纳呢？"

"我要是知道才见鬼了呢。我是一名联络员，不是他的跟屁虫。"

"威尔呢？"

"也不知道。这个实验室又不归我管，去问大卫——"

说曹操，曹操就到，大卫应声从汉娜所住的房间走了出来。他为什么会在那儿？找她吗？看看她到底在不在？好趁她不在时翻翻她那少得可怜的行李？偏执和妄想不知不觉地溜了上来，她这是搞砸了，失了分寸，而且她自己也感觉到了。

"斯坦德探员，我正找你呢。"大卫道，"预计到来的风暴略微提前了，日本海岸的气旋速度远比我们估计的要快。也就是说船今天下午就会到这儿，而不是明天上午。大概会在下午四点左右。"

怀疑犹如一根看不见的刺，在心底里扎得更深了。真是这样吗？他们正试图把我给踹出去。于是她直言不讳地道："你们这是想踹了我？"

"不，不，不是这样的——只是错过了这次，船就得好几天之后才能回来了，而且我们刚好也有人要离岛。这是你的窗口期。"

她的心像是突然被什么东西给钳住了。焦虑，恐慌，她知道的，她在努力平复着心情，可恐惧依然挥之不去：我做得还不够，我还没有解决这事，我们依然还在原地打转……

"威尔呢？"

"特别项目吧，谁知道呢？"大卫道。随即，趁着她还没问出更多的问题来，他又飞快地道："能与您一起共事真的很好。午餐见，斯坦德探员。"

汉娜在收拾着行李。尽管也没什么可收拾的，但好歹能在她对自己，对风暴，对艾纳，对所有人和事恼火的时候，有件事情可做。

她飞快地打开自己的笔记本电脑，点开邮箱，输入密码，随即便看到一封来自霍利斯的邮件弹了出来：

打电话给我。911。

合上笔记本，走向门口——

凯特几乎和她撞了一个满怀。

"嘿，"凯特说，"你没事吧？"

"没事。"汉娜听到了自己的声音，一点儿也不像是没事的感觉。

"嘿，你千万别听这儿的人嚼舌根子。全都是胡说八道，办公室闲言碎语。我们不过是一群被困孤岛上的怪物。好吧，我也跟你说实话吧，刚来这儿的时候，我就跟威尔睡过几次，而那不过就是一个夸张的问候方式罢了。不仅仅是我跟他，因为我们大家都是成年人，别的人也是一样的德性。那样嚼舌根子，不过是费些唾沫星子，并把每个人心里的龌龊暴露出来……"

"我得打一个电话，座机在哪儿？"

"哦，唔，去问问大卫。可能在他的办公室里。"

"谢谢。"

没有腕带，实验室是回不去了。她得等着有人出现才行，而这个人，自然就是凯特了。不过，令她意外的是凯特倒也爽快，在替汉娜开门时只问了一句："顺便问一句，你看到卡诺了吗？"

汉娜说没有。

"我得找他帮个忙，主实验室里的一根灯管坏了。"

两人一起朝着实验室方向而去，汉娜道："要是看到他，我会告诉他的。我问你一件事吧，很快。"

"问。"

"你是蚊子项目的头儿。"

凯特微微一笑："我是。然后你想知道它现在为什么会去了威尔的地盘，或者我为什么没跟你提起过。"

"啊，对。"

"我之所以没跟你提是因为这个秘密不该由我来说。至于它为什么到了那下面嘛，"她压低了声音，"我也不知道，艾纳上次来看过之后，就把那个项目从我手中夺走，塞给了威尔。不知道为什么。威尔也不知道。艾纳说那是'必要的专业调整'。"

"那就你估计这是为什么?"

"可能是他们觉得我不够好吧,也有可能他只是一个大男子主义的混球,这种人最爱搞什么自吹自擂的研究了。"凯特耸耸肩,"这事是很恶心,可我又能怎么办呢?我还得为它做支持性研究,寻找那些接下来适宜尝试释放这些蚊子的国家。可那也不关我的事,我是一位科学家,只想做科学研究,不想打电话。"

汉娜和凯特告别后,找到电话,来到外面,一边沿着人行道往前走,一边打给了霍利斯。

"你终于打来了,"他说,"我把崔女士……抱歉,崔博士也给拉进来。"片刻过后,几声咔哒声响,随即:"伊泽,你在吗?"

"你说呢?"伊泽的声音传了过来,"是汉娜吗?"

"我在。"汉娜说。

"我们找到了一枚指纹。"霍利斯说。

"是我找到了一枚指纹。"伊泽道。

"对,是崔博士找到了一枚指纹。"

"那你们比对了吗?有匹配对象吗?"汉娜问。

"我们比对了,结果快把我老命都吓掉了。你知道阿切尔·史蒂文斯这个名字吗?"

她知道,一位亿万富翁,贵族世家,在石油上赚了个盆满钵满,然后突然良心发现,对全球变暖以及中东冲突痛心疾首,犹如一位正在接受治疗的瘾君子一般,信誓旦旦地放弃了石油项目,转而将整个财富王国用于支持可再生能源以及电池回收这样的项目。用她的话来说,那便是一个人突然由魔鬼变成了天使。至于这到底是正当转行还是利益驱使,她便不得而知了。不过现在,自由主义者和嬉皮士倒是乐于把他那张脸给印在海报上。

"那具尸体不可能是史蒂文斯的,"汉娜道,"年龄不符。"还有,坦白地说,时尚品味也不符。

"是他儿子。"伊泽说。

"斯科蒂·史蒂文斯。"霍利斯道。

"他儿子?"汉娜想到了那双鞋子,那件背心,那条牛仔裤。富人家的公子哥,合情合理,"你跟那位老爸谈过吗?"

"那正是蹊跷的地方,那位老爸从雷达上消失了。"

"什么意思?"

"谁也说不准,可那家伙就这样凭空消失了。要是换作平时,阿切尔·史蒂文斯撒泡尿全世界都会知道,因为他手下人必定会放出风来。他想出多大名,他们就会放多少风。可现在已经有整整一个周没人见过他,听过他的消息了。据说,那些游荡在他豪宅和常去地点周围的狗仔队也没看到他进出过。"

"那咱们对他都知道些什么?"风从海面而来,日头很辣,可空气中却渗透着丝丝寒意,汉娜不由得打了一个寒战。一切突然都多了一份令人毛骨悚然的感觉,压得人喘不过气来。她自己回答了这一问题:"阿切尔·史蒂文斯是艾纳在能源市场的其中一位竞争对手。"

"对头。"

两人接着跟她说了一些她已经知道的事情,然后霍利斯补充了一些个人详细资料:"阿切尔·史蒂文斯,六十一岁,遭到过几次性骚扰指控,但都像有钱人常做的那样花钱摆平了。独子斯科蒂·史蒂文斯,二十六岁。现在,阿切尔成了孤家寡人。四年前,他和老婆艾琳离婚了,多亏一份滴水不漏的离婚协议,保住了大部分财产。从各方面来看,他都是一个自私自利之徒,但被公关团队包装成了一个人物。有传闻说他甚至还有可能会转战政界。"

"你跟她前妻谈了吗？"

"她对他恨意未消。没见过他，说他曾说过想离开一段时间，休休假——'给自己一点时间'，他是这么说的——但从来没实施过。不过还有点别的东西。"

"是什么？"

霍利斯说："史蒂文斯的大名在许多公司的董事会名单上都能看到，这事是公开的，但又不那么公开，围着他转的公关团队似乎刻意忽略了这一点。你知道阿切尔·史蒂文斯出任董事的其中一家公司叫什么吗？你知道BHW吗？环球黑暗之心公司。"

"私营军事公司，PMCs，雇佣兵。"

"没错，他就在他们的董事会名单上，一同出现的还有几位其他公司的前副总裁、一名步枪协会的说客、一名更加狗屁的首席检察官等等。"

一下子出现了这么多信息，可问题是这些碎片当中到底有多少是有用的，或者有多少是无用信息？她四处看了看，四下里不见一个人影，但总觉得有一双眼睛正在火辣辣地盯着自己的后颈，犹如狙击枪上的瞄准镜一般。

"你觉得这事是艾纳对他干的？还是他对艾纳干的？"

"也许这就是亿万富翁发动战争的方式。"

她试着拼凑起来："史蒂文斯只介入清洁能源领域，对吗？没有基因相关？"

"我们原本也是这么想的。"霍利斯说。

伊泽补充道："还记得霍利斯提过的其中一家公司吗？他是马氏基因的董事，也是天使投资人。他在那地方可是投了真金白银的，很多钱。他是这个领域的真正玩家，而不是像艾纳那样的鼓噪者。"

"马氏基因主要从事的都是植物，对吗？没有昆虫什么的？"

"就记录上来看，没有。不过，昆虫学这个圈子并不大，汉娜。我们也听到一些小道消息，说他们也在快马加鞭，研究某种终结者虫子，和方舟的蚊子一样，但针对的是平常粮食作物上面的害虫，比如蚜虫、象甲虫之类的。繁殖一代，下一代灭绝。"

"阿切尔不会杀死自己的孩子，所以那也就意味着是艾纳为了削弱对手而杀了那个孩子。"接下来的一个念头，让她喉咙有些发紧：我刚刚同一个自恋的杀人凶手睡了。"说真的，那能是他的风格吗？这事似乎……太极端了。我还没在他身上发现过这样的端倪。"

这个问题，不管是霍利斯和伊泽都没法回答，两人也如实说了。

汉娜犹豫了起来，沉吟道："你们得检查一下斯科蒂·史蒂文斯的手机，看看里边有没有什么东西和这件事联系得上。"

"我们根本就不知道它在哪儿。"

汉娜摇了摇头，自己怎么忘了？从科技的角度来说，霍利斯远远落后于这个时代，得帮他提醒一下现实了。

"霍利斯，你得跟得上现代科技的步伐呀。像这样的富家公子是绝不可能揣着一个只会丁零零响的2005年翻盖手机到处跑的，只要斯科蒂有新式手机，那他所做的一切可能都会自动上传云服务的。你已经有他的真实指纹了，现在再去找一串数字的吧。"

霍利斯道："汉娜，这就是我爱你的原因啦。像我这样的老恐龙是绝对离不开你这样年轻的哺乳动物的。"

"那你就给我涨涨工资呀。"

"等你回来咱们再谈这事。继续查吧，万一那儿真有什么事，你就是我在地球上唯一的眼睛啦。如果现在的艾纳真不是过去那个艾纳，那我现在就可以动手，派人过去把那个地方给撕成碎片。不过万一我们真那样做了，恐怕刚刚跨出大门，就会被律师们给打断腿。我还需要更多，而你需要替我去找。"

"风暴要来了，他们今天下午就要送我走。"

"那你最好抓紧时间去查。"

"我会的。"

伊泽道："汉娜，注意安全，好好的。"

"没事，"她说，"我很安全。我很好，谢谢。"不过突然间，她没那么肯定了。她有了一种没着没落的感觉，就像是心里多了一个黑洞，正要将她整个人给吞没似的。我在这儿犯了错，我跳进黄河也洗不清了。而此刻，时间正在飞速流逝着。

"晚点再跟你们联系。"

挂断电话，座机就端坐在她的手中，沉重而又死气沉沉。犹疑一点点在心底里泛滥了开来。真的是艾纳干的么？有些不对头。他是一个有着许多东西可以失去，也有着许多等着他去缔造的男人。这种谋杀实在是太过于微不足道。让一位竞争对手失去一个儿子，再用基因改造后的蚂蚁啃掉他浑身上下的皮肤？这不是一名慈善家兼亿万富豪所能干出来的事。

而是一名连环杀手的风格。

不过话又说回来了，兴许艾纳就隐藏在众目睽睽之下呢，说不定他就是一个连环杀手。如果真是这样的话，那该是多么巧妙的一种伪装啊。一个由工业、商业、革新以及它们所带来的财富保护的男人。他是做了一些好事，但同时也在用相同的力量去满足他那变态的欲望，用最为卑劣、残忍的手段去摧毁他人。一个反社会的人，一个精神变态者，一个披着财富和慈善外衣的丧心病狂之徒。

她摩挲着座机上的按键，按下了父母家里的号码，并未期待有人会接，但随即——

"是你吗，汉娜？"

"嗨，妈。"

"你还在外面，是不是？"并不是询问，而是责备。

"是的，还在岛上。"

"网上说有恶劣天气朝你那边去了。"网上说，妈妈的口头禅之一。连接网络，是一件叫爸爸和妈妈既懊丧又快乐的事情。他们什么都是自己动手，水、电还有食物。可因特网，还有此刻汉娜正用它来通话的电话线，都是用一根细细的线，将他们连向了万能的网络——是从卫星接入的服务，而且是汉娜亲自操刀，因此他们在网上的冲浪几乎是完全匿名的，搜索引擎只用"匿名者"这一类的，软件只装"隐藏磁盘"，开启双重认证，从不输入信用卡信息（她父母也没有信用卡）。

妈妈对因特网几乎到了痴迷的程度，汉娜知道个中原因：它满足了她对坏消息的热切渴望。圣战主义、共产主义、彗星、水资源短缺的威胁，种族冲突、转基因粮食、说不定哪一任总统便会带领武装力量上门来夺走你的枪支所带来的忧惧——她疯狂地汲取着它们，如同嗜血的牛虻。凡此种种，她全都不信，可她还是一股脑儿全都吸收了。

去年，在黑客劫持了那架客机并让它坠毁后，妈妈便从网上扒拉出来这消息。她告诉汉娜："我在'止战'论坛上看到那根本就不是黑客干的，而是伊朗搞出来的人工智能，是由国家赞助的恐怖袭击，汉娜。"人们到底是从哪儿听来的这些乱七八糟的消息？汉娜不知道。然后，妈妈断了一小段时间的网，三周后又故态复萌，再次开始饮鸩止渴。

"是风暴，"汉娜道，"我会在它到达前离岛的。"

"是热带风暴。"

"我知道，会没事的。"

那边顿了顿："但愿如此，汉娜。我们想你。"四个字，鲜有的感情流露，听起来干巴巴的，不过还是一种进步。汉娜喜欢这种感觉，尽管她心知肚明,同妈妈所说的绝大多数话一样,这话绝不会平白无故地这么一说,背后总会带一点弦外之音,言下之意。

"我也想你们。"这话在某些时候倒是真的。

"一切都还好吗?"妈妈问。

又是一句口头禅,她自然明白它是什么意思。汉娜心领神会:"一切都好,妈。地球依然在转,没有核弹,也没有生物性灾害,更没有恐怖分子使用生化武器——"

"不,宝贝,我说的是你。你听起来有些不安。"

"我没事的,很快就能回家。"

"但愿吧,你得来这儿看看你爸爸。我们爱你。"

妈妈什么时候变得这么贴心了?汉娜很想怀疑一下其背后隐藏的动机,可又不敢去想:"我也爱你,妈。把这话也告诉爸爸。"

"我会的。"

汉娜坐下来,穿上了跑鞋。是时候再去探探那个特别项目,是时候去寻找答案了。威尔兴许知道在这个世界上还有谁有本事设计出这样一种生物来;艾纳说不定知道这种事情得花多少钱以及谁才能掏得起腰包。还有就是,若是他俩当中真有谁有一丝一毫悔意的话,她也希望能亲眼在他们的脸上瞧出来——一次躲闪,一丝抽动,肌肉一次微不足道的调整。男人都撒谎,但很少有完美的谎言。纵使舌绽莲花,也必定是漏洞百出。

她从双层床上站起来,正要走出屋门,阿加伊·巴特纳格尔从走廊一步迈了进来,飞快地关上了房门。

"阿加伊——"她刚开了口,他便已经侵入了她的私人空间。突然,她将他视为了威胁。他个高,像是一柄随时都会落下来的战斧,身上穿的也不是实验服,黑色的T恤下面露着结实的肌肉。汉娜不自觉地把双手握成了拳头。

"我看了那些样品，"他几乎是在说悄悄话，"那些蚂蚁。我从梅尔卡多博士那儿得到的尸体样本，也从崔博士那儿得到了一些资料。"

"好。"汉娜嘴上虽然这么说，但却不知道当前的形势是不是真"好"。他又朝屋内迈了几步。

她退了几步。

他注意到了，似乎有些震惊。"我是来这儿帮忙的，"他说，"你原来还没听我说过这些呢。"

"到目前为止你什么话都没说过。"

"我看了你们的蚂蚁的基因图谱，它们是精致的小怪兽。我刚一打开密码，一眼便在里边看到了掠食蚁、收获蚁和切叶蚁的基因。是一位行家里手做出来的这东西，一位大师。"

"谁才有可能会是这位大师？"

"全世界范围内？不多，屈指可数，这一点可以肯定。"

他再次犹豫了起来，欲言又止。

"到底怎么回事，巴特纳格尔博士？我的时间很紧张，而且真的很想把这事给解决掉。"

"我在里边发现了我们改造过的基因，就在方舟。"

"我知道。指示性基因。"

"对，但还有别的。佛州农蚁，佛罗里达收获蚁——我们这儿有吗？我们已经把它给改造过了。改造得非常巧妙，几乎看不出来，和你在那间小屋里发现的那种完全不一样。它们身上有一种基因，是负责体毛长度的。我们把那种基因给改了，好让它们生长出更长的毛发来，以便于传播花粉。那样的改变在你带来的蚂蚁身上也有体现，不过却是惰性的。"他瑟缩了一下，似乎接下来的坦白让他很是痛苦，"那基因就是我设计的。"

汉娜站在那儿，怔怔地盯着他，尽量不让自己颤抖。这就是了，这就是她所需要的突破口。她得给霍利斯打电话，得说服阿加伊写一份书面说明。好吧，不用，他跟她说的这些还算不上是确凿的证据，但却是第一次将死者同方舟明明白白地联系在了一起。她心念一转，各种该做的事情一起涌了上来，得努力集中精神，把它们给排序才行。得把她所有的鸭子，全都排成一行（或者所有的小蚂蚁）……

阿加伊道："你不能跟任何人说是我告诉你的。我会丢掉饭碗，会丢掉工作权限的。它是方舟的，方舟有专利——"

"我明白，我会搞清楚的。"还不能告诉他自己现在就得把这事告诉某个人。她来这儿的唯一目的，就是这个。

"小心点，艾纳对工作的戒备心非常强。哪怕跟他没关系，只要他觉得这事会波及他……"

"我会的。现在让我来问你：这儿谁最有可能做这个？谁才有可能是真正造出那些蚂蚁的人，阿加伊？"

"只有一个，"他道，"威尔·加拉西。他就是你要找的大师。"

她倒抽一口凉气，唯一能做的，就是努力僵硬地点了点头："谢谢你。"

汉娜跑了起来，拖着那只伤脚。

脚踝处的痛楚在持续消退，此时只剩下了一阵阵刺痛，如电流一般从脚底传向脚跟。很轻，所以她选择了不予理会。妈妈曾说，痛苦只有在你容许的时候，才会拥有控制你的力量，因此有时为了干活，为了活着，你得不去理它。

座机又回到了汉娜的手上，刚放回充电底座上没多久，便被她拿出来时再次抓在了手里。天气很好,碧蓝的天空,泛着暖黄灿烂的光,可在那儿,在海天相接之处,却挂着一抹若隐若现的黑。风暴正在路上。

此刻已是上午十点整,在那艘船赶来把她带走前,她还有六个小时的时间。

她沿着小岛,朝着特别项目跑去。双脚不停地敲击着人行栈道上的木板,砰,砰,砰,砰。同时,她的脑子也没闲着:到底是艾纳在给他的竞争对手阿切尔·史蒂文斯致命一击?还是阿切尔·史蒂文斯无意或有意杀死了自己的儿子?还有威尔·加拉西在这件事当中又扮演了什么角色?如果他真是那位大师,这又意味着什么?是艾纳雇佣了他,还是阿切尔?还是他完全就是独立为之?她得再和威尔见上一面,得刺激他一下,看看能否有什么发现。此外,她也需要跟霍利斯谈谈。他能帮她将这些碎片组合在一起。

她低头看看电话,一边放慢脚步开始往前小跑,一边再次打给了霍利斯。他没有接,所以她给他的语音信箱留了一条信息:"需要和你谈谈。联系我,尽快。"随后,她又跟他说了已经和阿加伊谈过的事,然后在语音信箱提示时限已到前挂断了电话。

她跑过树林,越过兰花,朝着那带通向沙滩的山脊而去。山脊上,便是鸟儿们筑巢的地方。今早的鸟儿尤其聒噪,吱吱嘎嘎叫个不停,声音很大,其中一些叫声当中似乎还有恐惧,令她心惊。

一只鸟儿笨拙地盘旋着飞上了天空,随即猛地挣了几挣,重重坠回了地面。

汉娜再次放慢脚步,停了下来。四下里都有大大小小的鸟儿,在毫无规律地扑腾着。不远处,距离小道不到十英尺的地方,一只白色的大鸟正在用它那长而尖利的喙啄着地面——嗒,嗒,嗒。它的巢,就在附近。

随即,便听到它一声凄厉地叫,飞了起来。

一阵压抑不住的好奇，犹如鱼叉一般刺进她的心底，将她拉向那边。汉娜走下小道，脚下粗粝的火山岩显得尤为坚硬。海鸟们的巢全都是一个个的小土墩，用泥土和鹅卵石——也有的用贝壳和沙子——砌成，她在其中一些当中看到了影子。是雏鸟，正在尖叫着，扭动着。

又往前一步，她看到了：雏鸟们身上全都是血，羽毛被扯得东一块西一块，皮肤也一样。其中一只丢了一只眼睛，另外一只的喙只剩下了一半，还有一只没有了一条腿——随即，她便看到那条腿了，正在满是气孔的黑色岩石上面缓缓滑动着，几乎像是漂在……

那不是漂，而是被什么东西抬着。

蚂蚁，黑色的蚂蚁，黑得在火山岩山脊上几乎分辨不出来。慌乱猛地一把扼住了她，像是要把她肺里的氧气全都给挤出来。霎时，走蚁感游遍全身——一只手伸在邮筒里，黑色的蚂蚁爬遍小臂，在细细的汗毛间蜿蜒前行，爬到了指间——她猛地向后退了一步，哆嗦了起来。

蚂蚁已经上了她的跑鞋，十来只，正朝着袜口而去。

不，不，不——

她提着一条腿向后跳去，差点再次扭了脚，但在最后一刻终于稳住了。她跺着双脚，抖着它们，一双手又是拍又是打。蚂蚁跌落，在步道上嗒嗒有声，她抬脚踩了下去。它们在她脚下扁了下去，先是一阵轻微的抵抗，随即"噼啪"一声粉碎，只剩下了一种黏糊糊的感觉。蚂蚁纷纷朝着同伴的尸体涌了过来，她一个踉跄，手中的座机电话一滑——此时的手心早已被汗湿透——摔在了一块岩石上，电池盖弹了出来，电池飞出，骨碌碌滚了开去。

"啪"的一声，近在咫尺。一只海鸟——一只白色的海燕，"啪"的一声摔在步道上，扑腾着，一只翅膀像是断了。一阵痛苦的惨叫。

蚂蚁，大约十多只，立刻爬满了它全身。

鸟儿不再挣扎,失去了动静。

又有更多蚂蚁从山脊上爬来,越过了步道。

朝她而来。一股股,犹如纤细的溪流。蚂蚁大军在前进,一只接一只,万岁,万岁……汉娜将一声尖叫生生咽了回去。岩石闪闪发光,像是浇了一遍水,但那不是水,而是蚂蚁,是明晃晃的阳光,正映照在它们那犹如打磨过的黑色外壳上。

汉娜转过身来,要去抢那电话,可已经晚了。蚂蚁已经爬了过去,爬上电话,朝她而来了。

她做了此刻唯一能做的事:

跑。

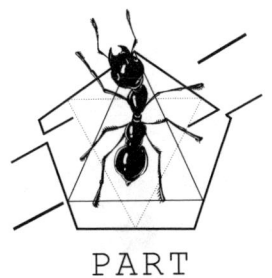

PART 3

入 侵 物 种

一种并不属于某个具体地理位置（或某种已知种类）的植物、真菌或动物，而且该物种还具有蔓延开来的趋势，其程度足以危害自然环境、人类经济或人类健康……生物入侵被认为是全球生物多样性受损的五大诱因之一。

14

汉娜跑了起来。

此时的她，年仅十岁。

此时的她，两手都是淋漓的鲜血。

此时的爸爸，在大声呼唤着她的名字。

回来。

五分钟前，汉娜正跪在泥泞的草地上，鞋尖插在潮湿的泥土当中。爸爸就在她左后方，正给她一圈圈搓着背。妈妈站在她身前。

"你别这样惯着她，休。"

"这事不容易，你知道它不容易的，比琳达，拜托。"

"那她就不该给它取名字。"

汉娜的右臂下面，是一只六个月大的山羊——飞腿巴奇。她之所以给它取名飞腿巴奇，是因为这有趣的小东西总是在尥蹶子，以为自己是牛仔赛场上的一匹野马，而不是一只小小的山羊。汉娜的左手中，是一把屠刀。

"咱们可以用步枪的。"爸爸说。

"不行，"妈妈说，"咱们不能浪费子弹。而且，山羊的头骨很硬，得射对地方才行。"她俯身向前,替汉娜考虑了起来:"还有,她需要懂得自己的食物是怎么来的,她得去感受。这就是咱们获取食物的方式,就是咱们生存下去的基础。"

"你要不想做也没关系——"爸爸对她道。

"休。"这话让他闭了嘴,一直都是。

山羊在她怀中扭动了起来,一声声轻轻地叫着:咩,咩,咩。小小的蹄子在泥地上刨出了一道道印子。

妈妈伸出手来,抓住汉娜的双肩用力一握。这个动作代表的应该是关怀,她暗想,是抚慰。"我爱你。你能做到的。"

汉娜在想:就像他们教你的那样做。你见过妈妈怎么做的,见过一百次。

她也见过爸爸做这事——尽管他似乎从来做不好,从来就没因为做这事而有过一丝的愉悦。妈妈在这方面无可匹敌。

她听到妈妈的声音回荡在了她的脑海中:有一天我们会死,汉娜,你知道怎么去做。想到这儿,她突然一阵怒火中烧:不! 有一天我会直接像正常人一样去商店,用我自己工作挣来的钱去买就是。

妈妈自然是不会把那当做未来的一个选项的。银行会倒闭,气候会毁灭一切。可能是超级风暴,可能是恐怖袭击,可能是一件生化武器有意或无间的遗失——或者是一种全新的流行性感冒从猪身上跳到了人身上,或者是战争、人口泛滥,或者,或者,或者。总之,有无数个天花乱坠的理由来证明在将来,总有一天,百货商店可能并不存在。一系列的反对,导致了今天的局面:汉娜必须学会屠宰一头动物。为了活下去。

一双眼睛在盯着她,妈妈的,专注,但没有温柔。妈妈相信她能做到。

汉娜不能让妈妈失望。她发一声喊——一声带着突如其来的悲伤呐喊——右肘猛地一拉,胳膊自飞腿巴奇喉咙下面滑过。

那羊发出了一声刺耳的惨叫,声音很大,但很短,可汉娜却被吓着了,干了一件她本不该干的事——

她松开了手。

山羊跳了起来,灼着蹶子跑了,胸膛早已被鲜血浸透,动脉中喷出来的血沫溅了妈妈一脸,连她的眼镜也跟着遭了殃。妈妈泰然自若,甚至都没擦一擦眼镜,只是压着嗓子咆哮了一声,便去追那山羊了。她原本便叮嘱过汉娜千万不可放手,而现在的她,又开始大声怀疑那一刀够不够深了。而爸爸则突然大喊大叫了起来,说早就应该听他的把谷仓里那支老式手动步枪给拿出来。可汉娜已经不想再去听了。爸爸朝她伸出手来,她将头一低避开了,随即开始跑了起来,拼命跑。

号啕大哭,两手鲜血淋漓。刀子跌落在身后某个地方了,刀尖朝下,插在了土里,宛若一面降旗。

这就是我们生存下去的方式。

双脚踩着步道上的木板,和着海浪,应着她的心跳。她在想:我弄丢了座机,我需要它。可现在已经迟了。

汉娜朝着特别项目的洞穴方向奔去。兴许威尔就在那儿,或者艾纳。他们应该知道该怎么办,不是吗。他们应该有防范措施吧?或者一个更为阴暗的想法:这一切莫非就是他们一手造成的?

她拐过小道北面那个较低的海岬,正要随着地势向上的时候,突然滑步停了下来——一具尸体,就在码头上,五十英尺开外,脸朝下。汉娜还没来得及看清那是谁便已经叫了出来——

尸体动了动,挪了挪。她深吸一口气,鼓足勇气朝着那个身影跑去。

疼痛从脚踝处传了上来，一阵紧似一阵。

是卡诺，那个年轻小伙子。他的尸体又动了动，但动的却不是身体本身，而是衣服。伴随着衬衫织物一阵波浪形的翻涌，蚂蚁从袖口、领口和下摆涌了出来，排成一列列纵队，口中全都叼着一小片什么东西。叼着卡诺身体的一个部分，她意识到。它们就这样叼着他的皮肤，叼着那些早已被咬得层差不齐的皮肤碎片，朝着另外一个方向而去。

她一阵胆寒，清楚自己不该这么做，但终于还是伸出一只手去，远远地够到了他一缕头发，将他的脸给拉了起来——

它从木板上撕了开来，留下了一汪汪浓稠的血，整张脸的上半部分早已是面目全非，触目惊心：眼睛周围的皮肤和整条鼻梁都不翼而飞了。蚂蚁挂在黏糊糊的血肉边缘处，犹如水手们挂在一艘正在沉没的大船那高高翘起的船尾上，一张张嘴死死地咬着，好似一把把小小的虎头钳。

它们开始从他脸上摔落，嗒、嗒、嗒，一只接一只。

然后，它们开始朝她而来。

它们全都来了，离开了卡诺的双脚，开始朝她涌来——触角颤动，脑袋高昂，嘴巴开阔。

汉娜赶忙转过身去，不料却一屁股坐到了地上。她顾不得站起身来，只好双手撑地向后退去。蚂蚁的溪流越逼越近，太快了，犹如一张毯子突然在卡诺的尸体上活了过来，开始如潮水般涌动。她将身子一缩，滚下步道，就势站起身来。

在她身后，又传来了一片鸟儿们惊慌失措的悲鸣。

前方，蚂蚁同样在如流水般倾泻，看方向是朝着特别项目而去。穿过树林，越过步道，一道道蚂蚁溪流在蜿蜒前行，各自叼着一块皮肤，犹如扛了一面旗帜。风力减弱，她突然闻到了一股小便的臭味，胃里一阵翻涌。

掉头回去,她暗想。

可蚂蚁也从那个方向来了,到处都是。

于是,就在一片嗖嗖的蚂蚁爬行声中,她飞奔几步,跳过了步道——越过了蚂蚁。她脚跟着地,落在一片沙地上,差点摔了个仰面朝天。不过好在不知怎地,重心最终移到了前方,她赶忙伸出双手稳住身形,接着又是一跳——

跃过沙滩边缘,跃进了蔚蓝的潟湖。

插曲

霍利斯·柯珀

霍利斯试着给那个号码打了过去,可没有丝毫反应,甚至连铃声都没响。他又试了那边的其他几个号码,结果还是一样。于是,他把之前的信息又给汉娜发了一遍:

打给我。911。

接着,他又给大卫·滨崎发邮件——写得很短:让汉娜尽快给我打电话。

可邮件发出去后,立刻又弹了回来:服务器不存在,找不到SMTP(鬼知道这是什么意思)吧啦吧啦吧啦。他再次把汉娜的留言听了一遍:需要和你谈谈。联系我,尽快。和巴特纳格尔谈过了,他说我们的蚂蚁携带的不止方舟指示性基因一种,还有其他专利性质的东西……接着便结束了,就是这样。

今年这个年头对霍利斯来说真可谓是流年不利,而这些,没人知道。

这个国家里的绝大部分人都以为西南航空 6757 坠机事件再清楚不过了，而政客们更是乐见其成，因为逻辑很简单：国内的恐怖分子为了挑起新的内战而把那架飞机给弄了下来（反正传言是这么说的）。茶余饭后风格，长舌妇做派，让那些强硬右派打了一个激灵，这在霍利斯看来倒也算是无心插柳柳成荫了，可另外一个副作用，却是差点把他的魂都给吓掉了——议会大肆利用这件事，狠狠地强化了国内监督权。

当然了，这种事情么，结果往往都脱不了这个套路。

其实，这事和任何国内恐怖组织都没有关系，而是一个专为国家安全局设计的具有自我意识的人工智能监督项目，被一群黑客给搞掉了（或者至少他自己是这么期望的。他每天醒来时，依然深陷在那样的恐怖当中——那个项目，"台风"，依然还在某处，就隐身网络当中，犹如一种被遗忘的病毒，随时准备着反攻倒算，将他们全都杀死）。

因为这事，霍利斯被打入了十八层地狱，在西维吉尼亚某间恐怖小屋中，受尽煎熬。随后，他又熬过了六个月的秘密庭审，为的就是搞明白究竟发生了什么（而他一直没把握是不是真的所有人都搞明白了）。可最终，他还是见识到了政府指鹿为马以及媒体推波助澜的本事。现在好了，为了所谓的安全感，所有人都愿意牺牲一点自由了，就像一条正在咬断自己尾巴的蛇。

因此，重回 FBI 对柯珀来说，简直就像是度假了。回归工作，再次以一名探员的身份去处理那些他所能理解的事情。犯罪容易理解多了，哪怕是那些连环杀手也很难不留下蛛丝马迹。总会有一丝线索存在着，情感的、智力的，总会有。

可现在的他，却是忧心忡忡。

在他面前的桌子上，放着方舟实验室所有员工的档案，无人符合他的预期，没人是罪犯，也没有任何人有精神健康问题——或者至少没在书面上留下过任何草蛇灰线。不过,他还没做过深入挖掘,他甚至都没有资源来做一次深入挖掘。国家安全局兴许有。

他心里一动:根本就不需要国家安全局,他需要的是某些老朋友。

霍利斯拿起电话,火急火燎地按下了一个号码。

一个粗哑的声音接了电话:"有人告诉我说是霍利斯·柯珀给我打电话了,可那是不对的,因为我认识的那位霍利斯·柯珀是绝不会想跟我这样的老疯子说话的。"

"可咱们还是说上话了。你好啊,韦德。"

韦德·艾斯曼嘟囔了几句,"扑哧"笑了:"你好啊,霍利斯。"

"我需要帮忙。"

"我喜欢帮忙,尤其当它意味着联邦隐私侵犯局将因此而欠我一个人情的时候。你需要什么?"

汉娜冒出水面,大口喘着气,拼命挤掉眼睛里的水。

从这儿看出去,有那么一会儿,一切似乎风平浪静。她唯一能听到的便是水波拍打脸颊和脖颈的声音和风声。慌乱开始消退,如同一大口胃酸被硬生生吞回了肚里。

可随即又传来了一个声音:鸟儿的悲鸣。

在那之外还有:一个人的惨叫声。

惊惶再次涌了上来,犹如一条吐着青烟的赤龙,像是吞没一块石头一般将她给淹没。控制住自己,汉娜暗暗告诫自己。

她再次潜入水中,奋力游了起来——双臂拼命划出,疲惫的关节一阵火辣辣的疼。她一边努力向前游去,一边试着评估了一下当前的险境。

这外面到底有多少蚂蚁？谁干的？这是一次袭击，一次针对方舟实验室或者艾纳的袭击。

头顶上方现出了一个人影，汉娜止住惯性，扭过身子抬头去看——是一个人形，呈大字型漂在那儿，附近漂着一个像是篮球一样的圆形东西。不，那不是篮球，是一顶头盔。飞行员的头盔，那个人就是飞行员。

她突然想到自打直升机降落后，她便再也没有见过这名飞行员了。原来他在这里，一直待在直升机里。直升机很大，完全可以在里边睡觉。而此刻，他出现在了这儿，变成了一具浮尸。鲜血正在他身旁扩散，如一缕缕紫色墨水；还有一些小小的黑点——一些正挣扎着划水的黑色小虫子。

汉娜拼命压住了就要出口的尖叫，紧闭着双眼向前游去，一个个气泡，从她的鼻孔和齿间冒了出来。

很快，地面便再次出现在了身下。她双手撑着平滑的礁石和卵石，同时用力，将自己给拖出水面，跪在那儿，开始大口大口喘气。前方是一片沙滩，过了沙滩，便是第一道山脊和方舟实验室。她四处看了看，并没有看到蚂蚁。暂时还没有，好。

一个计划开始慢慢形成：去方舟，把所有人集中到一个地方。最有可能抵御蚂蚁的是什么地方？实验室，也许吧，足够大，应该会管用。

不过等等，今天下午还有一条船要来。

他们必须活到那个时候。

接待区一片死一般的沉寂。灯开着，但听不到一丝一毫的声响，汉娜差点有些不忍去破坏这片寂静。

不过这片死寂随即便被打破。

在实验室深处某个地方，有人在喊叫，惊慌失措的喊叫。汉娜闯过接待区,沿着通道来到第二个泡泡屋。泡泡有两扇门,一扇通往生活区,一扇通向实验室。她想去实验室,可是——她没有腕带,识别锁不会为她开门。

"该死。"她压着嗓子骂道。

那就只好去生活区了。好,很好,她的笔记本电脑就在那儿,说不定可以弄到它,发一封邮件——

她抬腿迈过通道门,穿过通道,进了休闲室。

房间里有三个人,三个女人,其中一个脸朝下伏在地板上。

汉娜并不认识她,兴许是其中一位年轻工作人员。

那姑娘一头长长的栗色头发动了动——有东西正在她头皮上爬动。

不远处,沙发上蜷缩着的那名男子来自后厨:一脸苍白、浅黄色头发、瘦,太瘦了。他的后背在不停地起伏着,呼吸呜呜有声。一线蚂蚁正在他衬衫下面爬着,沿着脊骨上了脖子,钻进了头发。

书架前还靠着一个,身旁尽是被打翻的书,《卡坦岛》的盒子也被打翻了,棋子到处都是,犹如被打散了的拼图。此人不是别人,正是大卫·滨崎,他脸上尽是蚂蚁,好似戴了一张蚂蚁面具。它们正在一小块一小块地撕扯他脸上的皮肉,并未撕掉多少,它们的工作才刚刚开始。

大卫的眼珠在眼眶中转了转,他还活着。

"大卫……"汉娜道,声音哽咽了起来。

他的目光落在她身上,双唇无声地动了动,发出一声刺耳的呜呜声。汉娜呆若木鸡。她很想跑过去帮他把那些畜生都给扫下去,可万一伊泽说得没错——只消一口,叮上一口就能让你四肢麻木,就能招来其他同伴——那她真的就无处可逃了。现在,蚂蚁已经跟她同处一室了……

又一个声音打断了她的思路——"砰"的一声,从另外一个泡泡当中,从宿舍方向传了过来。砰砰、含混不清的尖叫,不止一个人,是几个。汉娜的脑海中浮现出了这样的场景：幸存者们奔向宿舍，关上房门，锁好了自己。那些门是气密的，兴许蚂蚁进不去。于是便有了这个问题：它们到底是怎么进来的？空调系统，她暗想。

空调。

空调。

木屋里的蚂蚁，由于一场迟到的霜冻全都一命呜呼了。而眼前的墙壁上，则有一支灭火器。每个泡泡里都有。

而在实验区域，说不定还有更多。汉娜靠着墙角溜了过去，在头顶上方的通风孔中，她已听到了声响：嗒嗒。更多的蚂蚁来了。她回过头去，一个个黑色的身影正从通风孔挤出来——蠕动着，扭动着。有的溜上了弧形墙壁和天花板，其他的则直接掉了下来，在地毯上砸出了一阵轻微的噼啪声响。

她飞快地动了起来，一把从墙上抓起了那支灭火器，心里暗暗希望它是一支二氧化碳灭火器，因为液态二氧化碳气化的速度非常快，其结果便是能释放出不可思议的寒气来。如果是干粉灭火器，那就不管用了。

她旋风般一转，背靠着弧形的墙壁，将安全环一拉，随即捏紧了开关。一片刺骨的二氧化碳从她身前喷射出去，空气中上下飘浮着寒气。

蚂蚁头上盖了一层白霜，开始晕头转向地转起了圈——有的像是喝醉了的水手一般，肚皮朝天翻倒在了地上，另外的则停止了前进。它们全都被冻住了，钳子一般的两颗还没来得及合拢，只有触角在不时抽动一下。她暗暗希望那是临死前的挣扎。

一个直接而又艰难的抉择摆在了汉娜面前：现在就救大卫吗？用灭火器朝着他喷？还是去救其他人？

决定很快便做了出来，倒也不难：其他人能够帮到她。她打开了宿舍区的门，地板上，天花板上都有蚂蚁。并没有连成片，相互之间还有数英寸的距离,正不慌不忙地爬着。

闲庭信步,闲搜漫寻,好整以暇。

在走廊尽头处,靠近门的地方,又有两具尸体。

其中并没有汉娜一眼便能认出来的人,不过较近的是一名护士,靠着墙,侧身躺在那儿,鼻涕挂在鼻头。手上和脸上鲜血横流,蚂蚁们正在撕扯着上面的皮肤。

汉娜恍然觉得有蚂蚁上了自己双脚,爬上了她的腿,于是猛地转过了身去,可什么都没有。又是走蚁感,由恐惧而生出的幻象。

镇定,汉娜。有人擂起了宿舍门,她举起了灭火器。又有人拍打起了同一侧的另一扇门。附近的墙上还有一支灭火器。幸好。

她抢过第二支灭火器,夹在胳膊下,随即冒险踏入走廊,用第一支灭火器喷向了身前和头顶的蚂蚁。

白色的二氧化碳,犹如青龙吐烟,疾喷而出,唰,蚂蚁纷纷从天花板上坠落,在地板上翻滚了起来。其他的开始朝她而来,她改用点喷的方式,将气体斜着扫向地面,冰封了那些邪恶蚂蚁,直喷得它们扭动着缩成了一团。

汉娜靠在门上,用手肘顶了顶房门,叫道:"开门,我是汉娜。"

另外一头传来了摸索声,门突然嘶嘶叫着开了。"噢,天哪,谢天谢地。"伴随着凯特的说话声,这女人扑过来将两臂圈在了汉娜的双肩上。

"没时间了。"她说着,将另外一支灭火器递给了凯特。雷跟在她身后走了出来:"天,操。"他道,一脸的死灰。

看到地上的蚂蚁,他忙不迭地一连退了好几步,看起来像是立刻就要呕出来的样子。

又有几股蚂蚁朝着他们爬来,汉娜用二氧化碳解决了它们。

汉娜伸出一只手,用拳头砸了砸隔壁那扇门:"快,咱们得离开这儿。"

门一震，滑开了。阿加伊和南茜·梅尔卡多现身出来。

南茜一看到汉娜，一张脸便立刻皱成了一颗核桃。

"你，这些都是你搞出来的。Tanga. Kaimin mo tae ko! 我们都是，都是被你害的——"

阿加伊劝道："咱们得走了，南茜。咱们得——"

"闭嘴！"这个小小的女人从阿加伊身旁闯了过来，一张阴沉的脸像是能拧出水来，"是你把这些带上门来的。是你——"一个个黑点落在了南茜那紧紧扎在一起的头发上，一只蚂蚁从这女人的发际线处爬了出来。

"南茜，"汉娜赶忙道，"你得——"

"我说了闭嘴！听我说——"

蚂蚁张嘴咬了下去，汉娜反手拍了下去，南茜叫了出来。

汉娜把手背给这女人看了看，一只被拍扁了的蚂蚁正挂在那儿，黏糊糊，黑漆漆，犹如黑胡椒粉上的一滴胶。

"噢！"便是南茜唯一说出来的话。

"咱们得赶紧走，"汉娜说，"千万别走散。一旦看到蚂蚁就出声，凯特或我会用灭火器对付它们。准备好了吗？"

他们开始行动。

在隔壁房间，他们看到了大卫。他的脸部和手部还在继续被攻击。有那么一会儿，在一片死寂当中，他们甚至还听到了那些蚂蚁在他身上忙活的声响：几不可闻的咀嚼声、黏糊糊的咔嚓声响。有的已经成功撕下了他的皮肤——小孩指甲盖那般大小——正搬着它们朝着其中一个空调出风口而去。

"咱们得救他。"南茜说。

"他已经死了，"雷说，"咱们得继续走。"

汉娜来回移动着重心:"他没死。"她原本想补充一句"还没死"的,但最终还是没能说出来。即便他们去把他给拉回来了,又能怎样?还有呼吸并不意味着他就能挺过来。蚂蚁所释放出来的毒素会造成怎样的伤害?在他暴露出来的皮肤上,她已能看到一个个红色的水疱,怀疑那正是它们的毒刺留下的杰作。被注入了那么多毒素,他的死亡还能避免吗?或者,他们能够抢在毒发作前救他一命吗?"肾上腺素怎么样?管用吗?"她问。

阿加伊道:"有可能,如果这是过敏的话,不会有什么害处。"没时间再做进一步讨论了。汉娜将灭火器转向大卫,它嘶嘶叫着吐出一股股寒气,蚂蚁们纷纷颤抖着从他身上掉了下来,宛如摔下山崖的登山者。喷过他的脸——此时那地方已被二氧化碳刺激得一片血红并龟裂了开来——她又转向了他的双手,蚂蚁被席卷一空。

"咱抓住他。"她对雷道。

雷看了她一眼:"你确定吗?"

"不。可咱们必须试试。"她又转向凯特,"准备好。"

凯特点了点头。

汉娜将自己那支灭火器夹在胳膊下面,和雷一起朝他走去。两人同时将手伸到了大卫的胳膊下面。汉娜似乎感觉到他的衬衫下面有什么东西在动,她知道那只是一种幻觉,一份迷惑,恐惧的又一次作祟——

不过随便听到雷惊呼了出来。大卫的身体掉了下去,重重摔在地上。蚂蚁开始从他袖口和裤腿当中蜂拥而出。雷咒骂着,向后跳了开去:"它们爬到我身上了,操,它们爬到我身上了。"汉娜看到已有蚂蚁爬上了他的指头,正朝着手腕爬去。他抬起手来,就要拍下去。

阿加伊一把捉住了他的手:"不要!凯特,快。"

凯特用灭火器喷了过去,蚂蚁掉落。汉娜将自己那支喷向了那些正从大卫衣服下倾泻而出的家伙,阻住了它们的攻势。

不过随即二氧化碳气流便开始摇晃并分散了开来。里边的气体已经不多了。

雷站在那儿，一动也不敢动，只是咬牙切齿地咆哮："还有吗？我身上！我身上还有吗？"

"没了，没了，我都干掉了。"凯特说。

"咱们得走了，"南茜突然道，声音很小，满是胆怯，"咱们得离开他。"

他们都清楚这是目前最明智的选择。

他们做了选择，离开了大卫·滨崎，留下了他一个人在那儿等死。

插曲

霍利斯·柯珀

还是联系不上方舟实验室，整个柯勒赫环礁也是一样。而且，阿切尔·史蒂文斯也依然没有任何消息。他的亲生儿子，死了。霍利斯把这事细细咀嚼了一会儿。兴许就是阿切尔干的，说不定就是他杀死了自己的儿子。可为什么？有可能吗？霍利斯坐回桌后，犹如热锅上的蚂蚁。

电话铃响了，他将它拿到耳边："说。"

"发现了点东西，"韦德含混不清地道，"有两个科学家你们联邦混蛋局应该再注意一下。"

"谁？为什么？"

"威廉姆·加拉西——靠，这个名字我他妈的根本不知道怎么读，巴……巴哈……哈他……努啊……"

"巴特纳格尔，印度人。"

"是印度炸面包还是烤馕?"

"拜托,韦德。"

"别啦,柯珀,跟你闹着玩儿呢。我研究过了,记得吗?一个来自金奈的家伙,富人家庭。你是想听他还是加拉西?"

"说说加拉西吧。他又是怎么回事?"

韦德重重地吸了吸鼻子,像是把一坨鼻屎给吸进了鼻窦里:"加拉西在很久以前出过一个小'意外'。他在私立高中念书的时候,企图毒杀一位室友。"

"什么?"

"像是他被一个高三学生给欺负了,而加拉西当时……我看看啊……我猜才高一。不是那种常规的欺凌,而是阴魂不散的那种。男孩叫查理·欧文。总之查理伤害了加拉西,弄断了他一根大拇指,进了医院。不过你也知道的,他们处理这种事情的方式,跟把施暴者当受害者也没什么区别,于是那个孩子被停学了。然后,等他回来后,加拉西给欧文用上了一种毒,夹竹桃什么的吧,报道上是这么说的。不过那个混蛋活了下来,至于是加拉西故意减轻了剂量还是在杀人的时候搞砸了,我就不知道了。"

霍利斯问了一个显而易见的问题:"我们怎么没发现这事?"

"它被隐藏了起来,在一个你们不会去查的地方。这是从俄亥俄哥伦布警察部门的外部存档中淘出来的一份老古董。"

哥伦布市,那正是加拉西长大的地方。这不过是一份未成年人犯罪记录,霍利斯心知肚明,只需一位律师和一些文件,你便可以把它给删掉。可删掉并不等于抹掉,纸质档案中会有蛛丝马迹,而且很显然,数据库中也有。要不就是威尔自己有律师来负责此事,要么就是长袖善舞的艾纳在试图将它给藏到一个见不得光的地方。不管怎样,有人以为它没了。

而黑客韦德则证明事实并非这样。

于是他问:"加拉西受过影响吗?"

"没。看起来父母都是大富豪,有好律师,而且新闻上也从没报道过。加拉西干了一年的社区服务,被当作青少年混混处理了。"

"该死。"霍利斯的鼻孔中像是要喷出火来,"巴特纳格尔呢?"

"那人更有意思了。不是罪犯,却是一名愤青。一名由公民权利看家狗集团驱使的科学愤青。他发表过一篇鼓吹世袭先进性的论文,似乎觉得唯一有权染指基因研究的,只能是那些血统纯正的人。不过他也遭了报应,自己挖坑自己跳。"

"什么样的坑?"

"他的主张是正经的,但没有什么正经效果吧,我猜。很有可能只是让他找不到工作之类的。"

到目前为止,巴特纳格尔已经为艾纳工作了五个年头了。这就解释了为什么在此之前他的职业记录零零碎碎而且自相矛盾了。柯珀唯一的猜测便是艾纳透过巴特纳格尔的言论,直接看到了他技术方面的优势。争议跟加拉西的犯罪记录一样,是可以掩藏的。

霍利斯觉得这两个人都有问题:阿加伊是一名种族主义者,而加拉西则企图谋杀一名同学。这两件事足以提起控诉吗?

不。不过却足以让霍利斯展开联想,足以让他忐忑不安。

"谢谢你,韦德。"

"那,我可以把这事记下来,当成官方的褒奖了?"

"你可以。"

"你真是一个讨人喜欢的尤物,霍利斯·柯珀。"

"是天底下最讨人喜欢的尤物。"他挂断电话,随即又拿起来定了一张飞往考艾岛的机票——他娘的越快越好。

17

从生活区出来再进入实验室，感觉就像是一次灵魂出窍体验。汉娜打头，其他人聚成一团紧随其后，面孔朝外。他们的移动，缓慢而又如履薄冰。

南茜用她的腕带打开了所有房门。

实验室里出奇地安静，鸦雀无声。仅仅几个小时前，方舟还是一个正常运作的所在；而此刻，他们唯一能够听到的便是蚂蚁在墙壁上、管道内爬动的声响。他们也看到了它们：正分成一条条涓涓细流，在他们身前或头顶流淌。其中一股蚂蚁正搬着一片片皱皱巴巴的小东西——她知道那是什么，皮肤。唯一的问题便是这些残片，曾属于哪一个躯体。

餐厅里的情形，让这一问题更加容易，也更加难以解答了。

"噢，天哪。"凯特说着，捂住了嘴。

厄运降临的时候，他们正在吃早餐。椅子翻倒，食物被打翻在地。一具具尸体，或软塌塌地靠在桌上，或横在地上，胳膊拼命地伸向前方，像是要去抓什么东西或什么人。汉娜在想：难道蚂蚁也从这儿的通风口出来了？这些人不会以为那些爬过地毯的蚂蚁是方舟自己的收获蚁吧？会不会有人笑出了声来，或者试图去拍死或扫掉一只？

现在，倒在蚂蚁口下的那十几个人都已被它们给淹没了。一片黑压压的蠕动的昆虫大军。声音是密集的，就像是有一千只老鼠正在将一面石膏板啃噬成砂浆。她打了一个寒噤。蚂蚁蠕动的方式，尸体在蚁群下面颤动着的样子……那些受害者们不仅尚未断气，而且蚂蚁不停移动的同时也在带动着他们的身子，上下起伏。

汉娜倒抽一口凉气，只觉得心里憋得慌——倒也不是她吐不出那口气，而是生出了一阵关于存在的恐慌，并非因为自己或是周围的一切，而是关乎生命的脆弱。这一感觉,同她每次经过高速公路路肩上那些被撞而亡的动物时一模一样——一头被一辆高速行驶的彼得比尔特卡车拦腰撞作两段的小鹿,或者一只早已被一套底特律机甲碾压得四分五裂、一塌糊涂的负鼠。生命犹如昙花一现,肉体不堪一击。我们唯一能够拥有的未来,便是尘归尘土归土。

汉娜和其他人站在餐厅一头,都清楚自己的目标便是到另一头去。那些正沉浸在盛宴当中,那些勤勤恳恳的蚂蚁,尚未感觉到他们的存在。

"咱他娘的该怎么办?"雷问。

"我不知道。"汉娜说。这并非她想要的答案,而且她全身的肌肉都绷紧了。

"咱们走。"南茜说,声音压得和其他人一样低,像是唯恐惊动那些蚂蚁,"咱们原路返回。直升机——"

"飞行员已经死了。我在水里看到了他。"

"那就坐船。咱们去船上。"

"船还没到,得四五个小时才能到。"

"不是那条,还有一条。一条深海渔船,藏在洞穴里。柴油机。为了以防万一。"

雷说:"要我说,这真他娘的就是万一了。"

"这里边还有许多其他人,"汉娜道,"其中一些甚至可能就在实验室里。咱们不能就这样抛弃他们。"

"咱们可以,"南茜反对道,"而且咱们必须那么做。"

"我同意,"阿加伊说,"咱们现在有一次真正的机会。幸存的机会。"

雷绷着脸,目光愤怒地扫视了一圈:"不,汉娜是对的。咱们得找找。她来找了我们,我们现在才能在这外面。"

这话让汉娜吃了一惊。早些时候,当他建议大家把大卫留在那儿的时候，她还以为他不过又是一个自私自利的幸存者。跟我父母一个德性，她暗想。她不止一次这样想过妈妈和爸爸：太过沉溺于自己能否幸存，从而彻底拒绝接受其他人类的存在。社群不值一提，只有家庭小单元的存在才会放在心上。而且她时常在想：他们在拯救自己前，会先救她吗？在帮助你的孩子前，先把自己的氧气罩给戴上……

"你做这事就是因为你老板。"南茜说。

"他也是你的老板。而且我做这个不仅仅是为了艾纳，我是为了……"雷的声音低了下去，"巴里。"

"巴里？关巴里什么事？"南茜问。

"因为他就在那儿。"雷说着，指了指。

当然，就在房间对面，透过那扇通向实验室的门，露出了巴里的脸，正隔着那扇满月形的舷窗，看着这边。他笑了笑——一份绝望的笑容。

"该死。"南茜说。

"咱们得到那边去，"汉娜突然对南茜恼火了起来，"我的灭火器快用完了，我不知道单凭你那支能不能行，凯特。有什么主意吗？咱们不能就这样冲过去。"

不过谁也没来得及回答，因为房间对面，那扇门突然开了，巴里势如破竹一般逃进了餐厅，一边跑一边嗷嗷直叫。

那个流浪汉正从草坪那边朝着汉娜跑来，旋风般刮过深深的草丛。他手中抓着一样什么东西。兴许，是一把刀。那人不是别人，是罗伊，罗伊·佩弗，镇上的疯子，怪人（大家都在传他的故事，可汉娜听不到，因为她不能在镇上逗留，没时间去听别人的闲言碎语）。罗伊一边跑，一边说着什么，大喊大叫，可外面的风，将他的声音吹回了田野，吹回了篱笆圈着的土地，吹向了远方。

一切似乎都是那么的缓慢。他在跑，他在叫，可汉娜的心跳，却慢得像是在爬。还有，那天是如此的明媚。

一声枪响。

罗伊·佩弗猛地一震，左肩——不对，是右肩，因为他正面对着她——塌了下来，可他依然继续往前冲了三四步。他开始跟跄了起来，手中拿的那东西盘旋着飞了出去。鲜血开始在他胸前扩散开来，他倒了下去。然后，荒草便淹没了他。他消失了，一如从不曾存在过。

汉娜眨了眨眼。

一切都不见了，她正在方舟实验室的餐厅当中，巴里·劳已冲到了屋子正中，手中抓着什么东西——很沉，需要两手去抓。又一支灭火器，汉娜暗想。可随即，便见巴里旋风般地一个转身，从他的灭火器中喷出来并不是原本用来灭火的刺骨白气，而就是火。

一蓬蓬巨大的烈焰在灼烧着空气，巴里则在大叫："快快快！"他转了半圈，将手中的火焰扫向地板，唰，唰，又是几个火球。在他头顶上方，一片细小的白色尘埃在空气中闪着光，犹如一场小得不能再小的雪。

凯特给了汉娜一个眼神，两人都朝对方点了点头。举起灭火器，凯特闯进房间，将二氧化碳朝着任何胆敢靠近他们的蚂蚁喷了出去。其他人紧紧跟在身后。眼看着已靠近巴里，汉娜点了点凯特的胳膊，指了指身后，凯特转身冲着后方开始掩护后路，而巴里则负责前面。

大家一起，在蚂蚁和人类尸体的左右相拥之下，朝着实验室而去。有些蚂蚁已变得通红，开始冒烟；有的依然还死死咬着人类尸体不舍得撒口。汉娜觉得巴里应该没烧着这里任何一个可怜的灵魂，不过还是忍不住怀疑这里边还有没有任何慈悲。其中一位受害者就躺在那儿，脑袋靠在桌子一侧——莉拉，那个雀斑有瓢虫大的女孩，舌头已伸出嘴外，耷拉在下嘴唇上，蒙着一层干了的白色唾沫，一只蚂蚁正在舌尖跳舞，另一只则从她的鼻孔中爬了出来。那女孩眨了眨眼。

汉娜硬生生将一声惊呼给吞了回去。身后,雷又在催她前进了。几人一起来到通往实验室的那扇门前,它嘶嘶叫着开了,又在他们身后关闭。

汉娜打了一个寒噤,却抖落不了蚂蚁爬遍全身的感觉,摆脱不了那女孩的脸。在蚁群的啃噬之下,就在它们将她那满是雀斑的皮肤据为己有之际,她就那样盯着汉娜。

18

餐厅外面的那扇门并未直接通向实验室,而是连着另外一个套间,他们同实验室还隔着一扇门。

这儿没有蚂蚁,一只也没有。

巴里弯下腰去,双手扶着膝盖,呼呼直喘。在他脚边,摆放着他的"武器":一支金属罐,支棱着一个塑料喷嘴,像是蚊子那尖尖的嘴巴;喷嘴一头,粘了一层层白色的粉末;罐子底部,呈四十五度角粘了一根金属管,顶部的 U 形架上粘了一个打火机。

聪明,汉娜暗想,一个即兴发挥的火焰喷射器。她还记得自己儿时,也曾做过各种各样的武器。长矛、陷阱,用扫帚柄、弹簧、圆珠笔和霰弹做成的鲨鱼枪。不过,她唯一做过的火焰喷射器却是很简单的那种:一罐发型定形剂外加一个比克打火机。妈妈鼓励她做一切,但唯独一样不行。"火,"她说,"是你掌控不了的东西,不管你觉得自己有多大本事。"

汉娜从记忆中脱身出来,抬头看了看餐厅门那一侧正爬着的蚂蚁。隔着舷窗玻璃,它们先是分作几股,随即在窗子中央会合。玻璃上有一个弹孔般大小的洞,呈喇叭状。

可它们并未从中进来。

她把自己的疑问说了出来。

"对，"巴里道，"我把空调出风口都给封上了。我这就给你看。"他闷哼一声，直起腰来，有气无力地朝着实验室入口走去。

"真他娘的，"雷说着，抓住了汉娜的手肘，"这就是它们，不是吗？就是你的蚂蚁怪。"

她点点头。我的蚂蚁，我的万恶的蚂蚁。

"谢谢你把我们救了出来。"

"谢谢你的支持。"

南茜看了两人一眼，像是从眼中射出了一对飞刀。

"操你妈，南茜。"雷骂道。

"操你妈，雷。"

前方，巴里把门给打开了："咱们应该去船上的。哪怕是在海上等这一切过去，也比现在强。"

"咱们救了巴里。"

凯特插话道："我觉得是巴里救了咱们。"

巴里露出了一脸傻笑，但笑容当中尽是惊惶和疲惫。随即，突然间，汉娜觉得自己的手肘动了动，有什么东西从上面掠过。她吃了一惊，不由自主地一躲，却见巴里伸手过来，捧起了芭菲，那只螳螂。

"你们瞧，"巴里说着，吧嗒一声闭紧了双唇。那只螳螂顺着他的手掌爬上去，挂在了他掌心。"这个就是机关。我把从这儿一直到实验后面的所有空调出风口都给封上了，包括蜂室、蚁室和我的实验室。由于控制不了出口，我把蜂室和蚁室的门也给封住了。蜜蜂和蚂蚁们能出去，这也就意味着咱们新入侵的朋友也有路进来。"

汉娜问道："出风口是怎么封住的？"

"用电。"阿加伊回答。

巴里点点头:"对头,我用网络把它们给封了。也就是说这里会很热,没有了空调。"

"电话呢?"汉娜问,"咱们可以用大卫办公室的座机。"即便是仅仅提到这个人的名字,其他人脸上的反应也是显而易见的——一个个目光中净是悲伤和恐惧。他所带给他们的震惊,确实不小。不过,人死不能复生,于是她接着道:"大卫已经走了,咱们必须接受这一现实,继续行动。"

"对,对,"巴里说着,用力咽了一口唾沫,"好,好。电话又是一个问题。"他将手探进其中一张试验台,拿出了两部幸存的座机来。汉娜一时不知道他葫芦里卖的什么药。随即,便见他的手翻了过来:每一部电话的背面都敞开着,电池已经不翼而飞了。

"这是有人干的,"雷说,"故意的。"

"Putang ina mo,"南茜道,"谁?"

"是威尔,"阿加伊说,"威尔干的。我从来就没相信过他。"

"你这个不要脸的疯子!"凯特道,"威尔是一个单纯的人,他是我遇到过的不多见的好人。说不定就是你阿加伊干的。说不定就是这个房间里的某一个人。"

"有可能是艾纳,他也不在这儿。"南茜说着,两手一摊,"我看到那表情了。拜托别那么幼稚,他跟我不一样,尤其是他看人的方式,他就像那只螳螂,光用目光就能把人给肢解了。只要他需要,随时都会把你们的脑袋给拧下来。"

"大家都冷静,"汉娜说,"怀疑和猜忌帮不了咱们。咱们得好好想想下一步该怎么办。"

"说不定就是你。"南茜说。

"不是我,南茜。"

"哼,当然是你。你来这儿指手画脚,胡说八道,污蔑我们弄出了一种蚂蚁。然后呢？它们就来了，大摇大摆地进了我们的实验室，一个接一个把我们杀死了。真以为这是一种巧合，嗯？说不定你来这儿之前早就盘算好了要把我们都干掉，好掩盖你自己——"

"反正不管是谁干的，"巴里叫道，"他们同时也破坏了咱们的卫星接收器。"

"也就是说没网络了？"汉娜问。

"对！就是这样。也就是说岛上的联系全都被切断了，除了洞穴。"

"我跟他们说了船的事了。"南茜板着一张臭脸道。

"船上有无线电，那是咱们唯一的指望。"

"船为什么要放那么远？在洞穴那边？"汉娜问。

凯特拂了拂头发，叹道："最好的停靠地点。这边的码头刚好就在裙礁上面，落潮的时候，船就会落到礁石上，破坏珊瑚，或者船壳。"

"我觉得咱们首先要做的是这些，"汉娜说，"咱们得弄到那台无线电，好发求救信号并且通知沙利文船长。要是丹在毫不知情的情况下停船上岸，那就会落入蚁群。咱们得离开这座岛，要么用沙利文的船，要么用方舟的渔船，要么两样都用。在风暴来临前，咱们还有——"她看了看手表，"五到六个小时，对不对？而沙利文应该会在四小时左右到，有没有不合理的地方？"

"听起来很合理。"雷说。其他人似乎都认同，南茜哼了一声，但点了点头。

"好，也就是说咱们有非常短的一段窗口期来创造咱们逃生的适宜条件。咱们来想想怎样才能活着离开这座岛吧。"

19

准备应对灾难意味着许许多多的计划。

汉娜的童年大体都是这样度过的：为了最后的终结而做准备。当那个大麻烦降临时，你得有装备，你需要一个逃生包，需要一辆逃生车辆和一个逃生地点。还有，如果你原来的家已受损，那你就需要一个INCH——一个背井离乡随身之包，一种在逃亡途中生存下去的方式。

等到她八岁时，汉娜已对家里的所有出口了若指掌，学会了目测；十岁时，她已能削木头，已能接一些简单的电线，已能给枪支装弹，能擦洗、拆卸枪支并将它重新装回去，能不借助任何火种而生火；十二岁时，她懂得了如何宰杀牲口分割生肉，懂得了伤口缝合，懂得了庇护所搭建以及搜索之术。

世界末日这个善恶大决战的战场，一直就同她近在咫尺。倾听着，等待着一切的分崩离析，等待着第一个末日征兆的显现：一次地震、一次火山爆发、一片蘑菇云、一声枪响、一架敌机。夜晚时，外面总是一片寂静（除了蟋蟀和夜鸟那不和谐的声响），但在自然界的白噪音中，她总是觉得自己听到了什么：有人穿过草丛或车道的声音、鞋子在楼板上踩出的嘎吱声响、远远的"砰"的一声——恐怖主义、革命或入侵的声音。

脚下的大地总是坚实的，可父母却总是在教育她说只消踏错一步，她便会坠入万丈深渊。他们全都会，结局是如此之近，近得叫人心惊。

现在，作为一名在社会当中生活和工作的成年人，她已学会了如何去应付父母种下的那些如影随形的恐惧，懂得了如何收摄心神，呼吸，思考，锻炼。

可在她身体里，总有那么一个小小的部分，在准备着应对大麻烦降临的那一刻。它还没有到来，她还过着差强人意的生活。唯一的意外，便是在华盛顿特区的一座公园里,一名男子曾企图袭击她。他从她身后靠了上来,扼住了她的喉咙。她扭断了他的胳膊,跑了,甚至都没叫警察。

那次意外所带来的恐慌,犹如毒液一般在她心里发酵了几周的时间。她食不甘味,寝不安席,不管是在理智上还是情感上,总觉得有一块紧绷的肌肉无法舒缓。

而此刻,在这个实验室里,她又生出了这样的感觉来。它犹如一条蜷缩的蛇,随时准备进攻。就眼下来说,她是享受这种感觉的。等到时候,等到一切都尘埃落定(如果真能尘埃落定,如果她能逃过这一劫的话)后,它必定又会折磨上她几个星期,甚至几个月。不过此时此刻,她是不会试图逃避这一时刻的。

他们一起列了一个单子,汉娜把它念了一遍:"咱们需要肾上腺素针剂、养蜂服、更多二氧化碳灭火器,任何我们所能找到的基础物资:手电、干净的水、火、食物。"

巴里开始在一个实验柜里摸索了起来。"稍等。"他嘟囔着抱出一个纸箱,"砰"的一声放在地上,"你们想要食物,我有食物。"

雷打开纸箱,掏出来一条蛋白棒。"花生酱,巧克力。好吧。"他作势要撕塑料包装,可随即便愣住了,"我的天老爷,巴里。那是真的?"

"什么?"巴里问。

汉娜也挑起了一条眉毛。

雷给她看了。那东西果真是花生酱巧克力棒,但也是用蟋蟀做成的。

巴里摆了摆手:"这就是我们在这儿的工作!可食用昆虫,伙计们。我做了蛋白棒,做了几块蟋蟀曲奇,还做了各种真真正正的昆虫餐:黄粉虫、蟋蟀、蛆。这才是人类未来的食粮。"

雷瞪了他一眼:"我会先吃了你,巴里,然后才吃那些玩意儿。"

"好啊,那你就饿死吧。"

汉娜叹了一口气："我在实验室里看到过两支灭火器——"

"那些不管用的。"凯特说。

"为什么？"

"它们不是二氧化碳灭火器，是干粉灭火器。二氧化碳会搞砸实验或设备的。不过生活区配备的还是二氧化碳灭火器。要是咱们再回去，可以从墙上再弄一些。"

这倒是个问题："养蜂服就在附近吗，阿加伊？"

阿加伊点点头："对。在蜂室，能够很好地阻挡蜜蜂进入，可要是条件适宜，蜂刺还是能够刺穿的。蚂蚁的刺应该不能，可和蜜蜂比起来，蚂蚁要小好几倍——我不敢保证它们就一定不能进去。"

一想到自己有可能会被困在一套满是蚂蚁的服装当中，汉娜就差点惊呼出来。她压下了这一感觉，道："但临时防护应该还是管用的？"

阿加伊点点头。

"好。计划的第一步包含两个部分：寻找幸存者和去取无线电。咱们大约还有半个实验室的人没有找到，包括艾纳和威尔，因此找人是首要任务。渔船是一个有价值的补充，有了那条船，沙利文船长再赶来的话，咱们就有两种离岛方式了。理想状态下，咱们可以尽可能多地带走幸存者。阿加伊，你和我去拿养蜂服。然后我希望你能待在这儿研究一下咱们的敌人。咱们需要知道这些东西到底是什么，它们为什么会有这样的行为，清楚了吗？"

"当然，斯坦德探员。"

"穿上养蜂服后，我就去洞穴——"

"你？"雷诧异地问道。

她回敬着他的目光，恼了："我向你保证，我应付得来。还能有谁？"

雷耸耸肩："我来吧。"

"我信不过你。"南茜对他道。

他狠狠地白了南茜一眼，汉娜差点以为他那两颗眼珠会像一对鹅卵石一样从脑袋里飞出来："噢我的天，南茜，这儿有你信得过的人吗？"

"我信得过我自己。"

"还是我来吧。"汉娜打断了他们，"南茜、凯特、巴里，我需要你们协助阿加伊弄清楚这些蚂蚁到底是什么，此外还包括用什么能够对付它们。要是条件允许，你们也可以顺便想想怎样才能让卫星接收恢复正常，以防我万一弄不到无线电。"

巴里沉吟道："肯定是接收天线出了问题。也就是说得到外面去，因为天线就在咱们头顶上面。可那么多蚂蚁……"

"就没办法从屋顶绕过去吗？"汉娜问。

阿加伊道："我们确实有一把往复式锯，不管你们信不信，用来切割蜂巢很管用。但切不开这种东西，这些屋顶非常硬。"

"那就只好从外面过去了，"她舔了舔嘴唇，"有几套衣服？"

"养蜂服？两套。"

"有一个人可以穿上它去外面修理天线了。"

"哎呀。"凯特道。汉娜再次在她的话语当中听出了新泽西口音。兴许，她一直在有意隐藏这一口音？为什么？怕别人说她土？"我来吧。我可以试试。"

"好，你可以试试修复天线，我去洞穴——"

雷插话道："我说了我去。"

"听着，"汉娜转向雷，双手握在一处，"就这样定了。你以为你是一个英雄，可我早就看透你了，真正的那个你。你是什么东西，迈阿密？劳德代尔堡？你是为了钱来的。你收拾得很清爽，一个英俊漂亮的男孩。你经常锻炼，身材很好。可事实不是这样的，你是一个耍嘴皮子的人。这话并不是看低你——它就是你的工作。我呢？我父母都是幸存主义者，从小他们就跟我说了几百种世界末日。就这么定了。"

所有人都沉默了下来。一会儿之后,凯特轻轻地吹了一声缓慢的口哨。

"好吧,"雷缴械了,"你赢了。"

"好。阿加伊,咱们去取养蜂服。"

在他们出去前,巴里解除了蜂房的封禁,提醒他们说既然蜜蜂能出去,那蚂蚁也可能会进来。以防万一,阿加伊带上了灭火器,而汉娜则拿了火焰喷射器。

"玉米淀粉,"巴里为自己的神来之笔咯咯笑出声来,"玉米淀粉是可燃的。这个你们都不知道吧?对不对?咱们把它弄到这儿来是为了测试杀虫效果的。不过只要把它装进气泵,再加上一点火——轰,立刻变身火焰喷射器。全天然,实际上,有机的。"

全天然有机火焰喷射器,汉娜估摸着,全世界市面灵通的无政府主义谋杀者指定乐意去乔氏超市排队购买的。

她和阿加伊出发了。"蚂蚁是你们主攻的一个方向,"她说,"跟我说说这些蚂蚁吧,这些神秘的小杀手。"

他叹了一口气:"其实我并不想表现得太过于关切,不想让那个造出它们来的人得意。不过当然我被迷住了。又怎么能无动于衷呢?这些东西简直就是生物改造方面的奇迹。"

"它们撕咬皮肤,但又不是全都要。为什么?"

他似乎有些紧张:"我不知道,像是一种从没见过的习惯。切叶蚁会那样弄走植物,但不是皮肤。"

"它们似乎是从某个特定地方开始的,眼睛周围,脸部,肢体末梢——手和脚。它们爬到了大卫·滨崎的衣服下面……"

阿加伊突然停了下来,怔怔地看向前方:"是,当然。就像切叶蚁。

切叶蚁带走树叶并不是要吃它们,而是因为它们是蚁、菌共生的样本。蚂蚁是平衡微观世界的高手——比如培育抚养蚜虫,或者保护某种特定植物。合欢蚁喜欢金合欢树的蜜,所以它们就在那儿筑巢,保护它不受虫害。我想这儿发生的事情也差不多吧。天哪,天!"

"可那些蚂蚁并不是在保护咱们。"

"对,它们想要保护的并不是咱们。"他舔舔双唇,突然来了精神,"人类的身体不光光是人类身体,斯坦德女士。咱们也是许多微生物的聚居点:细菌、病毒、螨。伴随着知识的积累,咱们已经知道人类身体的整个进化都是各种微生物群落共同作用和推进的结果。病毒改变了咱们的DNA——这也是咱们现在使用病毒来改变其他生物DNA的原因。"

"我有点不大明白。"

"真菌,"他的目光闪耀着孩童一般的喜悦,"咱们全身上下都覆满了真菌,所有人,你,我。其中一种真菌便是念珠菌。许多不同菌种的统称,但最常见的是白色念珠菌,存在于咱们皮肤的每一个微观层面之上——不过要是咱们的身体拜疾病或肥胖甚至抗生素滥用所赐而失去平衡,那它便会转化成念珠菌症。鹅口疮,或者在生殖器周围或内部造成霉菌感染。不过数量不多,寄生在咱们身体的特定位置。手指缝,双臀,眉心和眼部周围——要是戴眼镜的话会更多,因为热量和摩擦都能诱发并促进念珠菌的生长。"

"它们这是在收集皮肤培养真菌。"她说。

"对,有可能。就像切叶蚁用劫掠来的细菌和茎叶来促进细菌的生长一样。它们之所以先从人体潮湿的地方下口,因为那儿正是酵母菌生长的地方。皮肤干燥一些的部位,它们则不动。"

它们要的并不是我们,她这才意识到,它们要的是真菌,而碰巧我们全身上下都有。她念头一转,纽约那间小木屋的场景闪现出来:掀起被单,满目尽是死去的蚂蚁和皮肤碎屑,散发着面包发酸了一般的味道,空气中满是令人生厌的潮乎乎的感觉。

两人进了蜂室,里边蜜蜂的表现,同汉娜当下的感觉一样:焦躁,攻击性强,随时准备着涌上前来,施展毒刺。

"这些蚂蚁,"阿加伊一边说,一边进了房间,"它们就像是小型模仿作品,用不同种类的拼图拼凑出来的谜团。这是陈词滥调,我知道,可他们简直就是科学怪人制造出来的小型怪兽,用其他蚂蚁,不相干的蚂蚁的特质拼凑在一处,然后——"他一边说,一边跪下去打开了泡泡一头的一只抽屉——汉娜估摸着里边应该是装满了一排排的蜂巢和蜜蜂,就像威尔给她看过的那个一样。不过,阿加伊的话语突然停了下来,只是呆呆地盯着自己刚打开的那只抽屉在看。

他举起了一套皱皱巴巴的养蜂服,看起来就像是一个外星人蜕下来的皮。"只有一套。"他说。

恐惧立刻袭了上来:"你说过有两套的。"

"原本有的,原本有!"

有人在捣乱。可是谁?"谁还有这个地方的钥匙?"

他想了想:"所有人,所有人都有。我、威尔、凯特、南茜、巴里、大卫……"

上方突然传来了"乓"的一声响,在汉娜听来像是响在别处,在其他泡泡里。"那是什么?"她问。

"我……我不知道。"

她等待着,凝神去听。随即她便注意到了——自己胳膊上的汗毛轻轻动了动,被一阵突如其来的气流给扰动了。她只觉得喉咙一阵发紧,立刻咬紧了牙关。不。她抬头看了看屋子上方那两个出风口:都呈正方形,十二英寸长,十二英寸宽。"出风口,巴里肯定又把它们给打开了。"

阿加伊瞪大了双眼："也就是说——"

"蚂蚁能进来。如果它们想要咱们身上的念珠菌的话——它们能侦测到咱们？那就是它们找到咱们的原因？"

他压低了嗓音，几乎像是在说悄悄话："它们的触角上有几千个神经细胞，气味侦测仪，化学感知器。它们能够感觉到湿气的变化，还有气流。作为感知器官，我们根本不知道它们有多么复杂。所以，对，对，我想是的。"

电灯"嗡"的一声响，闪了闪，灭了。方舟实验室突然陷入了一片死寂，汉娜唯一能听到的就是蜜蜂在墙壁后面发出来的嗡嗡声。

"所有的电力全都被切断了，"她说，"拿上衣服，咱们得回去。"

蜂室的门嘶嘶叫着开了，不仅仅一扇。汉娜和阿加伊离开蜂室便看到蚁室和巴里房间的门同样敞开着，出口也一样。

这也就是说所有门想必都是一样。糟糕。

他们听到了外面风过棕榈树的婆娑声。阿加伊徒劳地将自己的腕带贴到了门锁机构前，可它并没有关闭。他应该早就知道的，汉娜暗想，可他太过于慌乱了。若是你不懂得如何驾驭它，慌乱通常就会这样：迟滞一些意识，而强化别的。

她拉住了他："咱们得快走。"两人一起穿过连接区通道，回到了实验室。慌乱同样占领了那儿，所有人都如同蜂室里的蜜蜂一般，聒噪着。

凯特："就是小故障，常有的事。会好的——"

雷："操，指定是有人干的。"

没有了顶灯，实验室内昏暗了不少，但几扇大大的舷窗还是送进来了足够的阳光——尽管汉娜留意到那阳光也是透过纷乱的蚂蚁间的罅隙照进来的。此时,它们已爬到了玻璃外面,织成了一张饥渴的虫网——腿在挥动,触角在搜寻,两颚一张一合,寻找着一切可以咬上一口的东西。

巴里:"说不定是蚂蚁。一些蚂蚁爬进电器,被电了,释放出信息素召集蚁群——"

汉娜打断了他,同时提高音量盖过了其他人的声音:"出风口被打开了。门也开了。是有人打开的。现在蚂蚁能够通过出风口进来了。"

南茜突然止住了大家:"嘘!嘘——"

开始时并没有任何动静,不过随即,纤细肢体爬动的声响,就从泡泡外面的通风口当中传来,几不可闻。

它们来了,缓慢,但却笃定。

汉娜抬头看了看,飞快地计算了一下出风口的数量,一共四个。"咱们得把这些口子堵上,"她说,"立刻。"她环视四周,就它了,实验用金属托盘,几英寸深,看起来尺寸应该够用。她拍拍手,将它们递了出去,分别给了巴里、凯特、雷和阿加伊。南茜太矮,够不到出风口。

手上有托盘的都散了开去,各自踮起脚尖,将托盘底部顶在了出风口上。巴里、雷和阿加伊都够高。

凯特却不够。她奋力举着自己的托盘,可它却晃了晃,在出风口上滑了滑,留下了一道几英寸宽的口子。汉娜赶忙对南茜喊:"脚凳,她能站的东西。"可南茜似乎被眼前的情景给吓傻了,她呆呆地站在那儿,歪着头,瞪着两眼,嘴巴无声地张成了一个"噢"形。

那儿,就在高压灭菌器和冰箱旁边,汉娜看到了一台冷藏箱,膳魔师冷冻机,就是适合带去派对或沙滩的那种。她抓住它,对凯特喊了一声,将它沿着光滑的地板推了过去。它吱吱叫着滑向了凯特,凯特用靴尖止住了它。

她开始往上面踩去。

托盘再次晃了晃，向下翻了翻。凯特指尖抓了抓，想要将它稳住，但却找不到着力点。

就在凯特踏上去的那一刻，托盘从她手中掉了下来。她试图去抓，但失败了。冷藏箱从她脚下滑了出去，凯特挥舞着双手跌了下来，一条腿踢出，尾骨着地，一声惨叫。

蚂蚁开始从那个通风口涌出，落了她一头一脸。

汉娜还记得那些小黄蜂。当时，正在发电机棚后面像傻子一样跑着的她，丝毫没意识到自己在做什么，也不知道要去哪儿，可她刚好就踩在了那个洞上面。黄蜂嗅到了它们唯一逃生的机会，立刻如同地狱的恶鬼一般涌了出来，并且清楚就该去找她。她双眼立刻肿得睁不开来，喉咙也开始发紧。

是爸爸救了她。他听到了她的尖叫。接下来她所知道的，便是他一把将她拦腰抱在了怀里，用身子抵挡着黄蜂的攻击，飞也似的跑回了家，大声叫母亲的名字。

于是那天晚上，汉娜便瑟缩在他们家那口饰有兽爪形底足的陶瓷浴缸边上，任由妈妈用一颗棉球，将炉甘石洗剂那粉色的泡泡，抹了她一身。

妈妈问她在怕什么。

汉娜说："黄蜂。它们可能会再来找我。"当时的她，尚未同邮筒里的蚂蚁遭遇，不过等到那个时刻真正到来的时候，却恰恰印证了妈妈当晚的话。

妈妈说："汉娜，这个世界不是我们的。我们以为它是，可它不是。咱们用来欺骗自己的最大谎言，便是一切都在我们的掌控之下。那些黄蜂并不在乎你，不在乎你是谁或者你想要什么，它们不是故意的。你吓到了它们，于是它们开始攻击，然后又吓到了你。它们不过是简单的生物，而这正是咱们在这儿努力想要做到的事情——简单地幸存下去。等到人类从这颗星球上消失无数年之后,那些黄蜂,还有蚊虫、蝴蝶和蟑螂还有其他所有的爬虫,依然还在。"

"我好难过。"汉娜说。妈妈又将一滴洗剂蘸到了她肿起的伤口上,她瑟缩了一下,"我不想让我们都死掉。"

"我也不希望发生这样的事情,可那改变不了事实。我们都会死,汉娜。而且等我们死后,将我们啃得只剩下骨头的,正是那些虫子。"

凯特惨呼了起来。蚂蚁犹如雨点一般落在她身上,发出了一片啪嗒声响。她挥舞着双手,一边爬一边试图站起来,但口中那一声声"救我!救我!把它们弄掉!"的叫喊,却最终化为了一声痛苦的尖叫。

她在它们身下停止了抵抗,颤抖着,慢慢没有了动静。

汉娜跳上前去,抓起阿加伊放在地上的灭火器,身子后仰,先将灭火器喷向了头顶上方,解决了出风口和已经爬到天花板上的那些蚂蚁,然后才弯过管子,喷了凯特一身。凉,实在是太凉了,凯特可能会被冻伤,但也许,仅仅是也许,汉娜能挽救她的皮肤。

蚂蚁开始从出风口掉落下来:一阵黑色的尸体雨。它们也开始从凯特身上掉落。汉娜抓住这一机会,一把握住她的脚踝,一声闷哼,将凯特向后拖了五六英尺——

凯特的脸从舷窗透进来的一片光斑前滑过,汉娜看到了她脸上那些伤口:一个个高高肿起的水疱,触目惊心,白头,每个里边都有脓水。凯特的呼吸已经变成了浅浅的呜咽。她的手指不停地抽动着,一松一紧,像是要抓一样并不存在的东西;双眼的焦点依然还落在汉娜身上,像是要说什么,但从口中出来的却只是一阵格格的声响。

汉娜低声道:"对不起。"

随即她再次直起腰来,将灭火器朝着那门户大开的通风口喷了过去,更多的死蚂蚁落了下来,其他的似乎也犹豫了。出风口四周已挂满了泡沫和冰碴,蚂蚁们并不想突破那道防线,汉娜暗想,不管是谁关掉的电源——威尔、艾纳,还是别的他们不认识的人,其目的都是置她和其他人于死地。各项选择如同走马灯一般在她脑海中变幻:她可以穿上那套养蜂服,但不知道能坚持多久;她可以就这样站在这儿,举着托盘,可那解决不了门的问题;她头顶上方的蚂蚁似乎被残留的二氧化碳泡沫给堵住了,可寒气会一点点退却,消融,很快道路便会再次敞开⋯⋯

就是它。

崔伊泽的办公室,那些塑料箱。

汉娜:"它们怎么不爬得整个实验室都是?"

伊泽:"弗隆。液态聚四氟乙烯,在每只箱子边缘都喷一些,它们就不会越雷池半步啦。"

汉娜大声叫了起来:"阿加伊!"

"怎么了?"他站在自己那个出风口下面,托盘紧紧地顶在出风口上,两腿和胳膊都在颤抖。他太紧张了,肾上腺素正在身体里流淌。不管是他还是其他人,很快便会筋疲力尽,体力不支的。

"弗隆!你们有弗隆吗?"

他双眼顿时一亮:"天才。当然,有,有!左边。不!对不起,你的右手边。柜子下面,就那边,水槽边。"

汉娜双膝一沉,跪在地上,一把扯开了柜门。就在那儿,弗隆,并不是她所期望的瓶装喷剂,而是装在黄褐色的瓶子中,全都是玻璃瓶。她拧开其中一个的盖子——瓶盖下面连着一支刷子。她内心开始狂呼:这得花多少时间才能把这玩意儿涂满所有的出风口和门框呀?可必须得做。她把其中一个瓶子夹在胳膊下面,抱起另外一个跑向南茜。那女人依然呆呆地站在那儿,早已被吓得灵魂出窍。

汉娜"砰"的一声将那瓶子塞到了南茜的胸口:"拿着这个,弗隆。你负责门,我负责出风口。"

这女人眨眨眼,回过神来。

"南茜?你还好吗?"

"好,好。我能行。"

"快,因为它们来了。"

袭击就发生在片刻之前,但众人此时却都有一种恍若隔世之感。

汉娜和南茜已经在所有想得到的开口周围,都涂了一圈弗隆。每一个通风口,每一扇门,所有她们能找到的地方。那东西的刺鼻味道,依然还留在汉娜的手上:一股让人浮想联翩的氨水味,同她在特别项目里闻到过的一样。

看来是威尔还是别的什么人,也在那儿用上了弗隆。

此刻,凯特正倚在她怀中,脸上和胳膊上满是怒红的伤口,皮肤很烫,双唇如同死灰,呼吸异常急促。

消息很快传了回来:肾上腺素都不见了。

他们本来有十多份的,但现在全都不翼而飞了。

有人偷走了它们。而且这个人同这些蚂蚁的创造者以及让它们像瘟疫一般在方舟肆虐的家伙,是同一个人。她失败了,现在凯特只能等死。

南茜说这是过敏,所有症状都像:浅浅的呼吸、苍白的面色、高热。如果没有治疗,会死。现在唯一的办法,就是给她灌一些抗组胺剂。南茜说:"会减缓过敏反应,但那是用于枪伤的急救药,可能会要了她的命。"

汉娜站了起来，南茜也一同起身了。

"咱们还有肾上腺素，"南茜说，"在洞穴。特别项目。"

"我得去那儿。"汉娜说。她敢打赌，那些被盗走的肾上腺素，指定也在那儿。她看了看那套养蜂服，将它拿在手里，摩挲着它的面料：轻薄，指间好似空无一物。它应该能挡住蚂蚁，不是吗？她回头对雷说道："穿上这套衣服去外面，看看能不能找出电力的问题出在哪儿。可能是断路器或者电池或者别的什么问题。"

"拜托，这种事我根本就没经验。派我去洞穴吧，你穿上这衣服，检查设备。"

不行，汉娜暗想。实际上，雷还不够聪明。而威尔，若他真是幕后黑手的话，那真的是相当聪明。天才级别，显然，是邪恶的天才级别。可万一不是威尔而是艾纳，那雷那点聪明劲在他面前更是不值一提了。

"还是我去洞穴吧。"她说。

"我做不到。"雷说。

"你得试试。"

"我就是不行——"

一声鞋底的摩擦声，有人在房间对面清了清喉咙，随即一个声音道："我来吧。"

所有人全都旋风般地转过了身去，站在那儿的不是别人，正是艾纳·盖尔森，正靠在对面的一个实验台上，头发上黏着乌黑的血块，湿透的衣服，依然在滴着水。

"艾纳？"雷说，声音中满是诧异。汉娜知道自己也好不到哪儿去。

"大家好啊，"艾纳的声音沙哑而又疲惫，"很高兴还有人活着。咱们要是想活下去，还有许多工作得做。"

艾纳口中的故事是这样的：

清晨早些时候，他去特别项目找威尔。他没能找到他，但却发现了一种很奇怪的容器。

"一只桶"，这便是他的描述。塑料的，和打印实验室所用的材料一样。金属包边，有铰链，只是开口不在两头，而是沿一条直线纵向开在了腰部。艾纳将它打开了，里边被包裹得很严实。容器底部塞着一个托盘和一个架子，再往下就是水，很凉的水。

就像是干冰上流出来的那种，汉娜暗想。

铁架子上面，码放着一排排的黑色圆盘。"那些圆盘看起来就像是冰球。"他说。每个盘上都有一个小孔，用蜡封着。他在其中一个上面摸了摸，感觉到了里边传出来的震动。

汉娜想起来了，在图森时，自己便曾在伊泽的实验室里见过这种东西。她道："那些圆盘里是蚁群。"

"我当时还没意识到这一点。我不是昆虫学家。"南茜用一块湿纸巾擦了擦他头上的伤口，艾纳哼了一声，皱紧了眉头，"不过对，我想是的。"

阿加伊说："小型蚁巢，用来运送小型蚁群和蚁后的。"

一个画面在汉娜脑海中浮现了出来：每一个蚁群都被低温冷冻，并用干冰保持温度。等到它一融化，蚂蚁立刻苏醒。而且，若是唯一能够阻挡它们的只不过是一层蜡的话，那它们完全可以轻而易举地将它啃穿。

"多少个圆盘？"她问，"我的意思是，在那只桶里。"

艾纳想了想："每层大约二十个。粗略估算有二十层架子。"

四百盘，四百个蚁后和蚁群。

"那他娘的也太多了。"雷说。

艾纳将两手握在一处，深深吸了一口气："还没完，那儿像那样的桶还有五只，就放在实验室里。从哪儿来的，我就不知道了。我也不知道威尔到底把它们藏在了哪儿,竟然瞒过了我,瞒过了大家。不过它们确实就在那儿。"

"那就是两千四百个蚁群。"

"两千四百个蚁后。"阿加伊说。

一阵眩晕的感觉,像是随时都要将汉娜给击倒在地板上。若是这些蚁群离开了这座小岛,那将会是灭顶之灾。每一次叮咬都有可能会致命。而且,它们袭击人类绝不是出于偶然或是意外。这些蚂蚁本就在猎杀人类。那将会是一个生态噩梦,人类的一场瘟疫。

雷对艾纳道:"我猜你当时肯定立马屁滚尿流地逃之夭夭了。"

艾纳投向雷的眼神中,深藏着厌恶:"我确实离开了那个地方。然后便看到蚂蚁了,在岛上,在沙滩上,在棕榈叶和蕨类中。它们杀鸟,杀海龟。我还在沙滩上看到了一头死海豹。然后,我就赶忙跑向了我的小屋……"他再次深深吸了一口气,"我找到了温拉,蚂蚁已经找到她了。"他声音沙哑了起来:"我承认,我没有勇气。我什么也没为她做。我开始跑,跑出林子,跑上沙滩,进了水里。我当时觉得蚂蚁应该到不了那里,所以我在那儿开始等。"

汉娜指了指:"你的头怎么了?"

"我看到了一个人,"他叹了一口气,"在实验室周围大摇大摆地走。我没看清是谁,因为距离太远,中间还有树林阻挡。但我想我最好还是去看一下。我努力避开那些蚂蚁,偷偷溜了上去——然后这个人就来了,像是从天上掉下来似的。我根本就没看到是谁,什么东西就重重地落在了我脑袋一侧。一块石头吧,我觉得。然后我就倒了——"说到这里,他给众人看了看他两只手的手掌:上面满是划痕,还有血迹,"我再次爬到沙滩上,进了水里。用不着走多远,因为只要一进水里,追我的蚂蚁就追踪不到我的气味了。"

"那你干吗还回来？"汉娜问。

"我听到了尖叫。我相信应该是凯特的。"他的声音再次沙哑了起来。

"咱们没时间了。"汉娜说。他似乎是在乎这些人的。会是一次精心的表演吗？她提醒自己，他还不知道一件她所知道的事情：小木屋中那具死尸，正是他最大的对手阿切尔·史蒂文斯的儿子。这事尚无定论。阿切尔现如今还是一个天大的谜团，她并不希望艾纳来帮忙解开。她决定先将这个信息据为己有，至少暂时如此（当然，如果他真是凶手，那这一切都将会是徒劳，不是吗？若真是那样，那洞悉一切的就是他，而她则成了那个被蒙在鼓里的人）。

"对，汉娜说得没错。咱们得抓紧时间。Sá vinnur sitt mál, sem prá astur er. 冰岛谚语：唯有孜孜不倦、坚持不懈方能成功。而且在这种情况下，成功就等于活命。"

汉娜点点头："我这就去洞穴。"

"那儿很危险。"

"船在那儿。肾上腺素也是。"

艾纳点点头："给我几分钟让我喘口气，然后我就穿上衣服去看看能不能查查电和卫星天线。"

汉娜眯起了双眼："你是穿过树林来的这儿，可你一口也没被咬。怎么办到的？你进来时肯定穿过了出口，那外面全都是蚂蚁。更要命的是它们现在都已经跑到这儿来了。你是怎么逃脱的？"

他脸上掠过了一丝诧异和迷惑的神色："我真的不知道。它们似乎看不到我了。可能是我跑得太快了吧。"

"不是，"阿加伊说着，指了指他的下巴，"是含盐的海水。蚂蚁的感觉器官不能轻易探测到咱们皮肤上的念珠菌了——咸水把它给遮住了。至少，暂时是这样。"

我们的皮肤是一片丰沃的土壤，念珠菌就是上面的庄稼。那些蚂蚁不过是来收割来了。

"汉娜，"艾纳道，"这正好说明你也许可以这么走：游过去。不是潟湖，而是从海上。会很累，但说不定有效。"

"我会的。谢谢。祝大家在这儿好运。"

"祝你好运。"他说着，抓住了她一只手，"还有一句冰岛谚语，汉娜。Ég skal sýna p é r í tvo heimana."

雷一听这话便瑟缩了一下，可她不知道为什么。艾纳没去理会，只是接着解释道："它的意思就是为了生存，咱们必须不择手段，生存为王。"

这话她倒是可以同意。

她准备了一个小包：几条蛋白棒、一支手电、一把他们在实验室里用来切割蜂巢的折叠锯齿小刀，外加一小塑料盒弗隆。出发前，她将自己的跑鞋脱下来，在上面抹了弗隆。

巴里让她带上灭火器，可她拒绝了。他们比她更需要它，而且她也不知道那东西在海里使用的效果到底会是怎么样。

山来时，雷抓住她，悄声道："在外面当心点，事情感觉有点不对劲。"

这还用说？她暗想，就没有一件事是对劲的。而且也没人有安全感——没有信任，也就没法活命。

"好吧，雷。谢谢。"

"保持冷静。要安全。"

"我想安全这事咱们早就不奢求了。"

她站在实验室门口，蚂蚁已围堵在外面，只是还无法突破由弗隆画出的那条界限。

办法其实简单得不能再简单。

跑。

于是汉娜跑了起来。她先是一跳，越过了门口那密密麻麻的蚂蚁，同时祈祷诸天神佛：千万别叫鞋帮上的弗隆流到鞋底上去！因为那样一来，只消滑上一步，她的脚踝就会被扭伤。

砰，砰，砰——疯狂迈动的双脚，带着她穿过连接区，来到了那个通向蜂室、蚁室和巴里实验室的房间。在那儿，在她和蚂蚁之外，便是出口。她唯一的目标，就是打那儿出去，进入远处的大海。

于是，她出来了。顾不上去看有没有蚂蚁爬到身上，她紧咬牙关，挥动双腿，沿着码头那条爬满了蚂蚁的步道冲了下去。双眼紧盯前方，两脚交替落地。前方，她已能看到树林间的那道缺口——她会选择那儿作为高速出口，然后跃进海里。不过，等到她迈出下一步时，脚下开始打滑了。倒不是弗隆流到了鞋底，而是脚底那些被踩扁的蚂蚁尸体在作祟。

她一侧脚跟"吱"的一声响，一扭，接着像一条倾覆的小船一般崴了出去。前一天留下的旧伤，立刻像图谋报复的幽灵一般发作了起来。痛楚从脚跟一直传进了小腿肚，她叫了出来，赶忙一跳离开步道，随着惯性，提着一只脚跳了起来。

脚下踩到了什么东西，整个世界突然被拽了开去，她只觉得一阵天旋地转。两肘着地，前额"砰"的一声撞在了泥地上。

随即她便听到了那像雨滴噼里啪啦落在屋顶上的声响。声音很大，而且正在变得越来越大。

她看了看，眯起双眼，终于看清了地面正在蠕动。一片乌黑的蚂蚁，上下起伏着，数量远超她之前见过的那些。

没时间去管那无用的脚踝了。她收回那条尚未受伤的好腿，向下一压，整个人便向前扑了出去，越过灌木丛，一只肩膀撞在了一棵酒瓶椰子上，撞得她一阵头晕，差点再次摔倒。陡峭的山崖下方，便是沙滩。她没时间顾及优雅甚至安全，直接从崖边跳了下去。

一段二十英尺的坠落。

她将头一缩，蜷起身子，重重地撞在了沙子上——整个身子向前滚去，一侧肩膀承受了大部分冲击。肺内的空气立刻被拍了出来，她随即起身，摇摇晃晃地朝着前方踉跄而去。海就在十英尺开外，可身旁，死鸟的尸体已是随处可见。在那些可怜的鸟儿身上，原本就所剩无几的羽毛，早已被鲜血凝结成一簇一簇，凄凉地支棱着。一只信天翁头上的皮肤已被剥光，一只眼睛不知去向，喙挂在一侧，身体其他部分也已被蚂蚁爬满。

而此刻，她觉得自己也是一样。

它们并未逗留在她的鞋子上，而是上了大腿。她一边一瘸一拐地往前走，一边用双手急急拍打着两腿——蚂蚁纷纷从裤子上掉落到了沙滩上。此时距离大海只剩下了五英尺——

她提着一只脚往前跳去，黑色的虫子被抖落在了地上——

四英尺。

蚂蚁已经上了她的一只手和一条胳膊，两颚张开了——

三英尺。

她前后甩了甩胳膊，蚂蚁飞进了浅滩——

两英尺。

脚踝疼得都快麻木了。不过好在胳膊上已经没有了蚂蚁，只要她一进水里——

一英尺。

脖子上一痒——

接着一痛。

随即便是更糟的状况。

一只蚂蚁将刺送进了她的脖子，汉娜双膝一软，跪了下去。被蜇的部位立刻热了起来，火辣辣地疼，她随即觉得脑子像是被雾气笼罩住了一般。现在，它们来了——蚂蚁爬过的轻痒，已从双腿上传了上来。这次，是出现在了她的裤腿下面，出现在了皮肤上。无数条细小的腿，在骚动着。

又是几口。

又是更多的刺痛。

她喉咙开始发紧，一切都开始模糊了起来。

汉娜奋力想要爬向大海，可两条胳膊却颤抖着不听使唤。前额无力地撞在了潮湿的沙子上，海水退却，拖着她向前，随即又拍了回来。一些蚂蚁被冲走了，可其他的仍然在叮着，咬着。她想要说话；想要大叫，可从那正越收越窄的嗓子眼里传出来的，却只有茶壶一般的哨声。随即，咸咸的海水便涌进了她的鼻子，滑下了她的喉咙，她被呛得一阵窒息，咳嗽连连。

潮来潮去。

潮起潮落。

小臂就在眼前，却像是一条不相干的肉——她甚至都感觉不到它的存在。有的蚂蚁被吸进了海里，但有的没有。它们可真是顽强，这些小魔鬼。

随即，她突然翻了一个身。是她干的吗？她再次试着叫了叫，却还是没能叫出声来。一个身影笼罩在她身上，挡住了太阳。威尔的脸在眼前若隐若现。他悄声对她道："别动。"握在他手里的，是一把刀。

他将刀刃插进了她的大腿，她根本就感觉不到疼痛。随即，她心里一动：那不是刀，是一针肾上腺素。

就在呼吸开始回来，她开始大口大口喘气时，他弯下腰来，将什么东西捂在了她的嘴上。一块白布。一阵温暖的氤氲随即在她身体里蔓延开来,她的双眼再次失去焦点,而这次,怎么也找不回来了。一切都开始变得湿滑。它们就那样滑了开去,滑向大海,滑向远方……

插曲

崔伊泽

大学实验室的蜘蛛,是从一名开旅行车的家伙手里买的。

这种事,他们是绝不会公开承认的,但却千真万确。而且,不光是蜘蛛,有时也会是马达加斯加蟑螂,或者蝎子。伊泽甚至还用同样的方式买过几只螳螂和竹节虫。

交易的玄机是这样的:有人买了蜘蛛后这才发现自己想要的其实不是蜘蛛——要么出于一时冲动;要么买下一只智利红玫瑰狼蛛后这才意识到自己其实更应该买一块石头,因为两者的乐趣实在是差不了多少;要么,就是他们买下一只后被咬了,或者某一天被过于兴奋的狼蛛所发射出来的那有质而无形的毛发给闹得生出了荨麻疹(伊泽就从来没遇到过这个问题,因为她可是专家)。

救助狼蛛的组织,可不像救助那些可爱小狗狗的那么多。于是绝大多数情况下,人们便干出了他们最不应该做的事:将它们扔到野外(是违法的)或者干脆弄死它们(同样也是违法的)。

不过,那些有良知的人,首先做出的尝试便是将狼蛛送回店里。店家是不会回收的,却会把那些快快不乐的买主介绍给一个人。

在这种情况下,那个人通常便会是达拉斯·拉德尔,一个骨瘦如柴且衣衫褴褛的男人,一个专门从之前所提到的那些快快不乐的买家手里购买那些不招人待见的古怪爬虫的家伙。当然,价格自然是低得不能再低。

然后,他再把它们给卖了。

有时,他会将它们卖给那些买不起一只新狼蛛的人(伊泽经常开玩笑说他应该在自己的旅行车一侧喷上"二手蜘蛛"四个字)。不然,他便把它们贩卖给昆虫实验室。

不过今晚,伊泽打算空手离开。达拉斯正千方百计地恳求她再买上一只,因为他的蜘蛛实在是"太多太多",可实际上他所有的货品不过就是两只智利红玫瑰和一只粉红趾。两样都挺好的,但却是再普通不过的大路货。

"你说你有 Pocilotheria regalis 的。"她说。他一脸苦相地看着她,像她说的是一门外语。确实是,因为那是拉丁语。于是她补充道:"降落伞帝王蛛。观赏蛛的一种。"

"我确实是有一只的,可我把它卖给一个玩滑板的好孩子啦。"他朝她咧嘴一笑,那样子,活脱脱就像一颗遗落在大漠里的骷髅,"我还有其他蜘蛛,好货色。瞧,看。"

"我才不买这些低级货色呢,"伊泽对此嗤之以鼻,"达拉斯,你这是在浪费我的时间,等你有一些既会咬又有毒的了,再打电话给我。不过,金巴布可不要,我实验室里已经有那种爱咬人的橙色玩意儿了。"人们之所以会买 OBT 来当宠物,是因为觉得它们很酷,也没有那种能让你生出荨麻疹的毛。可随后他们便有可能会被咬上一口,然后被送进医院。好惨。"回头见,蜘蛛侠。"

他在她身后连连叫着,可她头也不回地离开了,离开了他停车场上那辆九十年代破烂行李车,开始朝着学校走去,并顺便在一辆售卖吃食的卡车上买了些烤面包。一路上,忧虑如影随形。学校里又在拿科学系的资金问题做文章了,而且在系领导的位子上,也开始玩起了抢椅子游戏。

然后,便是汉娜。她希望汉娜一切都好。伊泽告诉自己,她指定没问题的。这种事,正是汉娜的强项。汉娜所束手无策的,是她这辈子余下的生活。

伊泽回到了实验室——此时已是傍晚,暮色渐染。屋里空无一人,真的,这是伊泽最为喜欢的时光。不过随即,当她打开电灯开关时,屋内却依然一片黑暗。

咔嗒,咔嗒,咔嗒,她反复试了几次,依然没有反应。走廊上的灯亮着,因此并没有停电。难不成她那两条灯管同时烧了?呃,学校里的东西向来就是这个德性:廉价而且永远也不够用。她走进屋内,旋亮了桌上的台灯。

什么东西在她脚下发出了"咔嚓"一声响。

一样本不应该在那儿的东西。

突然,她愣住了,一时拿不准自己脚下到底是什么。感觉有点像是塑料,像油漆工披在身上的那种油布。

双眼慢慢适应了屋内的光线,随即她便看到了十英尺外的那个身影。就在对面的墙壁前,紧挨着那些玻璃容器。

伊泽一动不动地待了一会儿。深陷于蚂蚁大军中的蚱蜢或是蜘蛛也明白这一点:一动不动。因为蚂蚁是通过动作来进行侦测的。什么也别做,蚂蚁便会继续从你身旁倾泻而过。要是敢动弹分毫,它们便会将你撕碎。

可她是一个人,而且有人闯入了她的房间。伴随着双眼的进一步适应,她看清了站在那儿的是一个高大而又两肩宽阔的人——一名男子,她暗想。突然,她的脑子开始飞快地转动了起来,各种最最不堪的场景在其中轮番上演:校园强奸、连环谋杀、失意学生的复仇……

她猛地转向了门口,对面传来了"砰"的一声枪响,既不见火光,也没有震耳欲聋的感觉,但她的一只手立刻疼痛难当。她屈起手腕,将那只手贴在了胸前。胳膊一头像是着了火,火烧火燎地疼。她一声尖叫,又是两声枪响,打在了她刚刚离开的门板上。伊泽俯身钻到了自己的桌子后面,一侧肩膀狠狠地撞在了椅子上,撞得那椅子滑了出去,随即"咣当"一声翻倒在地板上。双腿突然多了一种湿漉漉的感觉,她暗想:我这是被吓尿了。不过随即她便看到了一片黑乎乎的污迹:是血。从她手上流下来的血,已经浸透了牛仔裤。她只觉得浑身上下每一个毛孔都溢满了绝望和气急,不过这辈子的时光却并未在眼前闪现;那些经典的反省桥段,比如"我这辈子真的无憾了吗?"或"此生就这样完了?"这样的诘问,并未加入当前的混乱。

油布上传来了脚步声,他正在靠近。她钻到了桌子下面,桌子摇晃了起来。这是一张宜家书桌,是她凭着几把小得可怜的扳手和一份语焉不详的说明书亲手组装起来的。这桌子有着一个佶屈聱牙的狗屁一般的名字,而且并不沉。

并不沉。

又是一声脚步声响,油布窸窣有声。伊泽收回双腿,一侧肩膀顶住桌沿,如同游泳一般把双脚向后一踢。书桌猛地一震,在双腿的推动下沿着地面向前滑了出去。抽屉嘎吱叫着开了,钢笔、笔记本、盒子纷纷掉了出来,散落在地板上。她一声尖叫——

狠狠地撞上了什么东西。

书桌,顶上了肉体。

血已经溅到了地板上,她最后拼命一推,那个黑影向后摔出,跌进了那排摆满玻璃容器的架子。伊泽弯下腰,双手抱头,架子一阵摇晃,容器开始摔落,乒乒乓乓,稀里哗啦,好不热闹。手脚并用,她强忍着手掌传到肘部的一阵阵剧痛,向前爬去——压着自己那湿滑的鲜血,拼命爬向窗子。

又是几声枪响，砰，砰，砰。墙上的书本犹如受惊的蛤蟆，相继跳了起来。其中一本砸在了她的后颈上，打得她的下巴"啪"的一声重重磕在地板上，可她没去管，也不能去管，只能继续往前爬——

身后，那个男人惨呼了起来。

就在那儿，就在窗子旁边，是一盏落地灯，又是一样有着含糊不清饶舌一般名字的宜家产品。她一只手滑上灯柱，指头摸到了开关。

就在灯光亮起的那一霎，她却对眼前的场景搞得有些摸不着头脑了。桌子被推得顶在了架子上（可怜的蜘蛛啊，她暗想，它们不该承受这样的命运的），一个男人正佝偻着腰，像三明治似的夹在二者之间。此人穿了一身黑：黑裤子、黑T恤，胳膊上涂了黑色油脂，黑色的头发一片凌乱。他的脸正朝向她这边，脸颊贴着木板，凝固的表情上似乎有着痛苦。一只手高高地举着，握着一把装了消音器的黑色小手枪，黑洞洞的枪口，犹如一只眼睛一般盯着她——

随即便听他尖叫了起来，一边叫一边抽搐，拿枪的那只手砰砰地砸着桌面。伊泽暗想，看来我真伤着他了。那桌子应该给他弄出了内伤，可能是内脏，可能是脊柱……

不过随即她意识到根本不是这么回事，因为从他的后颈当中，从他后脑一侧，现出了两条毛茸茸的橙色腿来。那只OBT——金巴布狼蛛，会咬人的橙色小东西，顺着他的脑袋一路往上爬，停在了他的头顶，尖牙闪耀，浸着毒液。

那人的牙齿在格格打颤："疼，疼。"他哀号道，死死闭着双眼。

伊泽两条腿也在打颤，她站在那儿，抬起了手掌，指间正面和背面全都是黑色的血，鲜血正一滴滴落在地板上，就像是她刚刚将手掌浸在了一罐红油漆中一般。而从她口中发出来的，则是小狗受伤后的那种声音。

地板上，一张蓝色油布被碾做一团，皱皱巴巴地堆在桌脚旁。一张专门用来害人性命的油布,她暗想。他会在上面杀死她,然后再把她裹起来,从这儿弄出去。为什么?到底是谁想杀她?

她摇晃着走向桌子,伸出手去,将那人手中的枪拿了过来。很沉。她将它指向他,枪管在颤抖和上下晃动着。"你是谁?"

"你得叫人来。操,我操。"他喉咙深处发出了班卓琴被拨动的那种绝望声响,"我被咬了,有东西咬我。"

"OBT。"她说。她知道这个词对他来说无异于天书。泪水顺着她的脸颊滑了下来。"说,你为什么要来这儿?"

"操你妈,操你妈。你就该死。"

她在想:杀了他。杀了他吧,因为是他先要杀她的。可这一冲动,就如同一片用油燃起来的火,炽烈而又耀眼,但很快便会自行熄灭。枪在摇晃,在颤抖,随即伊泽便跑出了办公室,开始大声呼救,可她却又一直在想:为什么?她为什么该死?那人到底是谁?还有,她为什么会成为他的目标?

23

"那天的事你还记得多少?"威尔问她。

汉娜坐在方舟实验室的桌子旁边,开始回忆:"我记得我差一点点就做到了。如此之近。我去了沙滩,跳了下去。我的脚扭了,崴了,虽然我怀疑它脱臼了,但我几乎做到了。"

"然后它们追上了你,那些蚂蚁。"

"对,而且我以为我死了。"她得努力让自己一步步去想,因为一切都是那么的蒙眬和缥缈,甚至就连怎么到的这儿、为何要在此地也是那么叫人费解。先建立个滩头阵地,她暗想。"建立个滩头阵地,"爸爸在教她下跳棋或象棋时，常会这么说，"就像打仗，在你的士兵死亡前，先将他们部署到位。"他从没打过仗，但爷爷打过。爷爷在她出生前便已过世了。她用力眨了眨眼，将回忆赶了出去："然后你就来了，在我腿上扎了——"

"一针肾上腺素。"

"对。然后——"

"用一块布捂住了你的嘴。"

建立个滩头阵地。可她又能怎样，就在这儿？告诉他自己信不过他？说自己知道他是一个杀人凶手？还是闭口不提？不过她唯一说出来的却是：

"为什么？"

"我需要你。"

"为什么？"

"你以为这事是我干的？我是凶手？"他问。

对，我就是这么想的。我不相信你。"你是一位大师。"她说。

他笑了。

"你还真以为是我干的。"

他将手伸向了她的喉咙。她想躲，可他还是抓住了她。"我现在还是这么想的。"他紧紧扼住了她的喉咙，她艰难地道。

"就算是我救了你一命？"

就算是，她狠狠地想，却说不出来。

"现在那些蚂蚁已经到处都是了。"他突然站了起来，椅子腿在地板上摩擦出了"嘎吱"一声响，"它将变成一场全球性灾难，一场生态噩梦。一旦它们站稳脚跟……"

他将她拉近了一些。她的喉咙火辣辣地疼，想要挣开，但却做不到。

他给我下了毒，我四肢无力。他到底对我干了什么？

他继续道："有人将那些蚁群送到了全世界。每一个洲，无数个国家。这是一种转基因恐怖袭击。咱们还有时间，尽管不大多，但足够了，趁它们还没站稳脚跟，我们要来个釜底抽薪。"现在，他已将她拖过了桌子，越来越近，越来越近，她已经喘不上气来了，"可你满口在说的却是我应不应该为一次创造性行为负责。我们全都有罪，创造和毁灭是我们人类的天性，汉娜。你知道的，那就是我们。你以为我们会选边站队，就好像我们真能弄明自己到底是天使还是魔鬼一样，可实际情况是，我们两个都是。"

此刻，他已贴近了她，将头低了下来。他松开她的喉咙，任由她在那儿上气不接下气地喘着粗气。随即，他一只手伸到了她的下巴下面，将她的嘴拉向了他："这个怎么样？"

"不要。"她说，可她依然躲不开。他的双唇找上了她的，一片拉碴的胡须贴了上来，坚硬而又扎人——他的舌头滑进了她的口中，两条舌头搅在一处——某种小而精巧的东西，从他口中流向了她的。

一只小小的蚂蚁，一个侦察兵。

汉娜想要推开他，可威尔的手探到她脑后，紧紧地抓住了她的后脑。她的牙齿顶在了他的上面，痛楚从下巴上传了上来，同时一股蚂蚁开始从他口中涌出，进了她嘴里，下了她的喉咙，她再次窒息——

汉娜痛苦地呻吟着，随即便化为了一声突如其来的呼号——她想要站起身来。剧痛犹如一道闪电，击穿了她的脚踝，她惨叫了起来。

一阵眩晕扼住了她。她眨眨眼，挡住晕眩，身子靠向前方，将两手拍在了一面墙上——不，是一扇窗——以抵御那汹涌而来的天旋地转。

不，那也不是一扇窗。或者，既是墙又是窗。一面树脂玻璃做成的墙，对面装着一道门，还不到三英尺高。透明的合成树脂合页，一把金属锁，把手和固定装置都在外面。

确实花了一会儿时间,不过她终于还是明白过来了。汉娜此刻正置身于那只用来装蚊子的笼子当中,就在洞穴实验室,在特别项目内部。刚刚那不过是一场梦。或者幻觉。房子正中,是那张铁桌,桌子下面放着她的包。桌子上面,是三支肾上腺素自动注射器。

她看了看四周,笼子当中倒是不见蚊子,可外面却有蚂蚁。数量不多,和方舟里的情形大同小异,都在懒洋洋地四处逡巡着——这儿一队,那儿一股,蜿蜒前行,如同墙壁上一条条弯曲的裂缝。

汉娜握起拳头,一拳打在了那透明的墙壁,可她几乎没什么力气,拳头落在塑料上只发出了一声沉闷的声响。

不过,作为一个召唤信号,它倒是够响亮。蚂蚁们开始朝着她蜿蜒而来,它们爬上塑料,汇聚成了密密麻麻的一片。有的从下面往上爬,有的从上向下走,四面八方都是它们的身影。恐惧开始在她内心凝结。我不该那么干的。它们是被响动给吸引过来的吗?汉娜暗自揣摩,还是只消一个轻微的动作——只要她的手一贴到树脂上——便足以将她的气味给释放进空气中?泪水开始在她眼中打转,她退向墙壁,蚂蚁爬满全身的感觉再次复活,仿佛就发生在眼前,此时,此地。

蚂蚁爬上了笼子顶部的金属网,幸运的是那网的网眼足够密实,它们爬不进来,屡次尝试都失败了。

她抹着眼泪,几近崩溃。

不过汉娜召唤来的,似乎不止蚂蚁。威尔·加拉西背着两只手,昂首阔步地走进了房间:"你好啊,汉娜。"

"这些就是你的杰作,不是吗?"她的目光追随者眼前一线犹如喝醉了一般正曲折前行的蚂蚁,"这些小魔鬼。"

他微笑道:"密尔米顿战士,密尔米顿蚁。"

"战士。这些蚂蚁是你的战士。"

"这么说你也知道神话。"

"还有我的拉丁语。"在神话里,一位名叫艾亚哥斯的希腊王在一场大瘟疫中失去了他的子民。由于艾亚哥斯是宙斯其中一个儿子,因此他请求神帮助他恢复人口。宙斯开恩应允了,说会让国王的新子民勤勉、吃苦耐劳并且能征善战。然后他便用自己圣树上的蚂蚁将他们给造了出来——一种基于最小生物创造出来的人类。他们勤恳、热忱、忠诚。他们的功绩在《伊利亚特》中曾有表述:他们为阿喀琉斯这位不可一世、自私自利的英雄而战斗。

"他们是我的战士,对。"

"那你就是他们的阿喀琉斯?"

他转过了头去,似乎觉得这话对他是一种侮辱:"不,我不是英雄。至少不是你想的那种。"说到这里,威尔再次回过头来,斜睨着她,"你忍不住的,忍不住会为它骄傲的。"

"骄傲是一件危险的事情。"

"可它还是会闪耀在你的目光里。"

她将额头顶在塑料上。眼前的蚂蚁已经变成了一片模糊的暗影,她拒绝退缩,她得努力表现得坚强一些:"你凭空把它们给造了出来,那得需要些本事。"

他摇摇头:"不是凭空造的,不是。每一只蚂蚁——实际上,每一样活物——都只是一系列建筑模块的组合。你得一路追寻到化学层面,打乱,重组,改进。它们并不是一种全新的生命形式,尽管从科学的角度来分析是这样的。我更愿意把它们当作是一种致敬。"

两人沉默的间隙,她听到了蚂蚁爬动的沙沙声。

"那为什么要这么做?仅仅是为了证明你有这个本事?"

他转向了她。"不是。嗯，"他顿了顿，抿了抿双唇，"兴许一开始时是。可随后我开始看到了它的本质：一条出路。对我们，对……"他将双臂在头顶一挥："对所有人，全人类。汉娜，你还不明白吗？现在是我们离开的时候了。在我们做出更大的危害前，我们需要安乐死。这样的牺牲，自然最是明白不过。狼会离开，独自死去，远离自己的狼群。它们明白自己的疾病或是衰老，会招来掠食者和其他狼群。可我们人类已经在这个星球上赖得太久了，而现在……"

"我们正在毁灭这个星球。你说的是这个。"

"当然，当然。"他凑了过来，距离塑料不过几英寸的距离，"你在自己的著作里谈到过。面对那扇门的那场竞赛。天使和魔鬼，进化与毁灭，汉娜，你还不明白吗？竞赛已经结束。魔鬼赢了，而我们就是魔鬼。我们所有的罪恶——贪婪、自大、虚荣和饕餮——噢，它们是把我们伺候得很好，可剩下的世界呢？"

蚂蚁似乎很平静。汉娜注意到其中一只爬到了他身上。为什么？她想继续引他说话，好让自己瞧出一些端倪："你说得没错。空气坏透了，大海会沸腾。鱼就浮在有毒的海藻上。蜜蜂死了，我们毒杀了它们。我们不是好的监护人，可我们能治理好，我们之前就治理过。你瞧，三十年代的黑色风暴，那就是一次大灾难。可一旦我们决心改变——回归自然农业进程，或者牧场和森林——"

"不。"这个字，锋利得犹如一颗穿透木板的钢钉，"那是小事。而这次……"他怒了，鼻孔大张。过了一会儿，他似乎压住了心里的愤怒，再次开口道："人类总是在做那些即将毁灭自己的事情。我们总是在说着那些击中恐龙并将它们从这个地球上抹掉的陨石，可我们自己就是陨石。我们是七十亿人，而且还在成倍往上翻，汉娜。像墙里的老鼠和蟑螂一样繁殖。生育，是我们的驱动力，是我们的天性。我只会想要更多，更多，更多。更多食物,更多钱,更多土地,更多一切的一切。我们就是培养皿里猖獗的细菌。我们就是寄生虫,不速之客。"

汉娜又在脑海中听到了妈妈的声音:结局就要来了,汉娜宝贝。我们不知道会是怎样,但十有八九是我们自己在作孽。"这么说,这就是了。"她道,"这些蚂蚁,你的小密尔米顿。是你放它们出去摧毁世界了。"

"是摧毁人类,但拯救世界。妙极了,不是吗?一个像蚂蚁这样的小东西所拥有的生物量,竟然不亚于地球上的任何动物。它们活过了大洪水和大毁灭,而且维系了下来。太完美了。如果真有谁有资格去终结人类纪的话,那就是它们,这是它们该得的。"

"你疯了。"这三个字从她口里怒气冲冲地说了出来,可她自己却并不是完全信服。他是疯了,没错,但这并不代表他就一定错了。

"我没疯,我清楚得很,清楚事情的状况,清楚我们在这个世界上所扮演的角色,清楚下一步到来的必定会是什么——如果真有下一步的话。"

"那那位受害者又算什么?就在湖边,就在纽约,一个实验?看看效果?"

威尔突然沉寂了下来,嘴角慢慢拉出了一个阴森的笑容。"当然,障碍总是难免的,"他说,"我没做,我没杀他。我之所以放出蚂蚁,是因为有人偷走了我的绝大部分蚁群。我只剩下了一桶,所以我觉得……去他娘的。"他皱起了眉头,"你知道的,我曾经有过一个计划。通过精心策划,释放密尔米顿,我会把它们送往全世界各个不同的地方,安置在那些蚂蚁能够繁殖出强健而又能干的蚁群的地方。可我一直没下定决心。不过,有人干了。我觉得不管他是谁,我都应该感谢他。"

"你在撒谎。"不过她看得出来他并没有,"如果不是你,那会是谁?谁干的?艾纳?阿加伊?谁?"

不过这个问题他似乎没兴趣回答。"我得走了,汉娜,"他说,"船很快就要来了。然后要不了多久，就会是一场很厉害的风暴。"

"等等。"这是一句死亡宣判，"你扔下我一个人在这儿等死。你说过你欣赏我的著作。"

他将一只手放在玻璃上，就像她是一名囚徒而他则是她丢失的爱人："我是欣赏，而且会继续欣赏。我不是要杀你，我是在救你。蚂蚁进不到这里面，你还可以躲过风暴，安然度过。然后，不管这儿发生什么，我都希望你能告诉世界，告诉他们我所告诉你的。让他们知道这一切为何发生。"他微微一笑，有些玩世不恭的味道，仿佛是在半开玩笑，"你是我的代言人，真真正正的代言人：一个向所有人传达真相的传声筒。"

一只蚂蚁跳到了他指头边上。汉娜紧紧地盯着，大气也不敢出一口。它顺着他的手指爬下指关节，进了手掌。

"它对你没兴趣。"她诧异极了。

威尔点点头，随即用另一只手拈起那只蚂蚁，夹在拇指和食指之间。它在半空中挥动着腿。

他捏扁了它。

空气中立刻传来了一阵沙沙声响，如同落了一阵雨。地上的蚂蚁纷纷朝他围了过去。它们爬上了他的身体，进了他的衣服，分作纷纷攘攘的几股，顺着他的下巴下了他的手臂。所有的蚂蚁似乎都只有一个终点：他的指尖，那只被他捏扁的同类所处的位置。它们数量实在是太多，以至于他的整只手都淹没在了其中。

现在她注意到了，那些蚂蚁并非都是一样大小，而是有两种。其中一些蚂蚁要比别的小一些，大约三分之一大。没有一只咬他，没有一只叮他。

威尔一脸笑容地松开了那只手，汉娜看到那些蚂蚁抬着同伴的尸体离开了，沿着他的手臂退了回去，犹如一只手套在她眼前消失无形。

"怎么会？"她问。

"那是我的小秘密。"他说，"再见，汉娜。我得回家了。我希望你有一天也能回家。"

他退出了房间，每走一步一步都会有蚂蚁从他手上掉落。汉娜眼睁睁地看着他走远，嗓子都喊哑了。她重重地撞在了树脂墙上，随即瘫软下来，瑟缩成了麻木而又眼泪汪汪的一团。

汉娜不知道究竟过了多长时间。一个小时？两个小时？一分一秒，慢得就像是玻璃上爬动的那些蚂蚁。她将时间都花在了脚上，试图将那扇门给踢开。她那只完好的脚每在门框和合页上踢上一脚，便会发出"砰"的一声响，随即招来大批蚂蚁。每一下，都会有蚂蚁纷纷跌落到地板上，然后再沮丧地招来更多同伴。

最后，脚踝实在疼得受不了了。她只能坐在那儿，强忍着徒劳的打击和愤怒。蚂蚁如同潮汐般退了开去，不知回哪儿去了。

汉娜想到了其他人：凯特，正在死去；艾纳，鲜血淋漓；南茜，现在说不定已被蚂蚁淹没，浑身是伤、体无完肤。这些都是威尔干的，可也不完全是，对吗？当他说到那个姓史蒂文斯的男孩并不是他杀的时候，他并没有撒谎。还有，艾纳是不是说过他在这儿看到过一些桶？她环顾了一圈四周，凝神去看。有一扇门——旁边装着一个红色的硕大手柄，她暗暗希望是开门用的——但却没有看见那些桶。至少，不在这个房间里。如果它们真在这儿，如果艾纳没有撒谎，那它们现在便不见了。谁搬走了它们？艾纳？那他干吗还要回实验室？还有别人吗？第三方势力，无名无姓，无迹可寻？

一阵绝望从心底里泛了上来，威胁着要将她淹没，这让她更加愤怒了起来——因为暗暗觉得威尔·加拉西有可能是对的这一念头，已让她足够绝望和恐惧的了。

世界正置身地狱，可人类并没有。犯罪率在下降，饥馑在被消灭。但这些提高，都已是强弩之末。人们通过工业、科学和技术，为自己赢得了喘息的机会，寻找到了提高的方式。我们学得越多，消耗得也就越多，更多的资源也就会被我们嚼食殆尽——如白蚁嚼食木头。树木、大地和泥土，天空、海洋以及深埋地下的那些恐龙尸骨，我们正在用自己的产品毒害这个世界。七十亿人，而且还在成倍往上翻。

我们不是陨石，她暗想，我们是虫蚁。

兴许这才是最好的出路，让那些蚂蚁横行四方，让它们犹如《圣经》中的大洪水一般横扫整个世界——两颗开阖，触须四处搜寻，纤细的腿咔哒咔哒踏遍泥土和岩石。她脑海中浮现出一个场景：密密麻麻的男人和女人，在他们的家里、车里和办公室里所表现出来的行为，同其他任何自然灾害想必都并无二致——先摧毁老幼和弱者。她思绪飘飞，想起了婴儿床里的一个婴儿，一双呆滞的眼睛，定定地看着头顶上挂着的玩具，胖乎乎的手指，在不停地搜索着，如同并肩前行的蚂蚁，两只又两只，万岁……

汉娜发出了一声喊，疯狂而凄厉。她死死地闭着双眼，像是永远也不想让它们再睁开来；咬紧牙关，她奋力将这些念头赶出了脑海。

她将念头转到了另外一件更具戏剧性的事情上：二十世纪三十年代的黑色风暴事件。她对威尔提起这件事，是有原因的。美国人用了大半个年代，将这个国家中部地区的土地，毁成一片严重沙化的不毛之地。他们急匆匆地铲掉了所有的草皮，可那些草不但能防风，还是保持土壤健康和平衡的主要因素。突然间，一切都飞速地枯竭了。漫天的沙尘暴——

犹如魔鬼口里吐出来的滚滚黑云——无情地席卷了这片土地。黑色暴风,他们是这么称呼它们的。所有人都觉得它就是世界末日的使者。对美国,兴许对全世界来说都是如此。

不过行动改变了一切。罗斯福下车伊始,便展开了一场为期一百天的轰轰烈烈的行动。政府种下了两亿多棵树,并致力于教授农民高级农业技术的运用:轮作、土壤健康、如何防止土壤被侵蚀。学习新技术和耕作方式的成本,全部由政府承担。他们宰杀了该地区严重过剩的数百万口猪,将它们分给了饥饿的人们。

开始时,并没有什么效果。一年年过去,亦不见有什么变化。不过到了"肮脏的三十年代"末,行动见效了。雨水重新光顾了那片区域。沙尘暴滚回了地狱,滚回了老家。生活开始呈现出新的面貌。

汉娜站了起来。脚底下隐隐传来了一片震颤。雷声,她暗想。不管那是怎样一场风暴,都已快到了。她踮起脚尖,强忍着脚踝上的痛楚,伸出手指沿着玻璃墙的边缘摸了起来——隔着爬来爬去的蚂蚁,将上面的金属网给摸了一个遍。网是由软金属制成的,她没办法直接把它给推开,她找不到合适的支点。

扭伤的那只脚的脚踝处,痛楚一阵紧似一阵,她只觉得自己整条腿都在绷紧,于是只好坐了一会儿,喘口气。她脱下了那只脚上的鞋子,脚踝并没有肿胀,摸起来也不烫,很疼,但并没有断。

她解开鞋带,打算把鞋子穿回去,不过随即便暗骂了自己几声愚蠢。鞋带是一名幸存主义者的万能工具。父母曾教过她如何搭建庇护所、包扎伤口和制作筏子——用的全都是鞋带。汉娜的鞋带可是高性能产品:用550伞绳制成,和降落伞上使用的一样。她还记得当年宇航员修理哈勃望远镜时,用的也是这东西。

这些鞋带是能救她一命的。或者,万一出错,也能要她一命。因为蚂蚁还在外面，不是吗，她得赶紧行动。

汉娜把左脚鞋子上的鞋带抽了出来，抓着两端，用牙齿将金属箍咬紧，变成了两个尖尖的小头。她再次踮着脚尖站了起来，咬牙忍着脚踝上的痛，抓住其中一个金属箍，将它用力顶在了金属网上，想让它从其中一个细小却又结实的网眼当中穿出去。又一个轰隆隆的炸雷，透过地板和墙壁传了进来，她眨眨眼，抖落了几滴汗水。

推，推。金属网开始绷紧，朝着外面鼓起。随即，噗，鞋带一端穿了过去。

汉娜将鞋带金属箍抽回来，然后在相距一英寸的地方重复做了起来——推，推，噗。抽回，再来一次。一共五个孔。

蚂蚁开始再次在玻璃墙面上集结，有的开始在笼子顶上漫步了起来——走上几步，停上一停，探测一下空气中的变化。汉娜的气味，早已渗透进了气流当中。

汉娜重新将鞋带上的金属箍插入了第一个孔，接着将它朝着第二个孔勾了过去。很难将它给勾回来，于是她只好捏紧右手指尖，穿过第二个孔，将它们当做镊子去够鞋带——

蚂蚁在聚集，越爬越近。她再次想起了它们爬遍自己全身，又是叮又是咬的样子。不，她不能再想，现在不是时候。

好，她终于抓住了金属箍，将它拉了回来。

随即便是第三个孔。

此时她已能听到蚂蚁们那细细的脚步声：咔哒，咔哒，咔哒。

第四个孔。

蚂蚁已经开始爬上了金属网底座，还有成百上千只正从地上往上爬，爬上了玻璃，争先恐后，兴趣盎然。

终于，穿过了第五个孔——

蚂蚁已经爬上了金属网。汉娜用双手捶起了网子。蚂蚁被纷纷震落。她一次次地反复捶打着，直到大部分蚂蚁都噼里啪啦跌回了地面。

可它们依然不罢休。

鞋带两端就挂在金属网的第一个和第五个网眼下面。汉娜将两头缠在自己双手上，随即用身子撑着墙面，开始双手用力往下拉。肌肉绷紧，她抬起双膝，身子悬空，任由鞋带将她挂在那儿，越收越紧。将小腿顶在玻璃上——蚂蚁已开始从孔中倾泻而下。

汉娜拼尽全力狠狠一拉，让自身重量充分发挥作用。

金属网动了动。再次用力——噻，它从底座上撕了开来。有东西在她指关节处动了动，是一只蚂蚁。没时间停下来，容不得去想，双膝跪地，两手用力——

汉娜大喊一声，金属网被拽出了一道口子，她整个人也向后跌了出去，后背"砰"的一声撞在了地板上，直撞得她一声闷哼，肺内的空气像是被两只手给挤了出来似的，心急如焚：起来，出去，起来，出去。

蚂蚁从缝隙间翻滚而下，汉娜从地上弹了起来，丝毫不去理会脚踝上那钻心的疼，抢过了鞋带。蚂蚁已从天花板上爬到了这一侧的玻璃墙上。它们来了，快逃。

她向前三大步，一跃而起，抓住了墙壁边缘。蚂蚁在她指头和手掌下面被压成了黏糊糊一片。这些密尔米顿已爬上了她的身子，顺着她的手指往下，上了小臂。她双手向下一拉，整个身子向上提去——尽管她知道为时已晚，尽管她已感觉它们的两颗已如同钩子一般扎进了她的皮肤。

她将自己拉出了那道口子——穿过了那道满是蠕动着的潮乎乎的蚂蚁的口子——摔在了另外一侧。气管像是被一双大手给紧紧扼住了一般，等到她站起身来时，只觉得舌头也开始在嘴里肿胀了起来。她一只手搭到了铁桌边上，可两条腿却从身下滑了出去。

一侧肩膀在痛，脚踝在痛，蚂蚁上了她的脖子，爬到了她的耳根，进了她的衬衫，她的呼吸开始变得像是正用一根弯曲的破吸管在吸东西一般，发出一阵潮乎乎的呜咽之声。

她一根指头动了动，在蚂蚁当中挪动了一英寸，终于拿到了一支肾上腺素自动注射器。

汉娜翻了一个身，两唇张着，已无法合拢，但她却紧紧咬住了牙关。已能感觉到蚂蚁爬上了她的脸颊，爬进了她的口中，爬上了她的牙齿。一个疯狂的念头浮出水面：也不过就是蛋白质。

她聚集起浑身的力量，将所有气力全都灌注到了地板上平摊着的那条胳膊上。自动注射器在她手中颤巍巍地弯了过来。她再次用力，不但拼尽了自己的全部力量，还唤出了父母的声音，唤出了那些来了又去的幽灵，唤出了自己对这个世界的所有不满、恐惧和怀疑，唤出了所有不管这个世界将来变成怎样都必须活下去的勇气，咬牙一声闷哼，脚跟在地上用力一顶，然后……

一阵冰冷的电流涌遍全身。汉娜猛然坐了起来，四肢先是僵硬，随即慢慢松弛。浑身每一个毛孔都透着紧张和不安，像是刚刚在一场空难中逃过了一劫，捡回了一条命。肾上腺素管用了，我还活着。

不过没时间了。脸上一阵蠕动，她像一条得了中耳炎的狗一般甩了甩头。蚂蚁纷纷从她脸上飞了出去，她又拍了拍鼻子和眼睛周围，两手一片湿滑和血红。

将喷薄欲出的恐慌咽回肚里，她抓起了桌上剩下的两支肾上腺素，塞进了口袋。是时候离开这里了。

汉娜飞快地出了房间，一边走一边用手扫着脖子和胳膊。脚踝上的痛楚已被眼前这更大的痛苦给压了下去——身上那数百个被叮咬出来的伤口，一片火辣辣地疼。肾上腺素让她既空虚又清醒，两者都夹杂着一份亢奋，一份丝毫不亚于那些密尔米顿所引发的焦躁和不安。她匆匆拐向左侧，朝着那个安装着曲折盘旋的梯子，连着洞穴并满是各种玻璃容器的房间而去。

她刚到那儿，一阵恶臭便兜头撞了过来。她滑步停下。整个房间都在动，像是从一段迷幻旅程中走出来的一般。墙壁在有节奏地移动和起伏着，恍若生出了一条条乌黑闪亮的动脉血管出来。当中凝结着密密麻麻的虫子。黑压压的蚂蚁，正从上面开着的大门往下爬。出风口，管道中，无处不在。

不过，倒也不完全是黑色的，汉娜还在那一队队密尔米顿大军中看到了一些别的颜色：羽毛碎片、皮肤碎屑、一块还带着头发的头皮。屋子边缘处，顺着弧形墙壁，蚂蚁已用这些东西建起了一个约摸六英尺高的小山。热气和刺鼻的味道正是从那座凹凸不平的皮肤残片小山上而来。这地方的湿气实在是太重，汉娜都能感觉到自己那已满是鸡皮疙瘩的皮肤上，又多了一层黏糊糊的感觉。

这儿便是它们的巢穴。

要想出去，便得沿着那些曲折往复的楼梯走，穿过那一条条犹如巨型黑蛇一般蜿蜒前行的蚂蚁。我能做到的，她暗想。她已经走了这么远了，只消飞快地跑过去就行。尽管她的脚踝在一跳一跳地疼，她也决不罢休，因为那是她唯一能做的。

像是在配合她这一念头，一个震耳欲聋的雷声炸响，特别项目实验室一阵簌簌发抖。这一声响，一直传到汉娜的牙根处，震得她皮肤上的每一处伤口似乎都在尖叫，同时也让她意识到：蚂蚁之所以会涌向这里，全都是因为风暴。

在她上方，是那道用来抵挡海水的闸门。

在她前方，是那个带着工业时代风格的硕大红色按钮。

那样做也可能会将她给淹死，可等到这个念头进入她的脑海时，已经晚了。就在那些蚂蚁再次朝她汹涌而来，再次嗅到了她皮肤上的气味之时，她一掌拍出，将那按钮给重重地拍了下去。闸门轰然开启。

海水汹涌而入。

海水在皮肤上冲刷出了一片火辣辣的疼，其中的盐分刺激着汉娜身上无数个小小的伤口，像是将柠檬汁滴在了一道被纸张划出来的口子上，滴上一百次。咸咸的海水劈头盖脸地拍在她的身上，一股股激流恨不能将她给扑倒在脚下的铁隔栅上。顷刻间，水已漫过了她的双膝。

蚂蚁在汇聚的水面上勾连成一片，像是池塘里漂浮着的片片尘埃，那是一团团漂浮的黑色虫子，用身体造出了一条条筏子。她开始想，这杀不死它们。可随即，海水再次倾泻下来，打在它们身上，裹挟着泡沫，将这些怪物席卷进了翻滚的盐汤之中。

一个声音从她口中冲了出来：一阵癫狂的笑，得意忘形。干掉你了，小杂种。干掉你了。

海水不停灌入，在她身旁越积越深。

汉娜游了起来，踩着水，任由它将她托向上方。

罗伊·佩弗死的前一天，爸爸做了冰激凌。他用山羊奶做了乳脂，为了遮盖羊奶的一些腥味，他又往里边加了一些从北边灌木篱墙摘来的醋栗果，外加一点点柠檬汁（俄亥俄是种不出柠檬的，所以他只好向邻居买，这让母亲惊诧万分），当然了，还有大量的白糖。

味道很好。他们一起坐在廊下，爸爸弓着背，两肘挂在膝盖上，一副随时准备跳起身来的样子。妈妈坐在摇椅上，汉娜则坐在台阶上。

他们百无聊赖地聊着天,说一些诸如在云彩里都看出了什么动物(兔子呀、河马呀什么的,爸爸还吹牛说他看到了鸭嘴兽)这样的闲话。随后,这事便演变成了比赛,比谁学的动物叫声最像。他们玩了几轮(山羊赢了一次,大象赢了一次),然后汉娜学了一声极为精彩的乌鸦叫,而爸爸则学了一声她们从没听到过的最好听的马鸣,好听得她们开玩笑说他上辈子肯定是马变的。"半人半马怪。"妈妈是这么说的。妈妈甚至也一起玩了几轮,她学的猴子相当不赖。

然后,大家沉默了下来,吧嗒着嘴开始吃东西。汉娜有一个问题,已经在心里憋了好几个月了。于是趁着这工夫,她说道:

"那样真的值得吗?"

"什么意思?"

汉娜道:"我只是在想,要是一切真的都会乱套——"

她不能说出"大便击中风扇"这样的话来,尽管妈妈常常这么说。"那咱们真的还想坚持下去吗?要是这个世界真那么糟糕,那还不如干脆……"说到这里,她感觉到妈妈那炯炯的目光,像是要在她身上烧出两个孔来。"那还不如干脆随着大船一起沉沦。"

这个问题引发了妈妈的怒火,汉娜立刻就后悔开口了。

爸爸赶忙插话道:"汉娜,这是一个好问题。我也曾一遍遍问过自己。"他这话更加令妈妈恨恨不已,不过她还没来得及摇晃她的指头,爸爸便飞快地接着道,"可灾难并不一定就是灾难,不是我们想的那样。世界末日同样也只是一个叫人害怕的名字,因为它得让咱们相信那件事会将我们每个人都吞噬,就像是一张地毯,把我们所有人都裹在下面。不过实际上并不一定就是那样。"他的腰弯得更低了,膝盖被压出了"噼啪"一声响。"地球上有几十亿人。嗯,我们并不知道结局到底会是怎样,对吗?你妈妈和我都相信那将会是我们自作自受——一个真正像希腊那样的悲剧。人类因误判形势而遭天谴。而那有可能会是全球变暖。全球变暖兴许意味着——嗯,谁知道呢?海平面上升,我们从未曾想到过的大风暴,山林大火或者一个短暂的冰川时代。关键是,它将终结我们所知道的生活——我的意思是,它将终结我们的生活方式。可它很可能不会杀死所有的人。地球上的七十亿人口当中,万一有十亿幸存下来了呢?或者一百万?或者十万?所有人口当中的一个零头,可还是一样:人类可能会继续繁衍下去。可混乱和危机是不可避免的——而它是绝大多数人所不能忍受的。这也正是人们会死去的原因。可你、我和你妈妈呢?我们想要做好准备。我们想活过那个混乱时代。世界将会毁灭,可一个新世界也会从旧世界的废墟上被建立起来,而我们想要在那儿,帮忙培育它。"

妈妈脸上露出了淡淡的满意的笑。她伸出一只手去,握住爸爸的手,轻轻捏了捏。

汉娜也笑了,但却是装出来的,她说这些话听起来可真是有道理极了。当天晚上,她心神不宁,害怕那灾难就要到来——不管以何种方式呈现,她都不确定他们是否能够幸存下去的灾难。

不过第二天,她便明白了,其实只要一个小小的意外,便能要了你的命。

有那么一会儿,眼前一片黑暗。很快,水便漫过了她的头顶,她游向了那扇门,可它现在已经关了,打不开了。一阵新的恐慌,攫住了她。她擂着那门,可无济于事。然后,她便看到了门旁那支红色手柄,赶忙游了过去,用力一拉。

门开了,特别项目将她吐在了那条通向外面的金属通道上。汉娜咳嗽连连,喘得上气不接下气。雨已经落了下来,大颗大颗的雨点,生硬而又粗暴。翻滚的乌云，带着病变了的肺一般的颜色，从西边而来，压向了小岛。

她踉跄着向前而去，岛上尽是雨声和汹涌的海浪摔打在洞壁崖壁上的声音。汉娜朝着升降台而去，就在这时，一排海浪"轰"的一声撞在了岩石上，余波打在她身上，差点将她给扑下了升降台，可她终于还是挺住了。

感谢诸天神佛，那升降台竟然还能用。上去的路上，她看到一些蚂蚁正试图下来，试图回家，回它们的巢穴，回到它们的蚁后身边。兴许，不是一只蚁后，而是好几只。她拿不准到底会是哪种情况，可眼下也顾不了那么多了。她只想要它们死。

那些蚂蚁回不来了。雨已越下越大，在地上汇成一片汪洋，将那些蚂蚁这儿冲走一片，那儿卷走一团，直到她在岩石上再也看不到一只。

"哐当"一声响，升降台停在了崖壁顶上。

那名警察就等在牛栏门那边。牛栏门开着，一阵风刮来，掠过长草而去。

汉娜站在那儿，在夏末的暖风中紧紧地抱着自己。几星期前，她刚满十三岁。

妈妈："我不明白他们来这儿干吗。"

苏吉小姨："你知道这是为什么。"

爸爸在廊下徘徊，凄惶地张望。

妈妈："我们有探视权吗？"

"正式规定里并没有说，贝尔。"贝尔，是汉娜母亲的小名，除了苏吉（不过，苏吉同样也是小名，只是大家都在用）没人会用，"不过法院把决定权交给了我，而且很显然，就像咱们讨论过的那样，我能胜任。"

"我不明白这是什么意思。具体点。"

"我的意思是——唉,咱们以后再说吧。兴许,你们可以先周末过来,找个地方,和她待上几个小时。"

"那不够。"

"可那好歹也是一个开始。"在苏吉的语气中,有着明显的斩钉截铁的味道,冰冷且不容置疑。这种语气并不常见,因此你能感觉出来她是认真的。

妈妈:"我们没有疯。"

苏吉:"不是那回事。"

然后,便听妈妈狠狠地说了些什么,可都被淹没在了穿草而过的窸窣风声里。等到风声渐息,汉娜便只听到了这几个字:"剥夺自由。"

"你爱怎么想就怎么想好了,贝尔。我们现在得走了。"

"我能——"

苏吉点点头,妈妈走向了汉娜。

她说:"会好的。"

"我知道。"汉娜撒谎了。

"该来的,总是要来的。我为你骄傲。爸爸也为你骄傲。"

"爸爸为什么不过来?"

"他……伤心了。不是因为你,而是因为事情变成了这样。"

汉娜开始哭了起来。

妈妈并没有真正抱她,而是远远地把手搭在她肩上,双臂交叉:"汉娜,你只要给我记住一件事就行。你是一名幸存者。"

"嗯。"

"说一遍。"

"我是……"可眼泪却汹涌而下,哽咽吞没了话语。

"大声说出来,你得承认它。"

"我是……一名幸存者。"

"你当然是。"

眉心上的一个吻,然后苏吉便将她领往了新家。

暴雨席卷着这个小岛,宛如一名复仇的天神——大海从四面汹涌而至,撕扯着环礁。狂风拔木,鞭打得树木无处可逃。硕大而又沉重的雨点,连成一片,犹如从天空中倾倒下来一般,浪花飞溅,海浪一阵高过一阵。很快,汉娜便几乎看不清了。她拖着两只脚,一边拼尽全力在步道上跑着,一边小心翼翼地控制着脚步,以免脚下打滑。

感觉就像是一次永远没有尽头的旅程,可她最终还是发现自己来到了方舟实验室的后门外。

门关着,也就是说他们已经修复了电力。一个小小的胜利。

一阵狂风咆哮着袭了过来,汉娜捶起了那门。没有反应,她心里突然生出了一份隐隐的不祥之感。他们全都死了。他们让电力恢复了正常,可现在却全都死了。大门紧闭,她没有腕带,没有识别芯片,没办法再打开了。

她再次捶起了门。"求求你,"她也不知道自己这是在求谁,只知道自己的声音再次淹没在了狂怒的暴风雨里,"求求你让我进去。"

什么反应也没有,没有任何人应答,只有风声、雨声和浪涛摔碎的声响。

随即她便觉到背后传来了动静。她猛地转过身去,抬起双手,准备好了抓、挠和出拳——

一个人影朝着她走来,她叫了出来——

"啊!啊,怎么会?"开始时,她并没有认出他来——花白的胡须上滴着雨水，一双眼睛不停地眨巴着。他看起来狼狈极了，是丹·沙利文船长，那艘载她前来这儿的船的船长。他身上的白衬衫已完全湿透，肩膀位置被撕开了一个大口子——织物被撕向两边，露出了部分胸膛，上面的皮肤一片焦黑，个别地方更加触目惊心，像是露着肉。

"汉娜。"

老天爷。

"丹船长，你出什么事了？"

他踉跄着走到实验室门口，"砰"的一声靠在了墙上："我的船。你们的人上来抢走了我的船。"

"威尔·加拉西。"

他点点头："他趁我靠岸的时候偷偷溜上船，然后从船舷的工具箱里抓起一支信号枪然后——"他低下头，用下巴指了指自己的那漆黑的胸口，看起来沮丧极了。兴许，他是在生自己的气。"把我从船上直接打进了水里。亏得这样，否则我可能会起火，伤得严重得多。"

她怔怔地看着他，就像他身上正藏着一只蚂蚁；或者，就像他甚至都没在这儿出现过一样——她实在是不敢相信自己的眼睛。"你被咬了吗？"

"咬？被什么咬？"

"咱们得先——"一道闪电滑过，伴随着一阵震人心魄的雷声，劈向了潟湖一侧。突然，汉娜开始颤抖了起来，怎么也止不住。"咱们得先进去，然后再聊。"

"咱们怎么进得去？这地方被锁得就跟修道院一样。"

她简单说了说自己的计划："咱们绕过去，找一扇实验室外面的窗户。我可以朝里边看看——看看有没有人还……"她实在是说不出最后这两个字：活着。"咱们看看有没有人还在，然后——"

在她身后，传来了"噗"的一声响，接着便是空气泄漏的声响。巴里出现在了眼前:"我就告诉他们我听到有人嘛!"

  风暴如同一名复仇的幽灵、吵闹不休的魔鬼,将自己的愤怒和令人毛骨悚然的袭鸣,毫不留情地砸在方舟实验室内被困的人们头上,又是怒吼又是巨响。一声声炸雷,好似一门门大炮,不停地挥舞着闪电,间或夹杂着一棵大树被劈倒后那令人头皮发麻的声响。季风在怒号,吼着一首狂热而又叫人心神不宁的哀歌。

  汉娜走进实验室,艾纳率先迎上前来,脸对着脸,幽幽叹息了一声:"我就知道你能回到我们身边。"

  电力已经恢复,电脑开着,正在运行。

  "凯特怎么样了?"她问,"她还活着吗?"

  她还活着。

  就在地板上她原先躺的地方,脑后垫着几条毯子,脸上已基本看不到什么血色,嘴唇发紫,像是刚刚喝过梅鹿汁。她的目光并未落在汉娜身上,不过汉娜走上前去时,她的眼珠确实动了动,只是转错了方向。

  汉娜从兜里拿出一针剩下的肾上腺素,扎进了凯特的大腿。颇花了一小会儿工夫,不过随即凯特的头便向后一仰,艰难地咽了一口唾沫,眼中那阴冷的雾气渐渐散去,她轻轻吸了一口气——悄无声息的一口。

  接着汉娜便哭了起来,是开心的泪水,可后面却隐藏着一抹阴云。她累了,精疲力竭。肾上腺素犹如洪水一般将她冲刷了一遍——犹如粗粝的沙尘暴,刮走了她体内的每一丝力量。她感觉自己就像是超负荷运转的设备,突然一下子全面崩溃了。她知道自己此刻若是不能振作起来,恐怕就要堕入那口深井,啜泣着直到晕过去。她大喊一声,振作了起来。

汉娜说了自己的经历，不过小心翼翼地剔除了威尔声称自己并没有杀害纽约木屋中那人，以及他已经失去了蚁群这两件事。就目前而言，她的故事滴水不漏：是他创造了那些蚂蚁，这并非谎言。而且在她找到更多证据，用不着再进行诸般推测前，这个故事都能成立。

其他人也跟汉娜说了实验室里的情况。艾纳把电力系统给修好了，不过卫星接收器却被毁了，而且也没人能够找回座机后面的电池。汉娜在想威尔会不会正好就把它们给藏在特别项目中——不过那个实验室此刻已经沉入水底了。

于是，他们有了电，但一样还是联系不上岛外的任何人。不过至少，蚂蚁是被关在门外了。空调出风口被锁上，门也一样。此外，外面的暴风雨也将蚂蚁赶回了老巢——反正汉娜是这么希望的，也是这么告诉他们的。"在那儿我淹死了它们。"

巴里一边听，一边让芭菲在两手手背间蹦跶着。南茜坐在一台电脑前，正敲击着键盘。

汉娜对艾纳道："你看到的那只桶，它不见了。"

他面色一紧："天。"

"你有看到任何形状怪异的桶吗？"汉娜问丹船长。

丹把跟汉娜说过的又说了一遍，告诉了大家威尔用信号枪袭击他的事。"不过，我没看到那样的东西。见鬼，我根本就没看到任何一只蚂蚁。"

"他到底想干什么？"艾纳问她。

"我不知道。"汉娜佯作不知。

"咱们得全力去找，尽可能多地找出一些同他的阴谋相关的东西来。还有关于蚂蚁本身更多更加详实的资料。咱们已经能够登录局域网，说不定他留下了一些蛛丝马迹。可能就藏在他的研究——"

南茜没好声气地道:"那你以为我现在在干什么?浏览推特?"

"哈,"艾纳笑道,"抱歉,南茜,正好再次证明你的智商比我的高。"

"还有一件事得查明,"汉娜说,"那就是他究竟怎么保护自己不被它们攻击的。那些密尔米顿蚂蚁,我亲眼看到他捏死了一只——蚂蚁爬满了他全身,但一口也没咬他。怎么做到的?"

阿加伊双眼一亮:"蚂蚁爬上去后都做了什么?"

"什么也没有,什么也没做。"等等,不是那样的,"不对,它们确实做了一件事。它们把死去的同伴尸体给抬走了。就像是一种蚂蚁葬礼。"

"嗯。"阿加伊回过头去,陷入了沉思。

"那,现在怎么办?"巴里问。雷声滚滚而过,雨下得更加急骤了起来,倾泻在实验室上,就像是有无数颗小球,在一面铁皮屋顶上滚来滚去。

"咱们得找出威尔到底在计划什么,"汉娜说,"得知道他把那些蚂蚁都带去了哪儿。如果可能的话,再向其他人示警。咱们搜索一下他的文件夹看看,然后离开这岛。"

艾纳说:"等风暴一减轻,就会有人过来的。目前相对来说,咱们是安全的。"

"咱们还是需要把消息给送出去。来看看能不能搭建起某种能用的联系方式吧。"汉娜说,"直升机上有无线电,对吧?"

艾纳点点头:"应该有。"

丹船长笑道:"要是咱们能到直升机那儿,干脆离开这个鬼地方好了。我在海军待过,过去常飞一架海妖,但最后改飞西科尔斯基海鹰了。"

"那我就搭个直升机好了。"巴里道,笑得嘴巴都快裂到耳朵根了。

汉娜也忍不住了:破天荒的头一次有笑容在她脸上舒展了开来,似乎永远不会消退,内心像是有一对蛾子在蹁跹追逐。一种陌生而又灿烂的感觉——希望。

可那份明媚背后,一样少不了阴影:杀人凶手依然逍遥法外,而且同他在一起的,还有那些杀人蚁群。

艾纳翻起了纸质文档,以防他们错过了什么,或许为了掩人耳目,有什么线索被故意藏在了电脑之外。

汉娜站在他身后:"威尔离开时对我说了一些话。他说他希望我能回家,还说他也得回家。你这儿有威尔的档案,他住哪儿?"

艾纳一愣,随即站了起来:"这个用不着查他的档案。他住在考艾北岸,或者不远的地方。他在那儿有一间小房子,藏在雨林中。"

"你是说他去了那儿?"

"有可能。他在那有一位未婚妻。"

汉娜心里生出了一种异样的感觉。嫉妒?"那咱们也得去考艾。"

"对,我想应该去。"

"你说他会不会把其他蚁群送到世界各地去了?"

"他似乎是那么谋划的。不过也可能带回家了。也许那是去那儿的又一个理由。兴许咱们可以赶在生物浩劫到来前,釜底抽薪,汉娜·斯坦德。"

"别相信艾纳。"雷趁她路过的工夫,勾着她的胳膊将她拉向屋角,悄声道,"我是和他共事的,离他很近。他是一个天才,有改革能力。可那家伙不是一个正常人。"

她将胳膊用力从他手中抽了回来:"你有点夸张了吧?"

"也许吧,"他抽了抽鼻子,"总之小心点。"

巴里又搬出来一些虫子小吃，蛋白棒和香酥黄粉虫。蛋白棒吃起来像墙灰，而黄粉虫则像又咸又腻的猪皮。汉娜给凯特拿了一些，她似乎还没有完全从痛苦中解脱出来。"得找个人照顾你。"凯特说。这是几个小时来她说得最长的一句话。

"我没事。"汉娜说。可她的脸依然紧绷、发烫，两臂和双腿上尽是那些密尔米顿刺出来的触目惊心的伤痕；蚂蚁已经在她双手上开始了它们的残酷暴行，她的指头和指缝之间又红又肿，像是用小纸片给割出了一道道伤口那般；几处三角形的皮肤已被切走，只要拿手按按，便能看到下面伸缩的肉。"你才是那个在鬼门关走了一遭的人。"

"我觉得你也在鬼门关走了一遭。"凯特抬手摸了摸汉娜的胳膊，手开始颤抖了起来，"肾上腺素针的原因。"她笑了笑——虚弱而又颤抖，"它其实就是肾上腺素，你知道的。"

"唔。这个我原来还真不知道。"这解释了许多。

"你每天都在学新东西。"

突然，南茜在椅子上猛地转过身来，面对着其他人。她大睁着一双眼睛，嘴巴紧紧地闭着。

"我发现了一些东西。"她说。

"开始时我并没有把它当一回事，"南茜一边说，一边将鼠标光标在一个文件夹周围来回滑动着，"是一个垃圾箱。我已经检查了电子垃圾，没什么发现，所以我直接跳过了它。不过随即我才想到——"

"那不是垃圾箱。"汉娜死死地盯着屏幕，直盯得那个善良的图标开始模糊了起来。

"对，不是。这个图标是伪装出来的。"

"那你点击之后呢?"

南茜演示了一遍:嗒——嗒。一个窗口弹了出来。文件夹上了锁,密码加密。

艾纳挪到了她旁边,十指在半空中不停地起落着,像是已经在敲击键盘:"我可以吗,南茜?"

"尽管来吧。"她把位置让给了他,可他直接站到了键盘前,指头飞快地上下翻飞了起来。汉娜只看到一个个窗口弹了出来又迅速关闭。他已经把OSX系统换成了OS,所以看起来像是微软的安装进程。然后,他便进了后台,修改起了注册表,光标移动到了一些诸如hkey_cureent_user这样的命令上,接着便以惊人的速度调出了一个又一个子菜单。他手上敲着键盘,口中也没闲着,声音轻快,每一个字都带着一种奇怪的口音:

"年轻的时候我也算是有点黑客基因吧。主要是为了挑战,我喜欢写代码而那些代码在一定程度上都具有颠覆性。朋克,就是这个词,尽管从美学的角度来说那其实并不是我的真正风格。对我来说,黑客的地位,一直就跟你们美国西部荒野里的牛仔差不多。文明边缘的带枪客。黑帽子,白帽子。有的堕落成了小偷,其他的则把法律捏在了手里——肉体和社会的公义。"

他又敲了几下键盘,随即点亮一串天书般的字符,将它们复制进了桌面上的记事本,接着又噼里啪啦敲了起来。汉娜觉得他应该已经找到了加密密码,现在正用快速解密算法解密。

不过就在这时,她注意到了一件事,一件屏幕之外的事。

所有人都聚了过来,在看艾纳操作。

所有人,除了两个人。

阿加伊不见了。

雷也不见了。

她回过头来，艾纳已经解开了那个文档，让它一清二楚地暴露在了众人面前，就像一只被解剖了用于占卜的鸽子，五脏六腑一目了然。他开始打开那些文件，将它们铺满大屏幕的各个角落——一张张表格，一个个窗口，全都是密密麻麻的基因链数据。一张张图片飞快地渐次弹了出来：蚂蚁的各种特写，有的小，有的大。其中一只蚂蚁几乎呈金色，而另外一只则乌黑油亮，宛如暗夜里的一面镜子；还有一只则通体火红，不一而足。

"这些不是威尔的笔记。"南茜说。

汉娜也已经猜了出来——做贼心虚的人总是会跑——于是几乎和南茜同时开了口："是阿加伊的。"

27

汉娜一把抓起了凯特的腕带。阿加伊是跑进了实验室里边，还是进了外面的暴风雨？哪一条路更稳妥？他会如何选择？方舟内部可能还藏有大量前来躲避风雨的蚂蚁。

找到阿加伊是首要任务。首先，他还有许多东西没有说出来；此外呢？他说不定便是那个掌握着丢失了的蚁群的人（或者知道是谁干的）。

不过，就在汉娜疾步朝着大门而去时，它却嘶嘶叫着开了，阿加伊朝着她扑了过来，撞在她身上，随即旋转着重重地撞在了一个白色的柜子上。柜子上面一只烧杯打着转，从一角摔了下来，跌碎在地板上。

不，他并不是自己扑出来，而是被扔出来的。此时，雷正穿过那门，一头曾经整洁的头发乱得犹如院子里疯长的野草，一脸恨恨不已的神色。"他被咬了。"这便是他唯一说出来的话。

阿加伊躺在地上，抖若筛糠，上下牙在不停地打架，口中发出了一连串格格声响。巴里踩死了几只从他身上爬下来的蚂蚁，又用灭火器将他喷了一遍。

汉娜退了开去，可一只蚂蚁已经爬上了她的手背，两颚大开，正要饥渴地朝着她的皮肤（或者上面寄生的东西）咬下去。她张口正要叫出声来——

一个影子在她胳膊上一闪，一阵轻痒。她看清了，那是一个绿色的身影，是一只螳螂。芭菲闪电般地往前一冲，两条前腿一探，捞起那只蚂蚁，"嗤"地一声，撕作两半。

汉娜吞回了那声尖叫，芭菲从她手上跳上附近一个台子，开始津津有味地享用起了它的密尔米顿猎物。

那只螳螂刚刚救了我一命。

就差那么一点点，她就得用上仅剩的那一针肾上腺素了，而现在，她需要它去救阿加伊，去把他从过敏的边缘拉回来。她转身就去抓那支自动注射器，可——

它不见了。

南茜拿走了它。这个小小的菲律宾女人正将它紧紧地摁在胸口，就像是在毕业舞会上抱着一朵心爱的胸花。"不。"南茜嘶哑着嗓音，像野兽一般不顾一切地道。

"南茜。"艾纳警告她。

"咱们得给他用肾上腺素，"汉娜尽量控制着自己的声音，让它听起来平和而审慎，"咱们得救他的命好知道他都知道些什么。"

"不。这是我们最后一支，我们当中有人可能用得上。"也就是说，南茜觉得她自己有可能会用得上，"咱们找到了他的文件，已经得到了我们需要的。"

汉娜身后,阿加伊开始用力蹬起了脚跟。

"南茜,南茜,看着我。没有那一针,他就会死。可要是咱们想知道这儿到底是怎么回事——要是咱们还想把整件事拼到一起并找出应对的办法——那他可能知道一些事情,能够帮到咱们。可要是他张不开嘴,就那样在地板上死去,是帮不了咱们的。"

那女人的眼睛如同焦急的飞虫,在三人脸上飞快掠过——从艾纳到汉娜,到阿加伊,在回到艾纳脸上。她低头看了看手中的自动注射器,慢慢地,指头开始打开——

艾纳道:"你要是不把它交出来,我就开除你,然后再起诉你。我可是有一大队律师,时刻像饥饿的鲨鱼一样在我身边的海域游着。我很乐意把你扔进去玩玩,梅尔卡多博士。"

南茜的手指再次将那支肾上腺素收紧。该死,汉娜暗想。南茜开始向后退去,汉娜飞快地动手了。她双手猛地向前一探,一把抓住了南茜的双腕,速度丝毫不亚于螳螂那两条弹簧般的前腿。

"嘿!"南茜叫了出来。

汉娜将一条腿往南茜腿后一勾,接着用力一揽。南茜向后摔了出去,汉娜就势从她手中夺过肾上腺素,任由她倒向地面。

汉娜闯到阿加伊身旁,蹲下身去,将自动注射器扎进了他的大腿。

阿加伊并未陷入过敏多长时间,雷便把他扔回了实验室,不过尽管这样,他还是颤抖了好几分钟,这才缓过来。他的脸色说明了一切。

"你去哪儿了?"汉娜问雷。

雷低头盯着她,吐了一口气,终于道:"阿加伊溜了,我去追。"

"你应该告诉大家的。"

"我不想让任何人跟去。"

她回敬着他的目光,他说得似乎不假。"外面的情形怎么样?"

"简直就是一场恐怖展。人们全都被啃干净了。死了,所有人都死了。"

汉娜皱了皱眉。"出没情况如何?"

"蚂蚁?娘的,不太多。但有一些。"

她唯有希望自己学到的关于蚂蚁的知识在这儿也能管用了:那些蚂蚁已经回到了巢穴,都被她给淹死了。万一没有呢?也就是说身边就有,或者在附近某处。

艾纳走上前来,连看也没看雷一眼:"汉娜,抱歉我不该逼南茜的。我误判了形势。你已经控制住了局面,我应该尊重这一点的。"

汉娜向他投去了冰冷的目光,你差点让我们损失了那支注射器。不过她还是管住了自己的舌头:"没事。"

"我想是时候让阿加伊开口了。你有问题要问吗?"

"有。"

"那咱们就开始,嗯?"

汉娜并非执法人员,审讯并不是她该干的事。她要做的便是面谈,问一些不一定非得回答但说不定有收获的问题。这便是她对付阿加伊的招数,问题都温和而简单,但绵里藏针。

"跟我说说你在密尔米顿蚂蚁项目中所扮演的角色;跟我说说威尔。是你在负责还是他?"

阿加伊的回答是:"我当时并不知道我们在做什么,他在做什么。听我说,威尔是一位大师,一名天才。我讨厌此事,可我尊重这个事实。等到我也有机会参与特别项目……我又怎么能拒绝?"

说到这里,两束火辣辣的目光从凯特那里投了过来。汉娜这才想起来是威尔和特别项目偷走了她蚊子项目的成果,阿加伊被带进洞穴这事,刺激了她。

阿加伊接着道:"我当时以为一切都还只是理论性质。威尔在负责,我想向他学习,可我又不愿意让他觉得我是一名学生,我想给他留下好印象,想跟他平起平坐……"

"我们他娘的根本就不关心你的心理问题。"雷道。汉娜瞪了他一眼。

"难点在于,这事究竟会产生怎样的轰动效应?我们在改造一种昆虫的基因方面又能走多远?一种并不算是崭新——我们不是创造生命的神,不完全是——但看起来却是全新的东西,因为它并不是由哪两个物种简单重组而成,而是源于一整套物种。收获蚁、切叶蚁、掠食蚁、矛蚁。我觉得我们若是能窥得门径,兴许便可以打破授粉项目的僵局。而且,从一开始就插手引领这个项目,那别人一提到它就不会只是威尔,威尔,威尔了。"威尔的名字像是滴着毒液,一个字一个字嘶嘶叫着从阿加伊口里蹦了出来。

"这些都是什么时候的事?你和他是什么时候开始的?"汉娜问。

"一年前,也许更久。十八个月。"

"十八个月他就做到这些?"凯特有些难以置信,"怎么做到的?"

阿加伊虚弱而又急切地点了点头:"正如我说的,天才。准确说,我甚至都不知道是怎么做到的。我们是从阿根廷蚁的基因图谱开始的。那是一组并不完全的图谱——到目前为止,他们只是完成了诸如从两点五个亿基础配对中找出二百一六对一万六千个基因来。威尔和我完成剩下的工作。我们已经知道蚂蚁一共有三百六十七个基因用于触觉和嗅觉——而蜜蜂则是一百七十四个。我们知道它们有细胞色素基因用于排毒。不过我们也发现了一些其他人所没发现过的基因——用于决定攻击性、狩猎模式、繁殖时间和周期的基因。威尔不知从何处领悟到了这一点,并开始利用它,就像你们在周日的报纸上完成智力拼图那样,也开始破译其他蚂蚁的基因。"

"你当时知道他已经成功制造出密尔米顿了吗？"汉娜问。

阿加伊犹豫了起来，她丝毫不放松，又把问题问了一遍。

他紧紧闭上了双眼："我知道。有一天大家都在吃饭，我得回宿舍一会儿，去取一片胃药——我知道，你们觉得印度人都能吃辣，可我偏偏吃不了——在那儿，在我床上，有一样……"他做了一个鬼脸，"礼物。"

阿加伊描述了一个树脂小盒，就像是用来装少量蚊子或其他昆虫的那种。在盒子里有一只老鼠，还有一个蚁巢：一个原本用来携带小型蚁群的黑色圆盘。

"老鼠还没死，还有气，可身上的大部分毛都被扯掉了，还有一半皮肤。它抽动着胡子，任由蚂蚁爬满一身，将它撕碎……"他咽下了一声抽泣，"盒子上面放着一张纸条，上面是威尔的手书。他说，我们做到了。"

汉娜又追问了他一些其他问题："我怎么看到有两种大小的蚂蚁？"

"有的蚂蚁是多态的，有等级，不同大小。切叶蚁有四个等级：兵蚁、护卫蚁、劫掠蚁、工蚁。大号、中大号、中号、小号。如果你是在巢穴里边看到的话，可能便是兵蚁，它们会伴随着巢穴的成熟而成长。"

"怎么会有这么多，这么快？"

"他做了几百个，也许几千个蚁后样本。它们的生命周期被掐短了，通常都是六个，也许八个星期，这种还不到一个星期。"

"这么说万一它们在什么地方安下家来……"

"那咱们就完了。它们是毁灭者。"

"它们会杀死所有活着的东西？"

"不是，只杀携带念珠菌的活物。不是每种动物身上都有。"

"威尔为什么能让它们爬满全身？"

"我也正在想这事。你说它们抬走了尸体,他捏死的那只蚂蚁?"

"没错。"

"蚂蚁是爱干净的动物,甚至有点强迫症,它们会堆起一个个垃圾堆……"

汉娜想到了伊泽给她看过的那几盘蚂蚁——角落里尽是一堆堆的垃圾和它们死去的同伴。

"我们也不知道它们为什么会这么做,但合理的猜测是为了将病原体降到最低,还有就是保持自身清洁。一只蚂蚁身上如果脏了,它必定会执着地清理干净。这也是说得通的,它的触角哪怕粘上一丁点东西,也会限制它的感知能力,因此保持清洁对它们来说非常重要。因为一只蚂蚁要是没有了感知能力,那它就什么都不是。它们也会把被杀死的同伴送去垃圾堆。当某些特定种类的蚂蚁,比如收获蚁死后,它们所释放出来的不仅有示警信息素,还有油酸。那正是蚂蚁识别一只死去的蚂蚁是不是自己同伴的方法,只有这样,它们才会知道究竟该将谁送回垃圾堆。"

"这和威尔有什么关系?"

"威尔可能往自己身上擦满了油酸,或者油酸和其他东西的混合。我看到过他的衣柜里有几罐退癣剂,说不定还有一些抗菌药,用来掩盖念珠菌的味道。有可能他把它们做成了香皂或者喷剂,很可能是喷剂。蚂蚁爬到了他身上,却无动于衷。它们可能会探测,就像你猜测的那样。可它们不会咬。"

"他把那个藏哪儿了?"

"我不知道!听我说,我不知道。你们得相信我。有可能他把它们藏在了洞穴,也有可能在这儿的某个地方。我说不准,因为我不知道。你们为什么要这么对我?我正在受迫害。"

"你确实对我们撒谎了,不是吗?你知道我们想要的答案,可你一直不说。你干吗不直接站出来,说出来?"

"我不能。我不能!威尔把我拉下了水,可我没干。这事不是我干的,你们不能赖在我身上。我不会忍。不再忍了。"

"不再?"

可这个他并没有回答,只是抽动着双肩,抽泣了起来。他将脸埋在双手中,两肘用力顶着膝盖——想必已顶出了两个印子。这次面谈,似乎结束了。

众人沉默着。艾纳、汉娜、巴里和凯特围在实验室一角,南茜坐在对面角落,拉长着一张脸,雷则留在阿加伊附近,监视。

他们讨论了究竟该拿他怎么办。艾纳觉得他会有用,可以帮忙解释他所找出来的那些东西,弄明白如何阻止这事。

巴里倒很乐观:"阿加伊是一个好伙计,我相信他知道什么是对的。"

凯特则反其道而行:"他一直就是一个自私的家伙,霸占设备,对笔记遮遮掩掩。别信他。"

"我信不过你们任何人。"南茜在房间对面道。

汉娜转向南茜,开口道:"这可真是天大的讽刺啊,呵,还有……"话还没说完,房间另外一侧的雷便叫了出来。阿加伊已经起来了,手中握着一样反射着亮光的东西。雷朝他走了几步,突然踉跄着退了回来,随即一蓬血花冒出,雷倒了下去。

阿加伊猛地转身面对着他们,像是被人用电棍给逼到笼子一角的野兽。他手中拿着的,是一块碎玻璃。汉娜恐惧地意识到:就是那只打碎了的烧杯,从台子上摔下来那只。没人打扫,甚至都没人想到需要打扫。

阿加伊朝着他们大喊了起来:"我不忍了——"

汉娜飞快地行动起来,朝他冲去。

"老子不忍了！"

她知道接下来会发生什么，可鞭长莫及。

阿加伊将那块玻璃碎片插进了自己脖子一侧，再一扭。一束血花嘶地一声涌出，划出一道弧线，喷在了墙上、窗上和设备上。阿加伊拔出玻璃，再次捅了下去。就在这时，汉娜抓住了他的胳膊。她将拇指在他腕心用力一压，那块沾满了鲜血的玻璃掉了下去，"哗啦"一声砸在了地上。

伤口中鲜血汩汩直涌。汉娜将一只手按在上面，向下施压。手掌下的血流得贪婪而又急切，她伸出另一只手，从附近的台子上抓了一把实验用橡胶管，将袖口撸到手肘处，随即开始找了起来——随便找一样东西，来压住伤口，一样可以绑在那儿止血的东西。

阿加伊开始剧烈抖动了起来，脸上的血色在消退，浑身上下都变成了死灰一般的颜色。接着，他便开始吐血。

汉娜不懂这究竟意味着什么。她不是一名紧急医疗救援员。爸妈是教了她简易气管切开术、接骨以及如何用自制夹板固定，可眼前的情况实在是太复杂。他割开了自己的食管吗？会不会造成气泡栓塞？那是有可能的，不是吗？她大声叫了起来，让人去找一个急救箱。

不过随即便有人过来了，站在她身后，开始拉她。是雷，口中一遍遍地说着："结束了，结束了。他走了。"

阿加伊死了，他从她手中滑了出去，变成了一样鲜血淋漓而又毫无生气的东西，落在了地板上。黑色的鲜血，流了一大摊。

汉娜挪不开目光。

实际上，凯特还是找到了一个急救箱，并把它交给了汉娜。开始时，汉娜很想问：我能拿它干什么？阿加伊已经死了。

不过随即她便意识到：雷也正在流血。当时,他抬起胳膊想要护住脸，玻璃正好划在了他小臂外侧。一条六英寸的割伤，干净，整洁，像是用一把菜刀切出来的似的。

汉娜清洗伤口，裹上绷带，粘上医用胶布。在她身旁，扔着一团团带血的纸巾。雷表现出小事一桩的样子，她也照葫芦画瓢。

完成后，一个身影笼罩到了二人头顶，艾纳站到了那儿："风暴明早应该就会过去，咱们今晚得花些时间收集一些该带的东西。比如，把阿加伊的笔记给打印出来。然后，咱们都尽量休息上几个小时，咱们学习，咱们活下去，咱们离开。"

他们将阿加伊的尸体搬进医疗站，关上了门。

几人沉默着，吃了一些蛋白棒、香酥蟋蟀和更加香酥的昆虫餐。巴里说后面还有一些毛毛虫吃的绿叶，可南茜道："不要。咱们全都会拉肚子。"

于是只好作罢。

巴里在一旁打印着阿加伊文件夹里的那些文档，到最后，打出了一大摞来。

艾纳鼓励大家都睡上一轮。

雷说他太兴奋，而且胳膊也疼得厉害，所以由他来守夜，警戒蚂蚁入侵。丹船长自告奋勇，同他一起。

汉娜累到了骨子里，而且睡意正一波波犹如潮水一般涌来。她迷迷糊糊地睡了过去，随即又突然感觉到身上有蚂蚁——它们爬上了她的胳膊，蹬踏着她的腿，咬住了她指头下面的皮肤，从她的眼睛和口鼻周围撕走了一片片血淋淋的皮肤。每一次，她都会猛然惊醒，大口喘气，惊叫出声。每一次,她都会看到雷和丹船长。他们会嘘声安慰她,告诉她说一切都会好的。

睡了又醒,睡了又醒,翻来覆去,一次又一次。汉娜在角落里将自己缩成一团,抽泣连连。

一只手落在了她的肩上,是丹船长。"这一切都会过去的,"他说,"咱们都会好好的。"

不知为何这话竟起了作用。

汉娜睡着了。

早晨,地板上的阳光是一片蒙眬而又浅淡的粉。新的一天,汉娜暗想。逃离的一天。

所有人都醒了,开始麻利地行动了起来。他们收拾着各自的东西,见缝插针上厕所。见他们一个个在自己身边忙碌着,汉娜大声道:"咱们已经没有肾上腺素了,你们得明白这意味着什么。"

巴里路过时道:"听起来就像是实验室里的安全标语呀。"

"带上武器,"她说,"灭火器、火焰喷射器,其他一切你们所能想到的东西。"

南茜建议先返回方舟,再从那儿出去,好看看还有没有人落下。不过,刚踏进餐厅一步,他们便打消了这个念头。那里边的味道,就像是活过来了一般,向他们扑过来。汉娜只觉得一口胆汁堵在了喉咙口,而且这让她想到了自己这一口若是吐出来,里边将会包含些什么:虫子的残肢断腿。她将它给咽了回去,关上了门。

南茜却不这样,她一转身,呈四十五度角弯下腰去,两手拄着膝盖,开始呕吐。吐完,她啜泣了起来。

他们最终选择了后门。

风暴已经过去，却留下了一地的疮痍。棕榈叶遍地，满地的残枝败叶。目光所及，一切都湿淋淋地滴着水。除了汹涌的浪涛，四下里死一般地沉寂。不闻鸟鸣，没有风声，更听不到人声。空气寒得有些刺骨。

汉娜举步来到外面，抬眼四望。地上、林中、身后豆荚前的空地，她有几分希望蚁灾再次袭来，再有一张铺天盖地的毯子，准备着肢解他们，将他们带回新的巢穴。可蚂蚁全都不见了。

他们沿着步道向前，穿过树林，朝着潟湖而去。直升机就停在那儿。蔚蓝的潟湖水，被过境的风暴搅得一片浑浊，下面有影子在游动，很难看清。水母吧，汉娜暗想。

艾纳指了指："那儿，飞行员。"一具尸体呈大字型漂在一百码之外，载沉载浮。"他的名字叫尼尔斯。"他转身朝着沙滩上面走去，同直升机的方向背道而驰。

汉娜叫了他几声，他们已经没时间做这事了。可他没理会她，而是走到了一丛零落的灌木前。灌木上，木槿花早已被风雨摧残得败落凋零，花枝更是犹如一圈褴褛的裙撑。他弯下腰，伸出了手去……

随即猛地把那只手给缩了回来。汉娜暗想：他被咬了。

不过随即便听他哈哈大笑了起来，用另外一只手在半空中拍了拍，笑声不绝。"蜂，"他叫道，"一只蜜蜂，就藏在花朵后面，趴在花枝上，像一个吓人的小东西。"他转身朝着沙滩下面走了回来，一片阴影从他头顶掠过：一片云彩，划过太阳。

艾纳抬手在胸前画了一个十字，随即优雅地将那泪痕犹湿的花朵抛进了潟湖："愿你往生依然为人，尼尔斯。"随即，他转向了其他人，"咱们能搭顺风机了吗？"

㉙

呼——呼——呼，螺旋桨搅动着天空。

丹船长等那架"贝尔无情"（直升机型号）完成自检后，随即将它轻柔地带入了天空。没人说话。

真是太荒诞了，汉娜在想。机舱内极尽奢华之能事，当中一张寇阿相思树做成的桌子，柔软的灰色皮质沙发，悬窗有汉娜那么高，顶棚简直就是一件艺术品：两片弧形长条木材彼此相接，每一块都做成了一只小变形虫栖息在一只大变形虫上面的样子。

她回想起了自己租过的那辆起亚，想起了里边所充斥的烟味和用来遮掩的纺必适的味道。相较之下，这架直升机就像是一辆崭新的轿车。

艾纳微笑着，浑身散发着自豪的光芒。她在想：他就是一个傻瓜。不，不是傻瓜，而是个自大狂。不管是在为能够拥有如此一架赏心悦目的直升机而自豪，还是在为自己劫后余生而骄傲，总之艾纳都在过着一种令人艳羡的生活。他之所以在笑，她暗忖，是因为这事正好印证了他是这个房间最为聪明和富有的男人这一显而易见的事实。随即她又在想：他会用这份骄傲来干什么？那真是他笑的原因吗？就因为他毫发无损地到了这儿？她提醒自己得随时盯着他。

不管出于怎样的原因，汉娜都是生不出这样一份自豪感来的。因为她并不知道接下来还会发生些什么。有几百个蚁群——说不定是上千个，几十万蚂蚁——不知所终了。究竟被谁给弄走了？出于何种目的？

艾纳滑开桌子正中的面板，从里边拿出了许多吃的和喝的：瓶装水、苏打水、啤酒、薯条、椒盐脆饼、馋人的块糖。简直就是沙漠中的绿洲。

瓶盖被扭动，包装在撕破。

"不是虫子的。"雷说。这是众人所说的第一句话，然后突然间，大家都叽叽喳喳说起话来了。

"这是什么？"巴里嚼着满嘴的食物，问，"哦我的老天爷，黑巧克力培根条。"

艾纳点点头："佛日山脉巧克力，芝加哥产，有点不大合我的口味。我更喜欢爱慕德，觉得它们是世界上最好的巧克力——不过很高兴你喜欢。"他拿起一支酒瓶，往几支香槟杯里倒起了香槟。汉娜拒绝时，仿若在心里又听到了母亲那严苛的幸存者腔调："现在喝酒不明智，咱们需要理——"

凯特挥挥手打断了她："我现在就想醉一场。"她嚼着满口的香醋薯条，嘻嘻哈哈地道，"天，我小时候最不爱吃这个，我上个星期还讨厌这些来着。可现在，它们就像是天赐的礼物。"

"汉娜，"艾纳说着，将一支香槟杯推到了她面前，"咱们当然可以小小庆祝一下？"

"不了。"汉娜再次拒绝了。我还没兴趣庆祝任何事。活着到这儿不过是最低限度的要求，可他们甚至还算不上真正完成，"不过你们大家随意。"

艾纳耸耸肩，举起了酒杯："干啦！"

雷伸手起拿一瓶啤酒，接着又惊呼一声，把手缩了回来。一样东西在食品包装袋上翻跃而过。

"该死的，"雷骂道，"巴里，你非得要带那玩意儿吗？"一瓶苏打水瓶盖上，正停着螳螂芭菲，宛如一个正在念经的和尚。

巴里反唇相讥："怎么？她也吃了自己那份蚂蚁，她做得很好。是不是呀，丫头？"他伸出一根手指，她落到上面，爬上了他的小臂。

"小心点，"南茜警告道，"她要是不离远点，我们说不定会吃了她。"

头顶上方，对讲机发出了一阵噼啪响。

"无线电工作了，"丹船长道，"汉娜，线上有人找你。"

贝尔的驾驶舱几乎都已数码化：四块电子屏幕一字排开，从左到右。各种显示一应俱全，还有一张卫星地图，一张雷达扫描图。座位上的丹看起来舒服极了，俨然一副驾轻就熟的样子。他将耳机递给她，于是猝不及防间，霍利斯的声音便传进了她的耳朵。

"能听到你的声音，我还真没这么开心过呢。"她说。

"听到你的声音我也很开心，斯坦德。"他话语里满是松了一口气的感觉，"你到底在哪儿？"

汉娜简明扼要地跟他说了一下：他们大约半小时前离开了柯勒赫岛，小岛已经被密尔米顿占领，实验室里绝大部分人都已经遇难了，还有一些蚁群被偷走了。

"它们就在这儿，"霍利斯道，"在考艾。"

"蚂蚁？"她问，一下子慌了，只觉得脚下一阵发软，不，不，不，"你在那儿？在考艾？"

"是。它们到处都是，汉娜。已经死了人……"无线电中传来一阵哔剥声，他的声音消失了。

"柯珀？"她调整一下耳机，摸到了一个声音控制旋钮，上上下下旋转了起来，想要看看有没有什么变化，"柯珀，你还在吗？"

一些零散的话语："——伊泽——袭击——"滋滋滋，"——庇护所——"滋啦滋啦，"——岛上——大范围隔离——"

然后就是这样，彻底听不到他的声音了。

她摘下耳机，转向沙利文，道："信号断了。"

"真要命。"

"蚂蚁在那儿，就在那个岛上。"

沙利文用力握紧操纵杆，抓得指关节都有些发白了："也就是说咱们根本不知道飞过去后到底会是什么情况？"

"对,不知道。"她从前挡风玻璃望了出去,只有大海,不见岛屿,什么都没有,只有一条宽阔的线。白色的海浪,一波推着一波,在一望无际的冰冷蓝色海面上,犁出一条条蜿蜒曲折的线,"说不定是蚂蚁毁掉了通信系统。该死!我甚至都还不知道霍利斯在哪儿。"

丹说:"他可能在鸣沙滩,那儿有一个军事基地。有一个机场,地处太平洋导弹靶场范围之外。我看看能不能找到一块着陆的地方,好把你给送进柯珀的怀抱。话虽如此,不过我还是得实话实说,咱们最好还是让这架飞机飞另外一个岛。咱们有燃油,直接去下一个岛,欧胡,还有——"

"不行,我得去找霍利斯。"

"把我们所有人都带过去?"

她很想对他咆哮:好哇,终于说实话了。可她的愤怒是没道理的,她会再次让这些人陷入危险。可话又说回来,她也不想让这些人消失在她的视线之外。汉娜叹口气,抬起双手揉了揉两眼:"我知道这事糟透了,不过但愿基地还安全。实在不行,你可以……把我放在那儿然后继续飞。"或者,霍利斯可以把你们给扣下来进行问询,你们所有人,"我得去告诉其他人——"

舱内的两块显示屏突然变黑了。"哦,真要命。"丹说着,"砰"的一声拍了一掌。两块屏幕闪了闪,显示说图形故障,随即再次暗了下去。"这就是飞原型机常有的事,让我想到了那架老式西科尔斯基,每个星期都会——"

汉娜嘘声止住了他。"你听到了吗?"她问。她听到了一阵轻微的沙沙声。

他竖起了耳朵:"那是什么声音?"

"可能是电路故障。"

随即,两块屏幕都同时亮了。丹哼道:"估摸着又好了。"

什么东西在屏幕中动了动。不,不是在屏幕中。

就在屏幕表面。

一只小小的蚂蚁正从一角爬向另一角。汉娜飞快地动了起来,弯下腰去开始帮丹解安全带:"起来,起来,快起来。"

船长还没明白过来,躲了开去:"我不用起来,我得搞清楚出什么问题了……"

屏幕再次熄灭。驾驶舱下面,靠近丹双腿的地方,一块面板一阵哐当响,随即带着一对合页掉了下来。一大团肥硕的密尔米顿蚁滚出,分散开来,落在了——

丹的两条腿上。

还有双臂上。

"天,该死,天,快把它们弄下去!"他开始甩起双手,拼命抖了起来。汉娜去给他解安全带,可他挣扎得太厉害,根本就坐不住——

密尔米朝他身上咬了下去,他那惊慌失措的话语声随即变成一声含混的尖叫。蚂蚁爬上了他的脸,他的嘴唇,涌进了他正尖叫的嘴。完了,汉娜心里明白。她旋风般地在座位上一转,冲向了舱门。其他人被丹船长的叫声吓下了一大跳,全都已经站起来了。艾纳一脸的冷峻。

汉娜再也没机会告诉他们究竟是怎样一种情况了。贝尔朝着左侧重重一歪,她的头撞在了一面窗上。

眼前一阵发黑,接着便是一片模糊的色彩。直升机开始急速下坠,接着猛地往上一拉,她的五脏六腑似乎都要跳出来一般,只好紧紧地贴着舱壁。

尖叫声在她四周旋转,此起彼伏。窗外,海浪犁出来的那些白色线条,已经朝着他们压了过来……

我们坠机了,她暗想。

随即,他们便一头栽了下去。

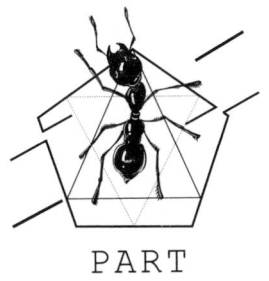

PART

竞争排斥

一种状态,指一个物种通过竞争而让另一个物种灭绝。

插曲

考艾

一条船在午夜时分离开了洞穴，大约在威尔抢走沙利文船长的小艇之前十六个小时，在贝尔无情侧身栽进风雨洗礼过的太平洋之前三十二个小时。

那是一艘蓝海渔船，装着一对雅马哈 F350 四缸引擎，犹如一块石头般滑过浪涛，是一艘快艇。

在船尾，摆放着五只桶，塑料质地，合页没装在两头而是设在腰部。打开时，倒是有几分像是侧过来的箱子。

那船和它的船长，是在凌晨四点和五点之间到达考艾南岸的。船长在那儿留下了一只桶，打开。随即，引擎再次发动，渔船继续滑进了如水般的夜色。

凌晨 5：30。

睡意蒙眬中，马卡妮听到娜拉妮正在哭。

哭声响亮而尖利，然后，来得快去得也快，停住了。监视器不停地在闪，发着刺耳的声响。娜拉妮依然在发着奶声奶气的嘤嘤哭声。可能是她做噩梦了,马卡妮暗想。她只想待在床上。闹钟还有一个小时才响,然后就得送小家伙去托儿所,再去饮料吧上一班,接着去接宝宝娜拉妮,把她送去自己母亲那儿,好让自己能去普湾喜来登干上一班保洁工作,然后,然后,然后。不到半夜,一天是不会结束的。

仅仅一年前,她自己还是一个夜猫子,很是享受熬夜的感觉。在沙滩上参加派对到深夜才钻上床,等到下了床,又是一个派对的开始。

可后来,便有了娜拉妮。小家伙竭尽所能地改变着一切,除了睡觉部分。孩子得了一种严重的念珠菌感染,从沃尔玛买来的那种软膏根本不管用。一个在饮料吧附近有一间办公室、从加利福尼亚来的白人医生,说是因为这儿的湿度和气温的关系。所以现在小宝宝睡觉都没穿尿片,也就是说她有时会尿湿自己婴儿床上的床单。同时,她还在吃一种处方药。马卡妮的医疗保险就是狗屁,所以一个月便几乎花去了她所有周结的薪水。这也正是她还得去找一份临时保洁工作的原因。不过娜拉妮半夜还是会醒,要奶喝,或者仅仅是想要抱抱。

一个苦涩的念头泛了上来:我也想要抱抱,你知道的。若不是可利奥在发现她怀孕之后便跑回了欧胡的话,也能有个人来抱抱她的。而且,她曾以为家庭该有一定分量的,但可利奥却一心只想着冲浪和兄弟。他们都是混蛋。一切都结束了,忘了它,再踏上一脚吧。

可怜的她,可怜的娜拉妮。没良心的可利奥。

唉,既然已经醒了,那就起床吧,监视器依然在闪,嘶嘶的静电音很是刺耳,比平常要大一些。她踉踉跄跄地出了卧室,来到了小房子的走廊上。凌晨的风从走廊两头穿过——两头各一扇拱形窗,让走廊成了这套逼仄小屋当中最为凉快的部分。在窗外,她能听到大海那隐约的声音——那也同样是这套小屋令人满意的地方,离海够近,离码头也够近。

娜拉妮的屋子当中一片漆黑,这是她刻意保持的结果,否则小家伙会一直睡不着——那是一层帘子,一层薄纱般的窗帘,外加一层不透光的布帘。她有时忍不住在想,干脆将这两扇该死的窗子也给漆成那种俗套的黑亮颜色好了。

走廊一头房间中的婴儿床上,传来了一阵咯咯声。马卡妮心里突然一跳,有点不对劲,那不是娜拉妮正常的声音。她心里突然发了急,赶忙走到婴儿床边,将双手搭在了木质围栏上——她听到自己的小闺女在奶声奶气地嘤嘤哭泣,就在那儿,就在她面前,就在那张婴儿床上。还有——

等等。

伴随着目光的慢慢适应,马卡妮看向了婴儿床里边。整条被子似乎都在动——翻腾、移动、一片鼓起的暗影。里边,是一个隐约的人形,她的宝宝。

她将手伸了下去,那片暗影突然真实了起来,突然有形而真切了起来——变成了一个实实在在的东西。她似乎将两手插入了一片细沙或是细小的卵石当中,唯一的区别就是眼前的东西在动,在严严实实地包裹着她的手。也不完全是包裹着她的手,而是上了她的两臂。她浑身一僵,这才意识到有东西正爬上她的身子——不是一个两个,而是成百上千、成千上万。接着,她便突然想起了刚刚看过的一则新闻,说的是火蚁如何占领一座座岛屿的故事。并不是在这儿,不在考艾,但说不定他们搞错了,说不定就是这儿——

手背上一紧。

一阵刺痛。

| 竞 争 排 斥 | PART 4

随即，便是十几处，在她的小臂上。现在已经到了肱二头肌上了。马卡妮并没有惊声尖叫，只是说着一个字：不。她把这个字说了一遍又一遍，并不仅仅因为蚂蚁爬到了她身上，而是它们也爬到她女儿的身上，而她想要自己的女儿活下去，哪怕自己不能活——不，不，不，像是在哀哀求告，像是那些蚂蚁还有一丝良善残存。

正当那些蚂蚁爬遍全身，开始劫掠她的皮肤之时，小宝贝的一声哭泣，让她如沐春风。通常情况下，这种声音都只会让她提心吊胆。但此时，对她来说却是最为美妙的提醒——我的宝宝还活着——直到她咽下最后一口气。

上午 8：00。

"莫阿娜，"柏诺问，"还好吗？"

他知道这么问实在是一个错误。他的姐姐，简直就是一大块软塌塌的湿毯子，口里永远也不会有一句好话。她的生活简直就是一团糟，是无数堆叠在她肩头上的垃圾。而诡异的是，她心底里对此似乎还有一份隐秘的欢欣，喜欢带着它们到处转悠，一次又一次地指给你看，好让你知道她顶着那些垃圾到处晃荡是多么悲惨的一件事。

这次也不例外。她叼着一支香烟站在水槽边，似乎确实没多少可抱怨的，于是只好转而数落起了他来："你这个讨债鬼，没脑子的矮冬瓜，王八蛋。你从来不回家，家庭可是很重要的。你老是在外面为那个有钱的老骗子工作工作工作。我真该捶死你。不记得我们小时候了？爸妈可是说过咱们得互相照顾的。嗯？你死哪儿去了？你每天都死哪儿去了，柏诺？"

他很想脱口而出：噢，莫阿娜，咱们是该互相照顾，可为什么总是我在照顾你？他有一份工作，一份好工作。他在为艾纳·盖尔森工作。

当然，当然，柏诺不过就是一个小小的司机，这岛上十几个司机当中的一员，可他好歹也算是其中一分子。而且，他得到的薪水也很是不赖。他给姐姐上交工资支票，努力照顾自己的外甥和外甥女们。可只要一有机会，她就会狠狠地数落上他一通。

外面，他听到有人在喊。或者，是在大笑？无所谓了。在利胡埃这儿的公寓中，总有人在朝着某个人大喊大叫。那些从大陆开着吉普车和摩托艇过来的傻瓜蛋们，总是聒噪得像是鸟儿。

"我有账单要付，"莫阿娜继续数落，"有东西得修，排水槽在漏，我卫生间的风扇也是狗屎。"

外面，又是几声叫喊。不管喊的是什么，都比去听耳旁的唠叨要好。柏诺微笑，点头，举起一根手指，告诉姐姐说他会去检查的。她斜睨着两只肥硕的小眼，瞪了他一眼，随即回去继续心不在焉地洗起了碗。

在那儿，就在停车场上那辆吉普旁边，便是那两个傻瓜蛋。其中，光着上身露着古铜色模特身材的那位，常在这儿踢球。只见他正耍杂技般连连向后跳着，口中笑声不绝；另外一人则要矮胖得多，皮肤也要白不少，穿了一件麻袋般的T恤和沙滩裤，较长一些的头发别在耳朵后面，他像是有强迫症，总是不断地将它们捋向那儿，哪怕它们要不了三十秒便会弹回来一次。

柏诺和他们打过交道，其中一人叫做斯塔夫，是斯塔夫罗斯的简称，另外一人是奇普。柏诺记不得他们谁是谁了，反正他也不在乎。

"嘿，小声点，好吗？还早呢，这房子里的人还在睡觉。"

可他们不理他。赤膊傻瓜蛋还在向后跳着，另外一个则在哈哈大笑，一边笑一边用食尸鬼一般的声音道："它们要追上你啦，巴巴拉。"又是一连串笑声和鼓掌声。真是白痴。终于，矮胖傻瓜蛋看见了柏诺："嘿，哥儿们，来啊，来看看。"

柏诺往前走了几步，有点不敢相信自己的眼睛。蚂蚁，一队蚂蚁，大约有一英寸厚。它们一个叠着一个，正像雨水汇聚而成的小溪一般朝着同一个方向而去。赤膊傻瓜蛋刚动了动，它们便调转方向朝他而去。两个傻瓜蛋都在咯咯笑着，像是抽了大麻——说不定他们还真抽了。

在公寓楼内，有人开始尖叫，是一个女人的声音。

一辆警车后面跟着一辆消防车，从胡拉寇大街上疾驰而过。

"哇，哇，小心你背后。"矮胖傻瓜蛋对赤膊傻瓜蛋道——赤膊傻瓜蛋赶忙转过身去，但已经迟了，发现自己就要踏进另外一股蚂蚁。终于，他穿着拖鞋的一只脚还是踩进了蚂蚁当中，顷刻间，它们便呈螺旋状沿着他那条腿往上爬了起来。"噢！该死的，他娘的臭虫——"

赤膊傻瓜蛋猛地抽了一口气，随即提着一条腿跳了跳，接着便失去平衡一屁股坐了下去，开始又拍又打，像是着了火。

远处又传来几声尖叫，柏诺开始感觉有些不对劲了。矮胖子依然在笑，一边笑一边赶忙跑过去，弯下腰，差点滑了一跤。他开始扫起了朋友腿上的那些蚂蚁——它们随即便爬到了他身上。不过几秒钟过后，矮胖子便发出了一声野猪般的惨叫来。柏诺曾见过一头野猪，被带刺的铁丝网给卡住了。那猪开始来回挣扎，但却只让自己被越卡越紧，最后两条腿都离了地，朝着天空又是蹬又是踢。

赤膊傻瓜蛋开始呜咽，口中咯咯有声。他重重地倒在地上，抽搐了起来。

随即，一股蚂蚁从中分出，开始朝着柏诺而来。

柏诺并不是蠢货，尽管她姐姐老觉得他是。他转身飞快地朝着公寓走去。他才不会因为一些愚蠢的蚂蚁而跑得连爬带滚呢。不过随即他又远远地听到了更多的警笛声,而且有人已经开始大喊大叫了起来,同时楼内又有一人开始惨呼着喊救命。

  柏诺跑了起来。他抓住了姐姐,告诉她该走了。她叫他疯子,骂他脑子坏掉了、喝高了还有一些别的话。他问她孩子们是不是在学校,她说没有,当天是周日,他们在沙滩上。

  他说他们得去接他们,立刻就去。

  莫阿娜强烈反对。

  直到蚂蚁开始从门缝下面进来,直到她亲眼看着它们爬上了纱窗。蚂蚁大摇大摆地进了前厅,上了墙壁、天花板,分成纤细的一股一股,宛如动脉分支。

  他们从卧室窗子翻了出去,奔向了车子。

  正午。

  防空警报响彻整座考艾岛,单调而刺耳,音调没有丝毫变化。

  这是夏威夷紧急广播系统的一部分,不时会演习一下,持续上一分钟便会停止。正常情况下,它都是用来预防海啸的。警报一响,便得往内陆撤离。这一次的警报尤其长,不是演习。

  但也不是因为海啸。

  这是一场入侵。

  下午 6:00。

  一架 C-130 正在将霍利斯·柯珀送往鸣沙滩。打一个电话寻求帮助,并搭上一架前往军事基地运送医疗物资和少量食品的飞机,对他来说倒也不是什么难事。航程过半,他们把他叫到驾驶舱,告诉了他一条新闻:

考艾已被某种"病毒"感染。

霍利斯问:"哪种病毒?什么意思?"

两名飞行员面面相觑,似乎也不知道该如何解释。这时,霍利斯明白过来了。"蚂蚁。"他说。

两人立刻瞪大了双眼。其中一个体壮如牛、两颊通红、双眼挤成两条缝的年轻小伙,飞行员戈多·尼布尔点点头:"蚂蚁。"

"咱们还有地方降落吗?"霍利斯问。

"有,"另外一名飞行员,一个名叫杜克的年轻小伙道,"不过他们已经在讨论隔离了。也就是说咱们一旦降落,可能便不能再次起飞了,说不定得在地上待一段时间。"

飞机着陆,老实不客气地砸在了跑道上。左侧,是鸣沙滩和太平洋;在右手边,霍利斯看到两名海员正大步朝着运输机而来。两人的脸都藏在防毒面罩后面,身子裹在鼓鼓囊囊的防化服中。

霍利斯还没下飞机,他们便给了他一套这种衣服。他问他们是不是真有这个必要。其中一个既不知姓名也看不清脸,面罩中传来的声音也是瓮声瓮气的人说:"并没有发现任何生化入侵的实证,长官。不过为了以防万一,我们还是推荐使用服装。"

另外一名海员则说:"不过科尔上校就没有穿。"

第一名海员瞪了第二名海员一眼。

"我没事,"霍利斯说,"咱们还是抓紧时间干正事吧。"

下午 6:15。

他们将他领往了一辆敞篷车,一辆桃红色野马。一名男子正坐在驾驶座上,生一张方方正正的脸,身子后仰,一条胳膊僵硬地搭在方向盘上,拇指正在手机上噼里啪啦地摁着什么。从后面看上去,此人的头发上面短而下面长,几乎垂到了脖子上,且发型微卷,像是烫过。科尔上校,霍利斯估摸着应该就是此人。

"好,"霍利斯坐到副驾驶座上时,这人道,"你没穿那种服装。穿上一套那玩意儿,你的蛋蛋很快就会黏糊糊的,裆里会烂掉。"他皱眉看着膝头的手机,"去你娘的,冈德森,你个臭混球。"他摇摇头。"抱歉。我在太平洋导弹靶场这儿的任务,就是给一伙醉汉和有钱的三岁小儿当保姆。我们是太平洋上最热的狗屎导弹靶场,如果仅仅是从各个部队里抽调出一些混账白痴和所谓的情报人员——没有冒犯的意思——过来,我还可以应付,可糟糕的是这个基地偏偏还是一些从波音、通用原子、洛克希德马丁、桑迪亚、帕里塞德和波士顿动力来的高管的家,要多少有多少。每个人都恨不能吃了我。比如冈德森,就以为他跳上自己的飞机就能起飞。我告诉他说隔离正在生效。他娘的蠢货被困在这儿了。"

车子重新发动,跳动得像是荨麻丛中的小马。"听起来很有意思。"霍利斯说。

"我这是想跟你坦诚相见,所以你也得跟我坦诚相见。"车子弹射似的拐过一道弯,突然离开机场,沿着海岸线飞驰了起来。前方看起来是一个小镇。"咱们这他娘的是在这儿忙活些什么,柯珀探员?他们告诉我说你略知一二。"

霍利斯放下了谦虚,没理由遮遮掩掩。他跟他说了小屋里的死尸、方舟实验室、艾纳·盖尔森和环礁的事。

"操,盖尔森,那个亿万富豪?他也住在考艾,不是吗?"

"是他众多房产之一。"

小镇映入眼帘。霍利斯见过它之前的模样,是一个基地小镇。加油站、立着螺旋条纹广告柱的理发店、餐厅、麦当劳（哪儿都有麦当劳），还有一栋栋只有侧面颜色不一样的房子。这些房子都建在立柱上，下面停放着轿车和吉普。

"听着，"科尔道，"我们是专门应对某种狗屁情况的。我们全副武装，支持的是尖端武器研发。我们掌管着军事空运局，依据无人机航空载具系统运行并测试新的无人机，比如郊狼和弯刀。路基宙斯盾系统也已建立并正在运行。我们负责测试和维护几乎所有你能想到的导弹和导弹系统——"

"你们这儿有人工智能吗？"

"据我所知没有。"

"那就好。"

"我想说的是，我们所有的准备，全都是为了应对某一天会有某个混蛋过来试图击垮我们并抢走我们的玩具。我们准备好了应付 NBC 攻击，可目前的情况完全就是两码事，柯珀探员。我不知道我们是否做好了准备。"

霍利斯眼前又闪过了那具被死蚂蚁包围着的无皮尸体。你还真没有，他暗想。"杀虫剂应该能临时管点用。"他说。

"没一点屁用，霍。我们收到报告，说我们的人曾尝试过把杀虫剂用在那些该死的东西上，但最多只能延缓它们的行进速度。它们会停下来，聚成不要脸的一堆，然后继续前进。真是些从噩梦里边爬出来的东西。"

"火呢？二氧化碳灭火器呢？毒药呢？我不是专家，听着，这儿的情况到底有多糟？你们是有一两个蚁群要消灭——"

"一两个？呵，柯珀探员，你真的落伍了。你想知道这事到底有多严重，好啊，我有地图给你看。"

下午 7:00，Roc，又名靶场指挥部。

一栋巨大的方形建筑，像一个米黄色鞋盒，唯一的不同之处便是它用钢筋水泥建的。一层有一片开阔的硕大空间，有人已经摆了一张桌子，上面摆放一圈笔记本电脑、无线电、几个平板电脑和一些书。一头支着一块白板，另一头则架着一块软木板，上面钉着一张考艾地图。桌子周围正忙活着几名海员和士兵，其中有一名女子，穿一套两肩高耸的制服，猎犬一般的双目中尽是疲惫；另外还有一名神情呆滞的男子，戴一副极不协调的角质眼镜，一只眼睛上面贴着皱皱巴巴的白色绷带。

在这一切背后，则是一枚巨大的导弹，二十多米长。据科尔介绍，这是一枚 SM-3："一枚导弹杀手，一颗用来在半空中击飞另外一颗子弹的子弹。"

不过那个，并不是他们出现在这儿的原因。

科尔——听了所有人的汇报。全岛已全部隔离，可进不可出；死亡数字刚过两百，受伤人数则是两倍，大家预估这个数字还会增长，可能会是显著增长；一些伤亡并非直接缘于蚂蚁，而是人们用来应对入侵的手段：汽油、火、毒药。一名"笨蛋"试图用一把十二毫米口径的枪去打它们，结果把自己一只脚的前脚掌给轰掉了。

科尔简要概括了一下他们的应急机制：当地警察和消防部门负责营救；海军尚未准备做出大规模军事响应，也尚未获得响应授权，但他们正在进行支援；医院增加了人手，但考艾并没有真正拿得出手的医疗支援力量，他们会从军队派护士和医生过来进行分诊，不过远水救不了近火。

医生们已经注意到如果受害者能及时从蚂蚁堆中救出，那肾上腺素注射器便能起作用，不过医院里这种注射器的储备仅有一两百支。类固醇和苯那君也有帮助，但不能完全逆转过敏性休克。这也就是说联邦紧

| 竞 争 排 斥 | PART 4

急事务管理署得空投医疗物资。等过了午夜，会有更加确切的消息。

科尔给大家做了介绍。

一只眼睛缠着绷带、骨瘦如柴的那位，名叫杰夫·坦泽，是夏威夷大学助理昆虫学家。"实际上，"他纠正道，"我是从威斯康星大学来的，不过是来这儿做一个演讲。可他们说你们需要一个昆虫方面的人。"科尔刚想张口接着说，但坦泽的嘴比他快："但这并不是说我真有那个资格，对所有这一切。这事超出了我的知识水平。"科尔再次想要开口，但坦泽再次将他给打断了。"还有我的眼睛，如果你想问这个的话，只是激光手术。"

"谢谢你说了这……些。"科尔僵硬地笑了笑。

接下来便是那个女人：弗朗辛·罗斯顿，EAS也就是九天农业科技股份有限公司的代表。她道："我们对'花园岛'一直就有兴趣，它是针对各种不同的转基因粮食作物以及我们的合成农药的理想测试场。实际上，我来这儿是知会你们，我们有一种尚未面市的农药，不过目前还没有通过环保局的测试——可能会对这些蚂蚁有效。它是一种混合除虫菊精脂，由菊花和夹竹桃合成的二嗪磷。它非常非常安全，对我们是，对它们可不是。"她笑了起来，一串生硬得如同机器人一般的笑声，"当然，咱们得赶紧批准这种杀虫剂——"

科尔朝她竖起了大拇指："谢谢你，罗斯顿女士。"他又介绍了桌子旁边几名海员和军人：上士亚娜·吴、水兵赫维奇和霍恩肖（正是帮助霍利斯下飞机并最终证明几乎都是一样精力无限的两人），还有海军少尉德尔图拉。

接着他介绍霍利斯·柯珀探员，说他是"鼎定危局之人"："不是吗，柯珀？"

霍利斯眨眨眼。唔，这个嘛。问题是，自打去年那一系列噩耗传来之后，

239

他就一直感觉自己不完全在状态。这也正是他要把汉娜这样的人给带进来的原因,因为他已觉得有些力不从心了。

不过,他并没有说这些,而是道:"我是一名调查员,不是一个问题终结者。不过有一件事我倒是擅长,那便是找合适的人来分析合适的事情。"

他告诉科尔他需要同崔伊泽连线,然后还得找到汉娜·斯坦德。

下午8:00。

科尔说还不能派人出去寻找汉娜:"有一股很大的风暴朝着那个方向过去了,柯珀探员。不能那样损失人手和设备。他们说它天一亮就会转向北方,咱们那时再派人过去。"

他们试着和伊泽连线,一名警察接的电话,霍利斯从对方那儿知道她在办公室里被袭击了。不幸的是,凶手逃之夭夭了。

此刻,霍利斯正在房间另外一头,靠在一个同他自己差不多高的文件柜上,压低声音和她说话。其他人都远远地看着,一脸的期望。

"你不一定非得要做这事的。"他告诉她。

"我没事。"她嘴上虽然这么说,但显然不是。她在哭,他能听出她声音中由于鼻窦肿胀而带出的鼻音。不过她正在振作起来,这一点很重要。"我正在看电子邮件。"她顿了顿,"天,柯珀,死了这么多人?"

"唔——嗯。而且报上来的数字还在增加。"

"你知道蚂蚁是从哪儿来的吗?"

"不太准确。"

"汉娜怎么说?"

"汉娜现在出去寻找线索去了。"他暗暗祈祷这话是真的。

伊泽叹了一口气,吧嗒了一下嘴,显然是在思考:"你能把位置给我吗？地址？人们手上的地址。或者干脆告诉我，他们是在哪儿受伤的。"

"当然。需要几个小时，不过我可以找一些行政人员来帮忙。"他顿了顿，"听着，我们这儿有一个人或许有解决方案，想让你帮忙参谋参谋。"

"说。"

"九天农业的一个女人，她想往岛上喷——"

"不行。"

"你还没听我说完呢。"

"你用不着说完。她想用某种毒性极强的化学制品来喷它，某种高辛烷值农药。我猜，一种除虫菊酯？"

"对，就是。怎么了？那不好吗？"

"就是不好。没有哪种农药真有那么厉害，而且你现在需要考虑的是长期生态影响。"

"我觉得一种入侵的蚂蚁杀手本身要比生态影响糟糕得多。"

"夏威夷是一个难能可贵的尚未被污染的生态区位。它之所以是天堂是有原因的，柯珀。喷洒农药对人类也有害，你会发现癌症发病率比天还高，还有生育缺陷、荷尔蒙失衡和混乱。那他娘的就是毒药，伙计。"

他叹了一口气："我知道。可一点点毒药也比那些蚂蚁要好。"

"你能拖一拖吗？让我想想。"

"我可以拖延一些时间。到明天早上吧，兴许。"

"时间不够。"

"必须得够，崔博士。"

"要命，要命！好吧，把我要的信息给我，我来研究一下。"她挂断了电话。

下午10:00。

年轻的海军文书军士们忙得屁股着了火,总算把数据收集齐了。其中一些已经在墙上的地图上了,但还不完善。他们让它完善了起来。

霍利斯将它发给了崔伊泽,然后开始合十祈祷。

下午11:45。

霍利斯的眼睛都快睁不开了,可他还得接收报告。每一条都一样却又不一样,范围涵盖考艾全岛:新的受伤人数、新增一个目击地点、波普发现蚂蚁、威美亚发现蚂蚁、利胡埃发现蚂蚁,已经开始朝北部的普林斯维尔、哈纳雷蔓延过来。

他在脑海中默默计算了一下:考艾岛上住了不到七万五千人,外加数目不详的游客。万一他们真失去了对这件事的控制,到底会发生什么?见鬼,他们有控制过么?

科尔清了清嗓子,霍利斯一惊。"电话,探员。"科尔像递一把刀一样将电话递给了他,是伊泽。科尔走开后,只听她道:"有眉目了。"

"说。"

"死亡和受伤人数都比较集中。你的人帮我把它们按接到报告的时间先后进行了排序。并不算完美——我的意思是,报告时间和实际发生的时间从来都不会一样,但还是能看出这情形就像是玻璃上的一个弹孔。有一个中心点,然后裂缝朝着四周扩散。"

"这么说有一个起始点。"

"有好几个起始点。查你的邮箱。"

他走到会议桌旁,揽了一台笔记本电脑过来,登录了自己的邮箱。伊泽是手绘后用她的手机扫描的,她告诉他:"我应该用电脑做的,但我还在警察局。你可以看到有五个节点。它们分别是，我看看啊——"

不过他已经看到了，一个个报了出来："威美亚、波普、利胡埃、卡帕亚、普林斯维尔。"

她说："目前最集中的是波普。"那是南方最主要的度假地点，"然后逐渐呈下降趋势，按逆时针方向环绕整座岛。唯一的例外便是威美亚，不过我想那是因为那儿并不算是人口密集的所在。"

"船，"霍利斯道，"有人驾船绕岛干的。"

"对，我也是这么觉得的。那样的话，能让干这事的人相对远离岸上的蚂蚁，并能让他或她快速绕岛一周而又不引人注目。"

"对咱们的小麻烦你还有别的想法吗？"

她犹豫了一下："有。要是有办法疏散岛上的人，就能给咱们争取点时间……"

"那可能吗？严肃点。哪怕是任何一只这种东西离开了这座岛……"

"一只工蚁单独离岛并不是世界末日，因为它繁殖不了新的种群。"她顿了顿，"除非……有些种类的蚂蚁能将工蚁给变成蚁后。还不清楚它们是怎么做到的，但应该是信息素什么的，我是猜的。就像《侏罗纪》里边的恐龙能像青蛙一般变性一样。那句话怎么说的来着？生命总能找到出路。"

"这他妈的简直就是恐怖秀，伊泽。"

"我知道。"

"我们得喷洒农药。"

"等我到明天早上，我会找到解决办法的。"

"我试试。"

午夜。

加布·兰德里趴在一个充气皮艇上,在酒店的泳池中载沉载浮。他又湿又冷,左手拿一支泳池撇沫器——皮艇只要一靠向岸边,便轻轻将自己推回泳池中央;在他的右手中,是一瓶水。他将最后几滴倒进了口中,但依然很渴,而且他相当确定自己是不该去喝泳池里的水的,可若是他不赶紧行动,天知道会怎样。

一具尸体就浮在附近,是一名年轻女子。她已开始发胀,皮肤上尽是被叮咬的细小伤口。太阳落山时,她朝着池边跑了过来,浑身上下尽是一个个小黑点,一片暗影在她皮肤上面移动着,呈波浪状起伏。她侧身滑了出去,脑袋撞在地上,随即滚进了水中。蚂蚁被淹死了,她也一样。

不过,此起彼伏的惨叫声已几乎听不到了,也不知道这究竟意味着什么。加布看向了欧特瑞格度假酒店,阳台,不对,应该是凉台,全都朝向泳池和外面的停车场这一面。其中一个房间便是他的,并未朝海。他和他的姑娘不想去花那份钱,可现在他后悔了。

桑迪。天,桑迪。他拼命忍着,可一想到她在酒店房间的地板上扭动着,被那些小狗娘养的叮咬,抽泣声便再次不争气地从喉咙里涌了出来。他逃了,没有去帮她。

他是一个坏人,现在他已知道了,一个懦夫。这原本该是一次完美的假期,他将向桑迪求婚。戒指还在他的口袋里,装在小盒子中,沉甸甸的。

中午刚过,蚂蚁便来了。开始时,人们除了觉得恶心,没把它们当作一回事——考艾岛一家价格不菲的酒店中竟然侵入了一群虫子,呵,你大可以肯定,所有人当时自然都是立刻冲向自己的手机和平板,开始在点评中留下一个个愤慨的一星了。不过,蚂蚁在没完没了地来,而且

| 竞 争 排 斥 | PART 4

它们想要的并不是残渣碎屑。

月光下,加布在不远处的泳池椅子上看到了一具尸体。脸朝下,屁股朝上,有时看起来像是在动,在呼吸,但并不是,是它们。

一小股蚂蚁擦着泳池边缘走了过去,嘴巴里高高地举着皮肤残片。

加布在想,兴许这事很快就会过去的。肯定会有人来的,他听到过几次警笛声、喊声和尖叫,也有枪声。兴许,是有人在了结自己。把枪口塞进嘴里,食指再一扣,宁愿离开这个世界也不想看到它变成现在这样。

他还有让自己活下去的东西,他告诉自己。朋友、家庭、一条叫做豆豆的狗、一辆很好的车——好吧,也没那么好,可它是一辆四门现代,很新,而且你要是连一辆新车的动力都不懂得欣赏,那真可以去死了。

加布笨手笨脚地朝着泳池里撒起了尿。我这是在给它消毒,他恨恨地想。

当然,你也是可以喝自己的尿的,不是吗?他记不得了。不过那也无所谓了,因为他真的不想喝自己的尿,而且他还在反复告诉自己:这事很快就会过去的。会有人来,警察、联邦紧急事务管理署、军队。天,这岛的另外一头不就有一个大军事基地吗?那儿的人肯定会火速救援的。

偶尔,蚂蚁会爬近一些。他能看到它们就在那儿,排成一线逗留在泳池边。安静一些的时候,他都能听到它们脚下发出来的那隐约的咔哒声响,几乎有些像是隔壁房间里有人在敲键盘。

偶尔,它们也会掉进水里。每当这个时候,他便会想:淹死吧,你们这些小混账王八蛋,淹死你们。接着他便会开始哈哈大笑,好让自己不哭出来。

不过,现在,它们已不仅仅是掉进水里了。他看到它们已经爬下了泳池内壁,爬到了水边,但不敢再往前走。

"滚开！"他大叫一声，用手掌撩动水面，激起浪花。浪花打在了正在聚集的蚂蚁身上，其中一些被冲进了水里。不过，绝大多数依然待在原来的地方。

他眨眨眼，随即便看到了：它们那纤细的腿正勾连在一处。新来的蚂蚁取代了那些被冲走的，它们爬在彼此身上，开始落入水中。

这样一来，它们肯定会被淹死的，他暗想。

不过尽管被淹死，它们依然浮在水面上。而且伴随着被淹死的越来越多，其他蚂蚁开始爬到了它们身上，这样一来它们便也到了水面之上。

加布又撩了几捧水过去，一些蚂蚁再次沉了下去，可浮在上面的数量丝毫不见减少。它们正在建造一条筏子，实际上是一座浮桥，一座直奔他而来浮桥。加布只觉得脑子里"嗡"的一声，浑身的毛孔都炸了开来。

他想出了一个主意：到泳池对面一头去，爬出去。那儿有一道篱笆，高高的竹篱笆，为的是防止某些傻瓜往泳池里撒尿。篱笆外面，便是停车场。他可以翻过篱笆，去停车场。然后，他可以跑，全力冲向沙滩，不过是两百，兴许两百五十码……

加布跳下皮艇，水没到了下巴。他开始朝着泳池另外一头游去。

那一头也有蚂蚁。

他游向右边——

蚂蚁。

他游向左边——

它们已从四面八方赶了过来。

溜下池沿。

掉进水里，把淹死的同伴当作筏子。

| 竞 争 排 斥 | PART 4

加布做了自己唯一能做的事,选一个它们去不了的方向。他一头扎进了幽暗的水中。氯气在刺激着他的双眼,泡泡在从他的鼻孔涌出。我可以憋很长时间的气,他暗想,或者,是他小时候可以。不过,他越是想这事,肺越像是着了火,两肋也就更疼,心里越发觉得自己就像是雷暴天里的小狗——抓门挠柜,颤抖得犹如风中的树叶……

他再也憋不住了。

加布猛地冲出了水面。开始时他觉得自己一切还好,它们已经走了。不过,就在他深吸一口气的时候,嘴里多了一些东西。一团蠕动着的东西,正一路朝着他喉咙钻去。他开始喘不上气来,开始拼命拍打水面。它们上了他的脸,钻进了他的耳朵。

他一阵恶心。

一夹,一痛。

他的身体立刻僵硬了起来。

我爱你,桑迪。对不起我跑了。

就在加布的身体开始抽搐,就在他猛地将一大口水吸进肺里的时候,最后一个念头从黑暗中浮了出来,伴随着一路堕入黑暗的他:桑迪,嫁给我好吗?

凌晨 1:30。

防化服难穿极了。霍利斯感觉自己就像是被屠夫包在报纸中的一块肉。他从吉普车后座下来,两名海员,赫维奇和霍恩肖,走在他左右两侧。

这儿异常安静。前方,老旧街灯那蒙眬的灯光下,船上的桅杆犹如哨兵一般静静立着。他们走过维克亚运河,朝着码头和那间摇摇欲坠的小屋走去。霍利斯倒是没有看到蚂蚁,可那是因为他同时也没看到任何一个人。那些小怪物从头到尾都是一根筋。伊泽告诉他它们的触角能够捕捉人类的频率，就像是鲨鱼在一英里外便能嗅到血腥味一样。他暗暗希望自己可千万别散发出汗臭、古龙香水和口臭的味道来，因为这套衣服实在是不合身。

"探员，"赫维奇——或者霍恩肖——道，"这边。"

霍利斯点点头（防化服一阵窸窣作响），三人一路向前，越过了停靠在旁边的船只。前方便是那小屋，木头老旧，顶棚像是盖的茅草，但实际上是长满了杂草的木瓦。屋子前方的墙壁上被开出一扇服务窗，一具尸体横在那儿，在柜台稍微靠里的地方，两只手挂在柜台边上，在月光下泛着淋漓的血色。

霍利斯走了过去。绝大部分头皮都不见了，露着白森森的头骨。苍蝇在他靠近时飞了开去，但绝不会离开太久，因为它们舍不得这样一场饕餮盛宴。虫子的年代，他暗想，逆来顺受之辈开始继承地球了。

"长官，"霍恩肖——或者赫维奇——说，"这儿有摄像头。"就在同屋子毗邻的一根杆子上。所有的码头都装有安防摄像头，是国土安全法的一部分。而这一个，同其他所有摄像头一样，老旧而破败，像是一个挂了一层盐霜的老古董。

而且，镜头正中也有一个弹孔，和前面三个渔船码头的情形一样。

"有人把这个也干掉了。"霍利斯说。

"对不起。"赫维奇道。这一次，他知道是赫维奇了，因为他是两人当中比较善良的那一位，总是在为一切道歉，像都是他的错似的。

霍利斯回到小屋，从客服窗口探身进去，再次看了看那具尸体。后面三间屋子当中没有人，他们已经打烊了。其他死者都是在停靠码头的船上发现的，不是在柜台后面。一块锈迹斑驳的牌子上面写着二十四小时营业，合乎情理。渔船出海都很早。

霍利斯伸出手去，托着死者的前额，将头抬了起来。伴随着一阵墙纸撕裂的声响，那人的脸被从柜台上撕了开来。蚂蚁从他的口中、鼻孔，还有额头中央的一个小孔倾泻而出。

霍利斯一惊，赶忙跳向后面。那人头再次"砰"的一声跌向柜台，震出了更多蚂蚁来，噼里啪啦掉落在地上，有的并非黑色，而是白色。不，霍利斯明白了过来，是那些蚂蚁正扛着某种白色的东西。

"卵。"霍恩肖（或赫维奇）道，"它们搬着的是小卵。"

"它们正在这人的脑袋里筑巢？"霍利斯问。

"看起来像。"

霍利斯拼命忍了忍，这才没在防化服内吐出来。等到平复下来后，他再次抬起了那人的头。果不其然，跟他预想的一模一样。一个弹孔，赫然就在那人的头骨中间，子弹从后脑穿出，是小口径手枪，兴许是 .22——尽管他也曾有几次见过 .25 或 .32 也一样只会造成一个伤口。小口径便意味着杀伤力的减弱。

而在那人的肩膀后面，一个小房间中，霍利斯瞥见了一点闪烁的绿光。他走到了服务窗旁边的那扇门，发现它是锁着的。其中一名海员掏出手枪，砰砰对着门把手便来了两枪。门慢慢开了。

霍恩肖（这一次霍利斯非常肯定）对赫维奇道："你用不着开你那破枪的。咱们可以把它踹倒。开枪！我耳朵都快被震聋了。"

"随便，伙计。"

"下次提前说一声。"

"我说了随便。"

霍利斯抬脚走了进去，在那儿，在一条满是渔具的长凳上，他找到了一台笔记本电脑，屏幕顶端便是那颗闪烁的绿灯。而在它旁边，则是一个摄像头。

对了。

回到指挥部，他们取出了视频存储装置。看起来摄像头大部分时间都是开着的。这台设备的拥有者，是一个名叫杰德·弗里曼（租赁合同上写的也是这个名字）的人，他将那些摄像头私自接入了自己的线路。看起来是在截取那些出去买醉的穿比基尼、丁字裤这类型漂亮姑娘的视频。

所有的视频都大同小异，除了昨天夜里的。那一段是这样的：就在日出之前，时间水印显示的是凌晨 6:15。没有声音。远处有一艘船靠了过来。

画面中那人，据推断，正是杰德·弗里曼。在他身后还有一人，是个高个儿，但具体身份不详，可能是中国人——留一撮纤细的山羊胡，卡车司机帽的帽檐被转到了脑后。

突然，两人都是一惊。他们看了看四周，并不十分慌乱，但绝对是一头雾水。戴卡车司机帽那人指了指上方，小屋旁边杆子上的摄像头方向。

两人面面相觑，说了些什么——可惜没有声音，不知道他们在说什么（霍利斯在考虑值不值得去找一名唇语专家来。不过，视频画面很粗糙，有许多视觉干扰）。

杰德和卡车司机帽依然在一边说话，一边抬头看着摄像头方向，并没有发现在远处，那条船已经滑向了码头。接着，便是绳子甩出，缠到杆子上的暗影。一个从头到脚一身黑的人，走了下来。

一块跳板被放下，那人回到了船上。

| 竞 争 排 斥 | PART 4

接着那人又回来了，一路向下退着，手中拖着一辆手推车，上面放着一只桶。

放下桶，那位不速之客开始走下码头，走向了杰德和卡车司机帽。

不速之客是一个女人，长头发，白皮肤。其他的，由于画面像素太低，就看不出来了。她的其中一条胳膊有点怪，霍利斯突然发现——不过等等，不对，那不是胳膊，而是挎在她肩上的一样东西，紧贴着手臂。是一支步枪。不过，她并不需要它，因为在她手中还有一支手枪。

卡车司机帽回过头去，看到了来人。他转过身来，想要逃，一蓬红色在他脑袋附近现了出来，他倒了下去。

杰德举起了双手，不停地挥舞着，像是在说，不要，不要，不要……枪口再次闪了闪，他的头左右跳了跳——子弹进入脑部后无法出来进而四处跳动所引发的现象。随即，他的头垂向了前面。

枪手将那只桶拖上前来，随即从腰部位置打开。然后她便离开了。

有那么一会儿，什么动静也没有。

霍利斯让文书军士斯特鲁普快进，她照做了。"停。"他说。

他看到有东西正从那桶底部倾泻而出，像是泄漏的石油或是墨水。可那不是液体，是蚂蚁。

霍利斯就睡在会议桌旁一张逼仄的行军床上。这儿十五分钟，那儿一刻钟，各种报告，扰得他的睡眠时断时续。无线电在吱吱作响，警察在呼叫。不过有时，他的睡眠也被那些从自己平静的心底里莫名而来的噩梦，给腰斩而过。

◆ 清晨摘要 ◆

上午 6:00。

科尔说了大致情况,所有的紧急庇护所都已人满为患。这儿的庇护所都是用来预防飓风和海啸的(还有极少数情况下是地震)。它们通常建在学校、收容所、人道协会和少数邻里中心;酒店也会有一些,在地下室中,大量游客就避在那里。

"他们是怎么阻挡蚂蚁的?"霍利斯问。

科尔说:"有一个叫杰夫的人想到了一个主意,说蚂蚁不会穿过某几种特定物质,肉桂、白灰、醋、洗洁精。问题是,我们也接到了失败的报告。要么就是蚂蚁找到了突破的新路径——哪怕是墙上的一条缝也能成为那些小杂碎的机会——要么就是它们已经适应了,用它们自己的尸体,在障碍上面搭桥。所以我告诉伙计们,他娘的还不如干脆用雷达得了。"

那位助理昆虫学家羞赧地一笑:"那还真会管用。"霍利斯在想,这位书呆子还真是四体不勤五谷不分啊。

"不过这些怪物正在学会适应。"科尔道,"学会如何踩着尸体渡水,便是其中之一。还有,它们会爬到树上,然后朝着下面路过的人做自由落体运动。"他叹了一口气,"等到事情了结——如果真有那么一天的话——咱们用来清理尸体的时间也会相当长。有报告说一些庇护所已经完全失陷——被那些该死的东西给占领了。满屋满屋的尸体。"

他们已经派出飞机空投医疗物品,也派出了身穿防化服的救援队伍,手中要么拿着成罐的除虫菊精脂,要么干脆就是寻常的雷达杀虫喷剂。有一些人则带上了火焰喷射器——开始时原本不过是一个玩笑建议,但后来,"烧得那叫一个解气"。科尔提醒说岛的北部地区非常潮湿,是不会有火灾隐患的。

"接下来呢?"霍利斯问。

罗斯顿,九天农业来的那个女人,说:"喷洒。"

霍利斯看了科尔一眼。科尔道:"你还想怎么样,柯珀探员?你是想要那些东西死还是活?见鬼,哥们儿,这种喷剂和用来控制虫害的那种就是一回事,和家用的没什么两样。"

柯珀点点头:"让我先跟崔博士谈谈,好吗?"

"随便你,不过他们现在已经在装喷剂了。小伙子们三十分钟内就会飞到,如果你想阻止他们,最好给我弄些了不起的点子回来。"

"我没有任何进展,"伊泽说,她听起来像是要哭了,"你知道杀死蚂蚁有多难吗?天,哥们儿,阿根廷蚁已经发展成一个超级群体,泛滥到了三个大洲,有五亿多成员。哪怕是根除最小的一个蚁群,你也必须干掉蚁后,否则天知道会是什么结果。我的意思是,这些蚁群还会重新建立,所以如果你能找到每一个蚁群,然后精准地——"

"我们没那个时间。"

有那么一小会儿,她一个字也没说。终于,她开了口:"好吧,好吧,你做自己该做的吧。不过,嘿,不过在你动手前,告诉你一个消息,他们已经找到了那个袭击我的人的线索了。我猜他是觉得自己就要死了,所以去了一家医院。警察找上了门,他夺路逃出了医院——翻窗,跳到一个空调主机上面,然后顺着跳下去了。不过他们拿到了他的视频。"

"我会找警察谈的,看看能不能看清他的脸。我有几位朋友,兴许可以来干这事。"几位并非局里的朋友。

"谢谢,柯珀。"

"睡一会儿吧，崔博士。再吃点东西，放上一个星期的假。"

C-130H 是从欧胡的希卡姆空军基地飞来的，搭载着一套 MASS——标准航空喷洒系统。这套系统能大范围喷洒化学制剂，通常都是用来应对石油泄漏和扑灭入侵性植物的。

而一旦喷洒农药，则意味着需要杀死大面积的昆虫。两名飞行员，帕姆·杰斐和卢埃林·麦考伊，有时会开玩笑——一如他们现在一边做着起飞前检查一边正在做的那样——说他们喷洒的是神仙水，用来控制芸芸众生，或者想让他们变什么就变什么，比如那些反基督徒或者那些整天意淫中央情报局和国家安全又有什么大阴谋的蠢蛋。因为那些整天鼓吹什么新世界秩序的蠢货总是觉得天空中出现的喷气是什么不祥之兆，然后便会跑到同一个网络论坛里开始唾沫四溅地聒噪一番，而这些论坛，向来都是那些认为登陆月球是假的而且 911 也是内部人干的这类疯子的藏污纳垢之地。

帕姆和卢埃林经常喜欢开玩笑，也喜欢彼此。他们秋季就准备结婚了，但目前还没人知道——他们不会大张旗鼓的。沙滩上的一个仪式，小范围的家人，一名当地嬉皮牧师，会很酷的。唯一的不足，便是他们可能再也不能一起飞行了。而且若是帕姆怀孕了，那一切更是会有一个天翻地覆的变化。

"我想生六个孩子，"她告诉他，"因为我有五个兄弟，而且我觉得有一大家子人也不错。"而此刻，一切都在计划当中。至少，差强人意，除了他们得去喷一座岛，干掉一些真正的入侵性蚂蚁怪物之外。"听起来就像是一个 B 级片。"卢埃林评价道。

不过，所谓末世场景，他们俩在过去几年时间里倒也没少看。而且，不光他们两个。C-130H 上面配有一个令人肃然起敬的团队：一名机长、一名副机长、一名领航员、一名飞行机械师和两名装卸长（不过今天由于是临时通知，只有一名装卸长在现场，而且没有飞行机械师）。卢埃林和帕姆所开的另外一个玩笑便是两人当中谁是机长谁是副机长，然后又喜欢说其实真的无所谓（不过帕姆是机长）。今天，团队成员是帕姆、卢埃林、德肖恩·迈克尔斯（领航员）和"赤火"罗宾斯（装卸长）。深水地平线事件时，他们便是一个团队。该死的英国石油公司。卡特里娜飓风过后，他们跟着就飞去了新奥尔良，杀灭蚊子。那副景象，简直就是人间炼狱：原本是道路的地方，已经变成了河流；破损的船只挤做一堆，那些清楚自己已被遗忘了的人们，将求救信息写在床单上，再铺到屋顶上。

他们做了起飞前检查，一切都很好。外面，卡车正在"赤火"的指挥下，装载喷剂。德肖恩已经将岛上大部分最有效的覆盖范围全都划分完毕，现在正抓紧时间打个盹。

帕姆和卢埃林握住彼此的手，轻轻捏了捏。

霍利斯冲向电台，他们已经找到了汉娜。

科尔显然是在同一名飞行员说话。兴许是艾纳自己的飞行员，他说不准。一个名叫沙利文的人。霍利斯拿过话筒，要求跟汉娜通话。科尔说他已经跟飞行员说过了。

随即汉娜便上线了。"听到你的声音真是从没这么开心过。"她告诉他。

"听到你的声音我也很开心，斯坦德。你到底在哪里？"

汉娜飞快地跟他讲了一下大致情况：他们大约半小时前离开的柯勒赫。岛已被密尔米顿蚂蚁占领，实验室里的大多数人都已经遇难。蚁群被偷了。

那儿果然就是一切的根源,他暗想,方舟实验室。不过,他还是觉得有许多谜团尚未解开。谁干的?艾纳?竞争对手?公司内部或者外部的人?一切都在一团迷雾里,找不到任何方向。

霍利斯告诉汉娜蚂蚁已经到了这边岛上,他也到了,人们正在死去……

随即电台便发出了一阵吱吱响声,她的声音开始变得残缺不全了起来。

"汉娜?汉娜?"

"——珀——在吗?"

"汉娜,千万别挂。伊泽被人袭击了,这个岛被占领了,人们进了庇护所,全岛隔离了。别降落在这儿,找一个别的地方,哪儿都可以。我可以给你前往欧胡的飞行许可,我可以……"

可她已经断线了,唯一留下的便是静电那低低的吱吱声。

科尔说:"可能是风暴的原因,干扰。用不着想太多。如果他们就在两百英里开外的话,要不了多久就能降落在另外一个岛上。"

"对,你说得没错。"霍利斯点点头,像是他真的相信这话似的。可在他内心深处,却生出了一阵不祥之感来。出问题了,事情不对劲。

就在这时,他听到了那声爆炸。

一切准备就绪,卢埃林打算去叫醒德肖恩。他想要把同伴给摇醒——可德肖恩却歪向了一侧。鲜血从他胸膛的一个弹孔中汩汩涌了出来。

卢埃林正要张嘴朝帕姆大喊,一名身穿黑色制服头戴黑色面罩的男子从后面一角现身出来,朝他胸膛无声无息地开了两枪,又朝着他脑袋打了一枪。

又有一个人现身,同样一身黑衣。帕姆甚至还没来得及起身,他们便将子弹射进了她的后脑。她的鲜血和脑浆,溅在了仪表盘上。

| 竞争排斥 | PART 4

两名男子随即离开了，但在此之前，他们又抬起帕姆的头，在下面放了一小块塞姆汀塑胶炸药。而且，这并非他们留下的唯一一块。同样的装置，他们还留下了另外三块。

当他们朝着自己在鸣沙滩海岸的船只走去时，右手边那人收起手枪，换上了引爆器。

他用大拇指勾住起爆开关，然后——

上午 8:30。

毒烟虽然有所减弱，但还得等一段时间才能散尽。从 C-130H 残骸上面升起的滚滚浓烟，已经消散成了一片灰白而又刺眼的薄雾。明火至少是灭了。

同指挥部相隔两个房间的地方，桌子上已经摆了两具尸体。两个一身黑衣的死人。他们被发现时，正朝着一条船而去。一条隐藏在孤岛的混乱以及黎明的熹微晨光当中，被人们所忽视了的船。他们外出的要求被拒，随即交火，两名男子中枪，身亡。

霍利斯坐在那儿，身子前倾，双手拄着膝盖，像是要把膝盖骨给按个粉碎。喷洒农药的机会已经丧失，至少还得再等十二个小时，等另外一架搭载有 MASS 系统的飞机出现，还得再等除虫菊精配置完毕，装载到上面。而在这段时间里，将会有更多的死亡、更多的蚂蚁、更多的蚁巢、更多的惊慌失措和不确定。

因此，当科尔带着坏消息出现时，几乎也就没什么可奇怪的了。他两眼瞪得跟鸡蛋一样大，声音早已沙哑——部分是因为吆喝自己人做事所致，部分则是因为吸入了外面的东西。他说："你得看看这个。"

霍利斯站起身来，感觉身体已完全和灵魂分离，感觉自己就像是一具行尸走肉。

来到外面，一开始时他并没有看清。杀虫剂燃烧过后所留下来的薄雾，让一切看上去都像是蒙了一层纱，而且还刺激得眼睛和喉咙难受。不过好在在海风的作用下，它们正在渐渐消散。不过很快，一个东西便从他身旁掠了过去，一个小小的东西。

接着又是一个，还有一个。

几十只，上百只。霍利斯注视着那一个个急速掠过的小飞虫，只见它们有的安然无恙地越过了薄雾，有的则仰面朝天地跌落在了地面上，纤细的腿蹬踏着天空中那些要了它们命的杀虫剂烟雾。

"什么东西？"科尔问。他举起手来，其中一只在他手背上停了停，这才飞走了。

"胡蜂。可能。"霍利斯说。要命，现在连胡蜂也来捣乱来了。

不过随即，便有一个声音在他们身后异常笃定地道："是婚飞。"是杰夫，那位昆虫学家。他对着自己的拳头咳了咳。

"什么？"科尔问他，"说人话。"

"它们是蚂蚁，这是他们的婚飞。蚁后寻找配偶，然后安顿下来，繁殖新的蚁群。"

霍利斯只觉得心里一阵发毛，抬手就要拍向空中，昆虫学家一把拉住了他的胳膊："别，别动手。在没有感觉到威胁的情况下它们是不会叮咬的。婚飞期的蚂蚁只对交配感兴趣，不具有攻击性，只有防御性。"

镇定点，霍利斯暗暗告诫自己，哪怕周围尽是这些飞来飞去的玩意儿。他缓缓走向看起来已经惊慌失措的科尔，道："咱们去里边，发布疏散命令。快。"

大海的声音,是呼吸的声音。潮起潮落,便是吸气和呼气;高潮时的海水,宛若鼓起的胸膛。

小艇载沉载浮,凯特再次趴在船舷吐了起来。在一艘被涂成了金翅雀一般的黄色八人救生艇上,汉娜挣扎着从小艇另外一侧站起身来,来到凯特身旁,拍打起了她的后背。凯特几乎将苦胆都给吐进了浪涛之中。

在他们身后,是漆黑而又骇人的风暴;而前方,则天青而云白。

"风暴正转向北方。"艾纳说。

"好。"这便是汉娜唯一能挤出来的话。

"我看到你在看它,我看到了你眼中的恐惧。我这是想安慰你。"

恐惧可不仅仅在我眼里,她暗想,它到处都是,在她身体的每个部分,每一个细胞里,正在唱着一首叫人不寒而栗的歌。

雷说:"我觉得现在还不是安慰的时候。咱们正漂在他娘的大海中央,连在哪儿都还没有搞清楚。"

"咱们当然知道咱们在哪儿。"汉娜说着,举起了一个从救生艇底部固定着的救生箱中得来的 GPS。既是一个信标定位器,也是一个差强人意的初级 GPS 定位系统。不过足够了。

他们此时距离考艾岛大约有五十英里。装备倒也趁手:钓鱼箱、医疗箱、防晒油、信号枪、手电筒、手摇式电台、闪光灯、日光信号镜等等。其中一些若是在柯勒赫岛上就有,那将会帮上大忙——尤其是电台,尽管它是单向的。汉娜对救生装备自小就熟稔于心,这救生艇还是高档货,专门用于深海远航的那种,完全能够抵挡绝大部分风浪,而且还配有一对船桨,尽管还没人动手去划。

现在大家都还只是坐在那儿,随波逐流。汉娜只要一闭上眼睛,眼前便会闪现出这样的画面来——

螺旋桨切开海面——

海水高涨,涌了进来——

她的头上,是一缕缕鲜血——

她游啊游啊,抓住了一个人的手——

两人一起沉了下去——

一串密集的泡泡——

被直升机给拖着往下沉,汉娜拼命挣扎——

附近有人,正在拼命鼓捣着一样又黄又亮的东西——

她游了过去,脑袋晕晕乎乎的,心里难受得像是要爆炸开来——

她和雷一起,让它充上了气——

艾纳道:"咱们都还活着,大家都应该开心才是。生命就是一份礼物。"

"去跟那些死去的人说吧。"巴里说,他一脸的死灰,比晕船还要糟糕,是绝望的颜色,"南茜、丹船长、巴菲。"

"咱们得去考艾。"汉娜道,哀悼的时候会来的,但不是现在,"咱们得前进,也就是说得用桨划。"

"考艾?"凯特从船舷挣扎着站了起来,抹了抹无精打采的下唇上的唾沫星子,"咱们不能去那儿。你说过——"

"我知道,霍利斯说那座岛也可能受到了波及。"

"那些蚂蚁……"凯特紧紧闭上了双眼,"如果蚂蚁真到了那儿,那咱们就不能去那儿。咱们得去一个安全的地方,换一座岛。"

"其他岛屿都太远。"汉娜没好声气地道。她在自己的声音里听出了焦躁、恐惧和犹疑。深吸一口气,她再次试了试:"欧胡光距离考艾东部就有八十英里,而咱们还是从西部过去。"

"我们说不定可以去尼豪——"

"离考艾太近了,可能也受到了波及。还有,咱们得解决这事,咱们有信息,是那儿的任何人手里都没有的。咱们得去帮忙,咱们有那个责任。"

凯特正要说什么,但被艾纳给打断了:"汉娜说得对,咱们有那个义务。而且我相信咱们这个团队,相信咱们能让情形有所改变。如果说那些怪物已经到了别的岛上,那它们也极有可能会到达大陆。而且一旦它们到了大陆——想想吧。"

四下里一片沉默,一张张严肃的面孔在打量着彼此。

终于,雷大声抽了抽鼻子,说:"那咱们最好开始划吧。"

汉娜努力在脑海中计算了一遍:一条用手划的小船在状态极好的情况下每小时能够前进十英里,可这条不是,它是一艘笨重的海洋救生艇,而且水流方向对他们不利。还有,他们目前所使用的人力,都已被推到了极限,正处于崩溃的边缘。因此,他们一小时最多只能行驶三英里。

五十英里的行程:假使一切顺利,假使他们能保持这一速度(看起来不大可能),他们也得花上十七个小时才能到达考艾。焦躁又在威胁着她。他们花的时间越多,可能会有越多的岛屿陷入灾难,越多的人就会死去,而且那些蚂蚁离开岛屿的可能性便会增加。

巴里说:"说不定他们会派人来的,咱们有 GPS 定位器。"

"咱们不能指望那个,"汉娜道,"即便他们派人来了,谁又敢肯定能找到咱们?GPS 定位器只能是在有人一直监控这台特定设备的情况才会有用。"她看向艾纳,"咱们该做这样的假设么?"

"说实话,"他说,"我从没做过这方面的强制规定。我甚至都不知道这救生艇上有定位装置。即便是有人知道该随时查看，我也不知道会是谁。"

"既然这样，"她说着，转身继续划了起来，"咱们还是继续吧。"

艾纳就在她旁边，同样也在操桨。他往她这边靠了靠："我一直在想啊，咱们虽然在坠机中弄丢了阿加伊的笔记，不过线索还没断，威尔还在外面。"

"他在，而且我的目标就是找到他。"

"我也一样。等弄到他的笔记，我就可以对付这场蚁灾了。咱们可以一起努力，来弥补他所造成的危害。就像我们在埃及伊蚊项目中所做的那样，繁殖出第二代密尔米顿蚁来——终结者一代。咱们在一代的时间内就能把它们全部消灭。"

"没那么简单，"巴里反对道，"蚂蚁具有完全社会性，它们的生命周期很复杂。"

"蚊子能一劳永逸，"凯特补充道，她站到了巴里一边，"公蚊子和母蚊子配对，母蚊子产卵，基因传递。蚂蚁不一样，每一种都有轻微区别。通常情况下，婚飞会围绕处女蚁后建立起新的蚁群。这些蚁后会和其他蚁巢的蚂蚁交配，然后离开，产下它新蚁群里的第一枚卵。问题是，蚁后并不需要持续交配。它们会把精子储存起来，每天产上一千枚卵，直到死亡——而且很多蚁后能活五个，甚至是十个年头。这样一来，蚂蚁就很难彻底消灭。你可以清除蚁群，可只要蚁后幸存下来，她就可以不停地产卵，砰，砰，砰。"

艾纳沉吟道："那咱们就设计一次婚飞。新的蚁后，长翅膀的处女，它们携带终结者基因。它们飞行，它们交配，新的蚁群最终就会变成致命的一代。"

"那是能抑制新的蚁群的增长,"巴里说,"能阻止密尔米顿的蔓延。可它对已经存在的那些,一样还是无能为力。"

"那就去想,"艾纳说,"开动你们的脑子,发挥你们的才华。咱们怎么样才能对付那些现存的蚁群?有什么解决之道?"

"用毒。"巴里回答。

"不行,"艾纳断然否定,"那不是一个可接受的答案。这事早就讨论过了。用毒是一种粗暴的手段。如果你不过是一名小地方的虫害控制技术员,那这个法子可能还会管用。如果只想杀死某个单一蚁群,用毒兴许也可以。咱们需要的是更大的东西,咱们需要革新。你们都是天才,拿出点天才的样子来。"

"酵母,"凯特说,"咱们培育一种新的酵母出来。酵母都是真核细胞,够简单。它能致人生病,尤其是那些有免疫缺陷的人。不过,要是咱们把一种只会让蚂蚁生病的酵母喂给蚁群……"

巴里俯身上前:"就是!蚂蚁从根本上来说是可以预测的小王八蛋,对吧?你野餐时掉到地上的食物立刻就会被它们给爬满,可它们并不是在吃它,不完全是。它们把它吞下去,装在胃里,带回蚁巢,然后再把它从嘴巴或者它们的,嗯,后门里吐出来,喂给幼虫、同伴或者——"他满含期待地指了指汉娜。

"蚁……后?"她犹豫道。

"完全正确!请给这位女士一只玩具熊猫。它们会把它喂给蚁后。要紧的是,蚁后指定会吃。所以咱们带上这种酵母,这种带病原体的酵母,把它喷得到处都是。只要它对人类和环境无害就行。蚂蚁开始啃它,把它装在胃里,送去给蚁后,杀死它,还有它们。缓慢但有效。天,如果你要是再癫狂一点,在里边弄上点冬虫夏草这类的东西——把它变成一种蛊毒的话——不过我觉得咱们没那个时间……"

汉娜说:"这也就是说你们甚至不需要改造出新的蚂蚁,不需要去创造终结者版本。"

"我不同意,"艾纳说,"终结者会是咱们的首要手段。咱们不能想当然,考虑到威尔创造出来的这些密尔米顿的数量,很难说它们一定不能进化出适应性酵母,一种甚至都还没有被创造出来的酵母来。只要咱们找到威尔,或者,至少把他的研究弄到手,那这些蚂蚁是很容易就能复制的——"

凯特点头道:"培养一种新的酵母需要足够的时间,简单是简单,但是它毕竟是一个全新且未知的东西。"

汉娜注意到凯特此刻看上去好多了。这些科学家们都对这个可行的解决方案感到激动兴奋,这是一个完美的分散注意力的方法。而且汉娜还注意到艾纳此刻的指导行为,不是一些愚蠢的单纯建立团队的行为,而是带领他的队员们去思考更好的方法。这就是为什么他会是一个领导者,又不仅仅是一个领导者,更是一个梦想家的原因。

这个梦想家说:"这现在只是一个计划,我们得先到达考艾,然后用最快的速度找到威尔,我知道他会躲在哪里,所以我和汉娜可以先去找他……"

汉娜打断了他:"我觉得咱们不应该单独行动,咱们该去找霍利斯。咱们去鸣沙滩,去基地。"

"等我们到了那儿,然后呢?"艾纳问,"就坐在那里等着蚂蚁到来?等着死亡人数翻番?占据基地的可不仅仅是军方——一个被官僚作风给毁了的组织——还有几十个相互竞争,都笃定自己手握此次危机的解决之道,并吵嚷着究竟该由谁来做这个英雄的公司。而同时,我们的双手却全都被那些官样文章给捆得严严实实。咱们必须在还有选择余地的时候,抓住一切主动权。"

"咱们别忘了,"雷说,"只要你一露面,他们就会把你扔进一间屋子,问你问题。"

汉娜清楚雷说得没错,而且赞同他这话。她虽然没有明说,但如果能将艾纳给扔进那样一个房间,她将不惜一切代价。

"他们会的,"艾纳说,"他们会刨根问底,然后让我来为这件事负责。"他犹豫了起来,声音中略微多了一丝真诚。这让汉娜很是意外。是真的吗?还是只是表演?"而且他们也应该这么做,这是我的公司。威尔和阿加伊都是我的雇员。所以,没错。我承认,我也想成为那个解决问题的人,因为那就是我偿债的方式。不是坐在一个房间里,被一个蠢得没法进大学只能来军队服役的低能儿问这问那。"

在他们身后,辽阔的海面上雷声滚滚。前方,远远地露出了一片薄薄的狭长小岛的身影,似乎便是他们此行的目的地。一想到那里将会是怎样一幅景象,汉娜便觉得恐惧像是生出了纤细的腿,在她皮肤上爬了起来。

夜。月色笼罩着退向太平洋的潮水,小艇乘着浪涛冲向海滩。五人踏着水,将它拖到了沙滩上潮水鞭长莫及的地方。

不用再坐下去,汉娜很是高兴。尽管双臂和肩膀都已酸痛得颤抖起来,可她却突然感受到了一份莫名的鲜活。

"这他娘的是哪儿啊?"雷问。

GPS在艾纳手里,他点了点屏幕:"帕卡拉,威美亚东南。"GPS屏幕的亮光中,他脸上闪耀着那标志性的微笑,"还有好消息:咱们有手机信号了。信号塔还完好。"

艾纳走开了,一边走一边拨着号。

雷说:"这岛黑得要命。没电了。"

"蚂蚁应该没能力毁掉电网吧,对吗?"汉娜问。

凯特用睡意蒙眬的声音提醒道:"噢,疯蚁会破坏局部,可这个要比那个大得多。"

"也许岛上黑是因为晚上。"雷说。

"或者也有可能是,"汉娜说,"这些密尔米顿要比普通蚂蚁聪明。"

"没有蚂蚁是不聪明的,"巴里说,"它们有的是群体智慧,超级智慧。"

凯特耸耸肩:"不过,威尔和阿加伊还是做出了一种真正的科学怪人式的怪物来。天知道这些蚂蚁都能干些什么,它们就干掉了咱们的座驾。"她说的是直升机。

就在这时,汉娜做出了决定:凯特和巴里都跟密尔米顿没有任何关系。这是一个仓促的决定,她清楚。可一来她必须选一些能够信任的人出来,二来这两位——他们本就不是那类人。她看不出他们俩有谁会去染指密尔米顿的制造。

不过现在,还有一个更大的问题:他们俩到底是留下还是离开?要是留下,他们便能成为一份现场资源,帮助她或者霍利斯。他们懂得很多,会很有价值。不过,这事看起来还远没到头,如果有一天终能走上法庭,她需要他俩出现在证人席上。专家级目击证人,对于这儿所发生的一切,能够提供非常有价值的证言。她不能让他们因为自己的拖累,而死在这个岛上。

这是一个艰难的抉择，可她最终还是决定了：

"你们两个，"汉娜对凯特和巴里说，"你们得离开这岛，找一个安全的地方。"

巴里笑出声来："哪儿安全？这儿？还是另外一个岛？"他呻吟一声，坐起身来，沙子从他后脑勺上纷纷坠落，"我死也不想再上船了。"

"你们回艇上，划到与海岸平行的位置。至少去找一处码头，说不定能找到一间小吃店或者吃的什么的。"

"我们不是像你这样的幸存大师，"凯特说，"我们去那外面就等于送命。"

汉娜皱起了眉头，他们说得很有可能没错。

艾纳朝他们走了回来，一边走一边对着电话道："喂，喂？对。"他的笑容又回来了，"对，没错。我们就在帕卡拉附近。我说不清具体位置，在海岬附近。对，对，我们可以。谢谢你，柏诺。"他将手机放进裤子后兜里，对其他人道："咱们有车了。"

"我能借电话用一下吗？"汉娜说着，伸出了一只手。艾纳犹豫了一两秒，随即给了她。她故意忽略了他那片刻的犹豫——他为什么要犹豫？他在害怕什么？可现在没时间去担心这个了。汉娜接过电话，回忆了一下霍利斯的号码，拨了出去。

铃声响了一遍又一遍，转到了他的语音信箱。

要命。那，要不试试基地？

她打给了声讯台，他们肯定知道鸣沙滩的电话。

"嘟"的一声，随即便是自动回复：您所呼叫的号码有误，请查证后再拨。

一次深沉而又焦躁的呼吸。一种没着没落的感觉，几乎将汉娜给淹没了。艾纳道:"咱们要去找我们的车子去了。"

汉娜对凯特和巴里道:"你们也走路去,朝反方向走。"

"等等,什么?"凯特问。

"鸣沙滩就在岛的西南部,已经不远了。如果这儿就在威美亚附近的话,那就只有……"她转向艾纳,"多远来着?"

艾纳耸耸肩:"十英里,最多十五分钟。"

"你们得走着去那儿。踩着水走会安全些,哪怕只是把脚放里边,蚂蚁……也应该到不了你们身上。"

"可万一我们到了那儿,整个地方都已经面目全非了呢?"巴里问。

汉娜最真实的回答应该是:那我也不知道了。不过她说出来的却是:"那就找一条船,待在水里,等待救援。"

两人点点头,脸上的表情一目了然:凯特和巴里心里也没底。他们累了,筋疲力尽,而且更多的是,害怕。可他们还是默许了,也只能这样,因为根本就没有别的选择。

于是他们道了再见。在此期间,汉娜一直在祈祷,祈祷自己并不是在判处他们的死刑。她在对她平时并不相信的神主做祈祷,内容很多:祈祷霍利斯还活着、祈祷他们能够找到威尔、祈祷自己不要被蚂蚁杀死、祈祷这不过就是一场噩梦她很快就能醒来。

汉娜、艾纳和雷朝北而去。

月明星稀,高高的郁金香和凌乱的铁心木,将枝丫指向零落的星辰和被月色点亮的云彩。三人在树木的掩护下悄然前行,脚下坚硬的泥土和树枝不时会发出咔嚓一声响,蚊子在吮吸着他们的鲜血,有一次雷还兜头撞上了一片蜘蛛网,被吓了个半死,疯了似的挥舞着双臂拍打起了那些看不见的丝线。

不过这一路上,汉娜担心的倒不是蚊子或蜘蛛,而是满脑子都是蚂蚁——正悄无声息地在地里爬行。它们会不会已经钻进了地下?藏进了土里?书到用时方恨少,岛上的幽暗在树木下面更甚了,一如她知识的黑洞。一切都是未知。它们是不是已经杀死了所有的人,已经去了其他岛上?她和霍利斯的短暂通话已经过去了差不多二十来个小时了,而她所听到的那些只言片语,令她到现在还心有余悸。它们到处都是。死人了,庇护所,隔离。

她打了一个寒战。浑身都已湿透,她很冷,很害怕。

"瞧。"艾纳说。

灯光,从树木间透了过来。汉娜花了一小会儿工夫这才让目光适应过来,它就在那里——一栋房子。不,是一套庄园。寻常房子不会有配楼,不会有泳池,不会有套房和众多露台以及硕大车库,可这儿全都有。汉娜的第一个念头便是走上前去,扔一块石头砸破窗户,找吃的。

这一念想,让她不由得愣了愣。咱们堕落的速度多快呀,她暗想。她是一个遵纪守法的人,她在为联邦调查局工作。可在一场危机刚刚露出端倪的时候,她的反应便是连想也不想便闯入一个有钱人家的房子?盗窃?抢劫?杀人?

也许她父母说得没错。若是这个社会崩溃,那即便是最遵纪守法的人,也会管不住自己的眼睛和双手。道德和文明是飞速崩塌的外表,露出来的是隐藏在下面的人类天性那犬牙交错的乱石。

雷道:"咱们可以去里面,找吃的——"

"不。"汉娜打断了他。守住底线,保持文明,别变成你母亲。"咱们继续走,还有车要搭。"

50 号高速公路是在一片死寂的黑暗当中刻出来的终点线。满是红色尘土的护栏,似乎上辈子见过,但其实不过是数天之前的事情。微风中,荒草摇曳。

四下里鸦雀无声,是死一般的沉寂,乱葬岗一般的沉寂。头顶上的电线在嗡嗡作响,唯独丝毫不闻车子的往来之声,更别提飞机或直升机了。尽管看不见,不过她倒是知道海是船只的家园,因为乘着救生艇一路过来时,他们便曾在这外面的水面上看到过闪烁的灯光。聪明的法子,她暗想,以此来躲避密尔米顿蚁群所引发的灾祸。

现在,他们只能站在那儿,等。

雷率先打破了沉默:"不管你那位司机是谁,看来都不会来了。"

"他会来的。"

"咱们应该想一个备用方案。"

"用不着。"

"后面那栋房子,咱们可以过去,破门而入,弄些吃的,说不定还可以找到一把车钥匙。说不定——"

汉娜打断了他,语气很严厉:"司机会来的。如果艾纳说他会来,那他就会来。"

"呵,现在我们全都相信艾纳了。"

艾纳转过了身来,一脸笑容,被这样的爆发给逗乐了。

"你还不相信?"艾纳问,"即便到了现在?"

雷被逼到了墙角,似乎有些进退两难。汉娜也拿不准她究竟该怎么做。现在还不是时候,她不确定自己是否真的信任艾纳,但这场战役大可以放到以后。他们都又累又饿,疲惫不堪。最后,雷道:"我只是想说,这里边的失察是显而易见的。之所以会发生这一切,就是因为他没有管好自己的人。他让精神病患者来到他用钱铺出来的大操场上玩耍。神奇啊,神奇,然后他们全都变成精神病了。还有,咱们怎么知道他不是在耍咱们,最大化他的利益?他说过他不想让其他公司插手是因为这是他的责任,可说不定他在乎的还有他的钱袋子哩。"

"我的钱袋子?"艾纳问道,随即笑了。他伸出双手,像是在向上苍祈祷。"你比任何人都清楚我的公司是怎么运作的,雷蒙。几乎每一项生意都在赔钱。电池?风能发电场?我想要的是改变世界,不是发财。"他最后这句话,像是和着胆汁说出来的:"这个世界是由有钱人操纵的,是被他们蹂躏的。我的祖国差点就被有钱人给毁了。有的人掌握着所有的财富,有的人手里一分钱也没有,这中间的差异是一条越来越难以逾越的鸿沟,而我们大家都正在滚入其中。我在努力拯救这个世界,而你却在怀疑我的动机? Farðu í rassgat! 操你妈。"

"操你妈。"雷小声嘀咕道。

"伙计们,"汉娜说,"咱们的车。"

高速路下面,车灯已经现了出来。

那辆林肯城市像是已做好了应对世界末日的准备。柏诺似乎是对牛皮胶着了魔,用它们将仪表盘的缝隙、出风口以及引擎盖外面(所有的缝隙)全都给严严实实地封了起来。除此之外,整辆车子还散发着一股杀虫剂的味道。

后座上,坐着汉娜和艾纳,雷就挤在两人中间。

莫阿娜,柏诺的姐姐,咬着后槽牙,在副驾驶座上一脸阴沉地盯着他们,脸上的不悦一目了然。

"你就是那个有钱又有钱的人。"她对艾纳道。他礼貌地笑笑,点了点头。"这次你得开一个大价钱。"

"对,我会的。"

"莫阿娜,嘘。"柏诺嘶声道。他不好意思地笑了笑,一脸的紧张,似乎不愿意得罪任何人,哪怕外面已是实实在在的末日之景。"别担心,艾纳先生,我们已经保护住你了。请问今天咱们去哪里?"

"北沙滩,"艾纳说,"怀尼哈。"

"啊,好,当然。您知道,"柏诺舔了舔嘴唇,道,"怀尼哈在我们这里是'不友好的水'的意思。"

"那他娘的可真是再贴切不过。"雷在两人中间扭了扭身子,发起了牢骚。

"嘘。"汉娜对他道。现在还不是时候,她不能让任何事情干扰此行的目的:前往岛屿北部,找到威尔;还有,如果有可能的话,也找出剩下的蚁群。

莫阿娜依然在前座上盯着他们,眯着两只眼睛:"你们三个最好坐稳了。在死人,蚂蚁占领了这个岛,就像是电视里的丧尸片,只是那些不是丧尸,是蚂蚁。它们咬你一口你就会倒下去,砰。然后它们就会啃你的脸,你的手,你的蛋蛋。有些人跑去了庇护所,可有的庇护所也被它们占领了。酒店收留有钱人,保护他们。庇护所被那些大麻贩子给隔离了。在这外面只能自己照看自己。偶尔会有直升机过来,给我们运来药品和吃的,可现在也停了。人们开始嘀咕,说他们会往我们头顶扔上一颗炸弹,大炸弹。"她抽了抽鼻子,"起先我还想,这些蚂蚁说不定能从白人手里把我们的岛给夺回来还给我们,可它们也朝我们来了。对于那些小蚂蚁来说,我们就是砧板上的肉,美味又好吃,毫无抵抗力。"随即,她笑了笑。"不过它们还是要比你们这些游客要好。"

接下来，她便爆发出了一连串疯了似的大笑。

他们仿若穿行于一座死亡之岛。一路上，屡屡见到房屋被人用塑料和木板封了起来，严实得让汉娜有些搞不清它们到底是庇护所，还是坟墓；路边尽是各种各样的车子，有的撞在了树上、护栏和电线杆上，有的被遗弃了，有的上面还有人——车主就死在方向盘后面，脸上鲜血淋漓。柏诺一边驾车前行，一边摇晃着"雷达"罐："别担心，它们进不来。"

柏诺在一路絮叨着。汉娜靠在椅背上，闭上眼睛养了一会儿神，不是为了睡觉，而是想要找回自我，在内心的激荡中找回些许的平静。柏诺继续唠叨着，主要是说一些他小时候的事，比如有一次他被一条小鱼给咬了，却告诉所有人那是一条大鲨鱼，或者他在一个叫做号角的海洋喷泉中弄丢了帽子的事。不过她听着听着，便从他的话语当中听出了恐惧来。他在为自己的家人担心。他说他们在一个安全的地方，在一条船上。可她听得出来这事连他自己都不相信。他也不该相信，因为没人是安全的。不过在船上总好过在陆地上，她把这话告诉了他。

最后，她要求再看看那个 GPS 定位器，想看看能不能再试着给霍利斯打个电话，可电池已经完全没电了。

道路穿过科洛阿，拐向了北方。在一圈亮光中，她看到了一栋孤零零的房子，于是问："前面那个是百货商店吗？"

"科洛阿镇商店，"柏诺说，"对，但是我们不能停车的。"

"他们有没有药品？或者百货？"她在想，如果能弄到点能够抵御蚂蚁的东西，那可就太好了。椰子油能够提供油酸，要是她再找到抗菌喷剂……

聊胜于无吧。

"当然。可能有。一些非处方药，食品之类的绝对有。"

"我想下去。"

"坏主意，"雷说，"咱们继续走。"

"咱们需要一些防御措施。"她跟他们说了油酸和抗菌喷剂组合的事，告诉他们阿加伊觉得那就是威尔用来抵抗蚂蚁的东西，"还有他们说不定有吃的，反正我知道我饿了。"

艾纳道："我同意，咱们可以全都去。"

"我一个人去就行，"她说，"我不想拖累任何人。"

"我就停到外面，"柏诺说，"然后再绕上几圈。绕圈的时候来接你，好吗？"

她点点头。他缓缓开过去，停在了外面。

汉娜用力推开店门，径直走了进去。

店里潮湿而又昏暗，前半部分摆放的都是媚俗的夏威夷旅游用品：草裙啊椰壳文胸啊，以及提基马克杯和小酒杯什么的。

她抬腿朝着商店后面走了一步，随即侧耳听了听。一阵似有若无的声响传了过来，像米花在新鲜牛奶中爆裂的声音。

汉娜越过货架，看向了柜台。一具尸体仰面朝天地瘫坐在一把椅子里，面孔上尽是星星点点的黑点——苍蝇纷飞，从一边脸颊到另一边脸颊，从鼻孔到前额。两颗眼珠鼓了出来，白得吓人。牙齿也一样。一颗脑袋，在轻微地前后移动着。

味道传至鼻端，是难闻而又熟悉的味道。这是一处巢穴，她得赶紧行动。哪样更要紧？食物还是防护？肚子一阵咕咕响，给出了答案。而且在生存手册上，吃的绝对排在前列。可这儿要是已经有了蚂蚁……

地板上有几只小小的塑料购物篮，汉娜抄起一只，急急朝着商店后面而去。药品通道只有一条，有么一会儿，她暗暗觉得怕是找不到自己想要的东西了。不过好在她想错了，这毕竟是一个炎热而又潮湿的岛屿。如果说这世上只剩下了唯一一个会让人能得脚癣的地方，那非此地莫属。这也就是说，有两罐退癣抗菌喷剂赫然就摆在货架上。她将两罐都抓了过来，接着又火急火燎地绕到那两条百货通道内，开始用小臂将各种食物朝着篮子里边扫。格兰诺拉燕麦棒、成袋的薯片、巧克力，不过都是一些垃圾食品，可管用，而且她那早已收缩得像是一条盘起的蛇的胃，还在不断地提醒着她自己是多么的饥饿。随即，她便瞥见了一罐椰子油，把它也给扔进了篮子。现在，只要再找一个空的喷剂瓶，她便可以做出自己的混合喷剂来了。

她转身朝着前门而去——

一队半英尺来宽的黑色蚂蚁，已经越过了前门，小小的触角，已经捕捉到了她的味道。它们知道她就在这儿，只是还不知道她的具体位置。

那个时刻终于来了，清晰得一如鸣响的钟——它们侦测到了她的具体位置。黑色的河流突然从正中一分为二，两股都开始朝着她涌了过来。

这儿肯定会有一扇后门的，必须得有。汉娜暗骂了自己一声：刚进门时为何不先观察来着，不过现在她已经没有了选择。她掉头便朝着商店后面奔了过去。先是一条窄窄的通道，然后是一间办公室和一个卫生间，然后——

出口。

她扑了过去，扭了扭把手。门没有开。她检查了一下门把手，寻找着插销……可没有。不过，当她推了推门，门倒是罅开了一点，有东西从外面将门给堵住了。

她开始寻找窗户，寻找另外一扇门，寻找出路。

可这是唯一的一条。

蚂蚁汇成的河流已经分了开来，它们正涌上墙壁，穿过天花板，爬了一地。较大一些的蚂蚁在驱赶个头较小的一些，或者是在保护着它们。它们张着两颚，斜斜地对着她的方向，像是一种疯狂的昆虫礼仪——像是一份承诺，一种威胁。

它们已到了十英尺开外。

九。

八。

汉娜用肩膀疯狂地顶起了那门，一次又一次。它又罅开了一些——通过下半部分门缝，她已能看到一条黑线，正是挡住了她逃生之路的那东西。

七英尺，六英尺……

汉娜飞快地将手探入栏内，在食物中摸了摸，找出了其中一罐退癣喷剂。它还没有同椰子油混合，但已经来不及了。她扭下盖子，开始往自己身上喷去。一阵刺鼻的化学味道，立刻飘进了她身前的空气中。她满眼泪水，生生压下了一声已到嘴边的咳嗽。从头到脚，她把自己喷了一个遍——

五英尺、四、三。

她紧闭双眼，把脸和头发也喷了一遍。浑身上下每一丝肌肉都紧张了起来，她知道它们来了。纤细的脚在抓挠着皮肤，两颚已经咔哒合拢，毒刺已经刺出……

不过那个时刻最终也没到来。蚂蚁聚集在距离她双脚一尺之处，停

| 竞 争 排 斥 | PART 4

了下来,两颗朝天,触须抽动,转着圈,像是丢了信号的卫星天线。

管用了,喷剂管用了。她也不确定究竟是化学味道太过于强烈的缘故,还是它已经开始根除她身上的那些念珠菌。不管怎样,蜂拥而至的蚂蚁都已开始解散,如潮水一般退回了商店。

等到蚂蚁真正走了之后,她这才对准那门的合页附近狠狠踹了一脚。门并未向外崩出,也就是说还得把那该死的东西给踢断才行。

木头很脆弱,合页很老旧,仅仅几脚过后,下方的合页便"咔嚓"一声松开了,汉娜将手从缝隙里伸进去,将那扇门给整个扭了下来,将它靠在了墙上。

商店后面,露出了一辆车,一辆老旧的福特护卫者,引擎盖就顶在门上,却没有撞破墙壁,因此不管是谁干的,开得都不快。方向盘上,趴着一具尸体,脑袋上没有头发,被剥得只剩下了肉和骨头。

汉娜抓起商店的馈赠,爬上引擎盖,从车尾跳了下来。在此期间,她在挡风玻璃内侧又看到了几只游荡的蚂蚁。它们并没有发现她,她也假装没有看到它们。

她朝着马路走去,去等那辆林肯。抗菌药物果真管用,她得把这一消息告诉霍利斯(若是他还活着的话,她暗想)。不过首先,它们得去威尔在北岸的家,那是优先项。是他设计的这些蚂蚁,他知道如何阻止它们。他必须知道。

片刻过后,她觉得自己似乎听到了引擎声,可什么也没有。焦躁犹如一只噬骨的老鼠,在不断地啃咬着她。不远处,是几只被苍蝇围住的死鸟——几只鸡,既没有羽毛,也没了皮肉。

马路对面,她瞥见了什么东西,黑乎乎的一堆。又是一具尸体,她意识到,人类的,一身黑衣。她暗忖:那是制服吗?说不定是一名军人,海军或者陆军。可他们不是应该穿防护服吗？或者，好歹也该穿传统的迷彩？

又是十秒、二十秒、三十秒过去，她暗想，去他的，随即过了马路。

果不其然，那是一具从头到脚都穿着制服的尸体。一顶巴拉克拉瓦帽被拉下罩住了脸，不过露出的那一小部分脸上面已看不到皮肤，尽是淋漓的鲜血，红得就像是一块生牛肉。在他的后腰上，挂着一个枪套。汉娜伸下手去，解开套子，从里边抽出了一支手枪，看起来像是一支黑色的 HK45 战术手枪。

枪套上面还有一个侧套，像是用来插消音器的。不过里边空无一物。这家伙不是军人，是一名 PMC——雇佣兵。

谁正好身为一个雇佣兵集团的董事来着？阿切尔·史蒂文斯。莫非这具死尸也是一名"黑暗之心"？那就意味着阿切尔可能脱不了干系。

这也就是说……和艾纳没有关系。

汉娜将枪插到了裤腰后面，拉下衬衫将其盖住。恰在这时，一对车灯缩短了黑暗的距离。安全总比抱歉强，她暗想。每当出什么乱子，妈妈总会把这话挂在嘴边，说你最大的敌人不是引发灾难的东西，而是你身边的人。真正终结这个世界的，只会是人，这是她的口头禅。很有讽刺意味，但现实就是这样。

她挥了挥双手，小跑上前，林肯缓缓减速。上车后，她并没有跟他们说起手枪的事。本身就是一名枪支收藏者的妈妈的话，言犹在耳：

永远别告诉他们你身上有家伙，汉娜。

竞 争 排 斥 | PART 4

汉娜兴许不会告诉他们枪的事,但指定会说起那具尸体。哪怕是看看他们的反应也好。这事对他们来说真有什么别的意义吗?听完她的叙述,艾纳和雷互相对视了一眼。

"什么意思?"她问。

"听起来像是一名雇佣兵。"雷说。

"我也是这么觉得的。"她说。

"雇佣兵?"艾纳问,"雇佣兵怎么会对一个蚂蚁泛滥成灾的小岛感兴趣?"

"我不知道。"这话倒是真的,只是她故意没提此事同阿切尔·史蒂文斯有着莫大的关系,"不过它确实让情况越来越复杂了。"

艾纳俯身上前:"现在也许是时候提提我那位竞争对手阿切尔·史蒂文斯了,他曾是一个私人军事集团的董事。黑暗之心。"

曾是。过去式。说漏嘴了?无意的?故意的?还是,不过就是一个简单的语言障碍?她管住了自己的舌头,可疑云却蔓延了开来。汉娜很想相信艾纳之所以会说起这些,不过是因为它同当前情势有关。不过她知道一些审讯者会利用技巧,用某些信息来引导罪犯,牵着他们的鼻子走,再将他们推入结论,从而诱使对方招供——有时是莫须有的罪名。

"史蒂文斯可是相当有钱的人,"雷不自然地在座位上扭了扭身子,"不过那他娘的应该也会对威尔的胃口吧?你们是觉得他和阿加伊都跟这事有关?比如,买卖?"

"只要有足够的钱,任何事都是有可能的。"艾纳说。

汉娜皱起了眉头:"不过,威尔不像是那种人。这事对他来说并不一样,不是为了钱,而是为了名声。就跟一名连环杀手为了精神或情感上的原因而杀人一样。"

"说不定他不过是一个高明的骗子,"艾纳道,"想想他一开始是怎么瞒过咱们的。他是一名象棋高手,有可能他早就知道需要对你撒一个谎,于是精心编造一段故事出来,好满足你身为FBI内部人员、一名深谙罪犯特征的顾问的视角。"

不过,汉娜倒是在想,那确实不是她的专长。她的专长是未来主义——未来将会如何拼凑人类的末日。威尔是知道这一点的,所以,如果他真在给她编故事,如果真是他精心设计了一个骗局的话,那这个就是吗?某个人的高谈阔论,确曾提及过她的生活、她的成长、她的恐惧……

"有一件事是肯定的,"汉娜说,"咱们得找到威尔·加拉西。"

莫阿娜回头看了一眼:"我只知道有一件事是肯定的,那就是我都等不及要把你们几个王八蛋从我弟弟的车子后面给扔出去了。"

前往考艾北岸的路,将他们带上了东海岸——路过了马路上那些遗弃的汽车和尸体,越过了一所窗外挂着的床单上面写着"救救我们"几个字的小学,把一架依然还冒着青烟的海军UH-1"休伊"直升机给抛在了身后。远处,又是一片冲天的火光,偶尔还能听到几声惨叫和枪声。窗子不是破了就是用木板给封死,房门要么早已从门框上掉了下来,要么就是被包了起来。有时,当他们坐着车子过去时,汉娜总能看到一些掠过的身影。幸存者?军人?或者更有可能是:眼花了。

柏诺一言不发地在汽车残骸间穿行着。他们绕过了东北部海湾,穿过了卡帕亚、阿那霍拉、基拉韦厄,四下里安静了许多,植被也更加茂密了起来。树多了,阴影也多了。他们一路驶过黑魆魆的岩石和澎湃的海浪,

| 竞 争 排 斥 | PART 4

车子在雨林的华盖和低垂的棕榈树下滑行着。终于,艾纳将车子指向了一条狭窄而又坑洼不平的小道,随即朝着一条破破烂烂的车道指了指。

"这就是威尔的家。"他说。

那是一间桃红色的小平房,一段快要散架的阶梯,从车道连向了屋前的深色木质走廊。房子四周,皆是摇曳的幽暗林木。

一片温暖的亮光,从屋内透了出来。汉娜看到一个人影从前窗后面跑了过去,速度非常快,一晃就不见了。

"有人。"她说完,把退癣喷剂递了出去。他们全都把自己从头到脚喷了个遍。

艾纳告诉柏诺:"别熄火,柏诺,谢谢。"他、雷和汉娜下了车子。空气清冽而潮湿,树木在微风中窃窃私语。汉娜听到屋内传来了一阵收音机的吱吱静电音,广播的声音随即戛然而止。在她身后,那支枪顿时沉重了起来。

雷一声不吭地走到二人前面,朝着那条封闭式走廊而去,木板在他脚下嘎吱呻吟。下方的格子板上,靠着一把小小的园艺铁锹。他看了看,身子后仰,将它抄在手里,这才朝着纱门靠了过去。

汉娜并未看到蚂蚁的踪迹,但一股熟悉的味道在刺激着鼻腔,让她不由得回想起了环礁上的那个特别项目。这个味道,正是威尔用来阻挡蚂蚁的混合物的味道。

雷向她和艾纳使了一个眼色,艾纳点了点头。

一声刺耳的嘎吱声响,纱门开了。汉娜只觉得浑身上下一紧,立刻做好迎接攻击的准备——一声枪响、一声尖叫、一把尖刀、一片下雨般的蚂蚁。可透过门口的亮光,汉娜只看到雷先是看了看自己右边,接着又看看左边,随即转回了右侧。他正在看一个人,"你是谁?"只听他问道。

屋内,一个女人正坐在一张小小的转角餐桌前,来回拍打着一个克里奈克斯纸巾盒,一堆用过的纸巾,就扔在一旁。她用一双红肿的眼睛,打量着这三个不速之客。

一条紧急广播,伴随着一阵吱吱声和劈啪声传了出来:——知——岛——急——蚂蚁——军——

那女人一头黑发被拢向脑后,胡乱扎了一个马尾。汉娜留意到,她很漂亮。她用目光搜索了一遍四周,窗子和门。正前方,是两扇对开玻璃门,后面想必是后院;旁边,是一个屋角,连着一条过道;再往后,便是一个破破烂烂的厨房,房门大开,足以看清里边没有任何人。

"你就是艾纳。"女人对艾纳道。

"我就是。"他这回答,既谦卑又不动声色地堵住了对方的话头。汉娜不由得在想这究竟会是怎样一种感觉:做一个人尽皆知的人,做一个众说纷纭的人。

"威尔不在。"那女人说完,擤了一把鼻涕。

"那小王八蛋去哪儿了?"雷问。

汉娜拖了一把椅子,坐到那女人身旁:"我叫汉娜·斯坦德,是FBI的一名顾问。你叫什么名字?"

"瑞秋。瑞秋·凯莉。"

"瑞秋,你知道出什么事了吗?"

几滴新的泪珠,开始在眼角打转。

汉娜道:"威尔卷入了一件事。我们目前还不知道具体是怎么一回事,但我们确实知道现在,就在考艾,所发生的事情,他负有部分责任。不过,也不能说全都是他的责任。你能帮我们搞清楚吗?你有没有可以告诉我们的？有没有什么消息？"

"我知道的不多。"女人说。她说得含混不清，带着浓重的鼻音。汉娜在想她是否知道威尔究竟是怎样一个角色。她现在是已经完全了解内情了呢，还是只是初窥门径？像是看穿了汉娜的念头，瑞秋发出了一声苦涩而又伤感的笑："我唯一知道的，就是婚礼取消了。"

汉娜挤出一丝微笑，握住瑞秋一只手，给雷使了个眼色。雷点点头，消失在了屋内。艾纳丝毫没动，就站在瑞秋身后。

"瑞秋，你知道威尔在哪儿吗？"

瑞秋犹豫了一下，就在这一刻，汉娜已确定她知道。

"瑞秋，如果威尔真跟这件事有关，那我们需要你把你所知道的全都告诉我。如果你想要他安全，那你必须开口。那些密尔米顿蚁群可能就在他手里，而我们都知道那些蚂蚁是非常危险的。我们来这儿，并不是想要害谁，而是过来了解情况，找到威尔并带他回家的。可这件事全看你的了。你肩上的压力很重，这我知道。可它改变不了这一事实：要是你想救威尔，要是你爱他，那你就得告诉我们他去了哪里，我们好去找他。"

瑞秋咽了一口唾沫，眨眨眼忍住眼中的泪水，转过了头去。就在这一刻，汉娜明白自己已经丧失了机会，这个女人只会把自己隐藏得更深。不过随即，她便叹了一口气，和盘托出："他收拾了一些装备，徒步装备。他带走了他的笔记本电脑，告诉我他总有一天会回来，我告诉他说别麻烦，这话好像伤着了他，真的伤了他的心，你知道吗？然后他就走了，就那样走了。"

徒步装备，汉娜暗想，他这是打算徒步深入考艾内陆，或者前往岛屿西部海岸。这也就是说他会走纳帕利海岸，选择那条最热门、也最危险的——卡拉劳小道。

"他对纳帕利熟吗?"

瑞秋点点头:"他每年至少会去那儿徒步一次。"

"你也了解徒步吗?装备?"

"嗯,对。一点点。"

"他有没有带净水器?"

"我想带了。"

"攀岩装备呢?"

"没有。我想那东西还在车库里,你们可以检查……"

他果真走的纳帕利,肯定是。一个人完全可以在那儿消失无踪。那是十一英里的路程,不过前提是他一直沿着小道行走而不偏离方向。如果他想去的是内陆,那他便需要攀岩。而且,前往这座小岛的外围荒野也更加说得通。即便他暂时不会受到他自己制造出来的怪物的伤害,但选一个人烟稀少的地方,也就意味着遇见蚂蚁的概率会低不少——蚂蚁没多少理由会去那种地方。

艾纳问:"他把所有的研究资料都带走了,是吗?"

瑞秋僵硬而又无言地点了点头,泪珠已经滑下脸庞。

"他有没有对你用过什么?"汉娜问,"一种喷剂。我没在这儿见到蚂蚁,但你肯定知道岛上都发生了什么。"

"我知道。"瑞秋挣扎着说出了这三个字,似乎觉得自己也是共犯。她又怎能不这么想呢?她可能正在问自己:我怎么会看不到?我怎么会不知道我即将嫁给一个疯子?

"那他有吗?有对你喷过什么东西吗?"

"嗯,嗯,有。就在那边。"她指了指厨房方向。在那儿,就在厨台上面,在一架子摇摇欲坠的锅碗瓢盆下面,摆放着一支小小的非气雾型喷瓶。"我不知道那是什么,可他说只要我用了,它们就不会来找我。一定要一天两次……"

然后就是这样,她犹如一抔散沙一般垮掉了,瘫软进了自己紧抱的双臂中,垂下的头发乱成一片,耸动着肩膀,抽泣了起来。

汉娜站起身来,走向了那支小喷瓶。里边的东西在晃荡,不停分离出一个个泡泡。她摇了摇,让它充分乳化,然后在自己手掌上喷了一点点。同油酸和抗菌液的混合物毫无二致,这就是威尔的秘方。

"电话能用吗?"她瞥见墙上有一部移动座机,于是问瑞秋,"瑞秋,请你回答我。"

"不能。"这女人深陷在自己的怀抱中,无力地道,"完了。"

"手机呢?"

又是一声抽泣:"威尔拿走了。"

"咱们得去追他,"汉娜对艾纳道,"要是蚁群真在他手里,咱们得把它们给弄回来。"

"就算没在他手里,他也有资料。他比任何人都要了解这些蚂蚁。你同意他走的是沿海线路吗?"

"我同意。你也徒步?"

他笑了笑:"就是。"

雷从屋角现出身来:"没有他的踪影,也不见笔记本电脑,不过有一台台式机,被他给砸了——屏幕碎了,硬盘被拔走了。还有一个文件箱,开着,但是是空的。那小王八蛋去哪儿了?"

"他徒步去了海边,"汉娜说,"卡拉芳小道,我猜应该是。你徒步吗?"

"当然,"雷说。不过也只是嘴上说说而已,她看得出来他这是在虚张声势。

"雷,留在这儿和瑞秋一起,继续搜一下这房子。"

他两手往上一扬:"哇,哇,我徒步过。我能徒步。"一样还是嘴上功夫,汉娜暗想。他往前迈了一步——

嗖。

在他身后,院门玻璃上突然多了一条锋利的缝隙,犹如一道被冻住的闪电。

雷在原地站了一秒,嘴唇无声地动了动,随即倒了下去。在他后面,玻璃被穿出了一个小孔,几条弯曲的裂纹在扩散。

汉娜飞快地动了起来——将一只手掌在瑞秋胸前一按一推,同时将另外一只手的小臂用力插到了艾纳一侧的膝弯当中。椅子向后翻倒,那女人背部着地,尖叫着摔倒在了地上;艾纳的一条腿猛地一扭,也跟着摔了下去。

玻璃门整个粉碎,同时,应急收音机犹如一只受惊的蛤蟆,从桌子上跳了起来,还没来得及在地上摔个四分五裂,便已提前撒下了一阵塑料残片雨。

瑞秋在尖叫,一声声惨呼盖住了所有声响。汉娜试图让她安静,因为她的叫声已经妨碍到了她对形势的判断,可那女人只是一个劲地叫唤,声音凄惨,满是痛苦。汉娜将一条胳膊从她脑后绕过去,捂住了她的嘴。叫声还在继续,但至少沉闷了下来。

随着一阵玻璃被踩碎的嘎吱声响,一个黑影进了屋。汉娜抬眼一看,只见一个头戴巴拉克拉瓦帽,身穿黑色制服的壮硕男子,正端着一支 AR-15 自动步枪。她就地一滚,避了开去,一颗子弹打穿了瑞秋后背,一小蓬血花爆出,那女人的惨叫声随即戛然而止。

汉娜奋力想要爬起来。艾纳已经起来了,正将两手举在空中。"等等,等等，等等，"他正说道，"停，别开枪。"

"动作要慢，"那男子用枪指了指汉娜，命令，"起来，起来！"

她起来了，就站在艾纳背后，男子无法直接瞄准她。

他又用枪指了指："出来。我说，出来！"

他完全可以直接开枪，但那便意味着会击中艾纳。而看他瞄准的姿势，是在竭力避开艾纳。不，枪里只有一颗子弹，是为她而准备的，只为她一个人准备。

这一念头，让她胸口如遭锤击。这人不想伤着艾纳。他不想伤着艾纳。可为什么会是这样？

电光石火间，她明白了自己该怎么做。

汉娜一步抢向艾纳身后，同时拔出了自己的手枪，将枪口重重地顶在了艾纳的太阳穴上。

"汉娜，"艾纳说，"我不明白。"

"他要是想开枪，那他就开吧。"她的声音很大，故意说给枪手听的，"他干倒了你，就可以干倒我了。"

可那名枪手的枪口，还是在艾纳身旁游移着。

"你想明白了。"艾纳说。

"已经太迟了。"她道。

枪手站在那儿，一副不知所措的样子。汉娜将那支 HK45 在艾纳的太阳穴上顶得更紧了一些。"为什么？"她嘶声在艾纳耳边问，"为什么？"

"现在不是分析那个的时候，"艾纳说，"现在是谈判的时候。开个价？"

她心急如焚。谈判？他很冷静，永远都是一个完美的生意人。她心里像是有无数根电线，在一齐噼哩啪啦冒着火花："什么？"

"我在问你我值多少钱，汉娜。我想要你放了我。我想要的是你回到局里，告诉他们这一切全都是阿切尔·史蒂文斯干的。你可以做到的。你可以牵着他们的鼻子走，就像牵一条乖狗狗。"

"我不能——"

"你能，而且我在问你这份特权需要花我多少钱。你已经给我造成损失了。我呢，正如老话说的，栽了。咱俩是一对好搭档，我喜欢你，你很聪明，坚韧。你和我联手去找威尔怎么样？就你跟我。等我们找到他，就可以帮助治愈这个世界了。"

"要不是因为你，怎么会这样。"

他叹了一口气："事情远比你想象的要复杂得多。绝大部分确实都是威尔瞒着我干的。他设计出了这些怪物，我只是把他的错误放大了，只是想拨乱反正，汉娜。"

片刻过去，吸气，吐气，汉娜握枪的手抖了起来，汗水已打湿眉头。她看了看艾纳的侧脸，随即看向了那名枪手。

枪手的目光在艾纳和她身后的那道门之间移动着。

随即她便听到了"嘎吱"一声轻响。艾纳不过是在使缓兵之计，有人正从她背后包抄上来，现在已经到了走廊上。

汉娜将艾纳猛地向后一扯，同时原地一转，脱离子弹轨迹。就在这时，纱门被踢开，有人进了房间，举起了枪。

此人不是别人，正是温拉·诺米。

除了她还能是谁？她根本就没有死，不是吗？汉娜把过去四十八个小时梳理了一遍，温拉就是那个人，不是吗？那个将蚁群带出环礁的人，那个将它们带到这儿的人。

汉娜这一分神的工夫，艾纳早已有足够的时间让自己的头脱离枪口，同时一肘狠狠地顶在了她腹腔的神经丛上。她只觉得自己胸腔内的空气

| 竞 争 排 斥 | PART 4

全被顶了出去,一阵尖锐的疼,很快便化为了钝钝的痛——

温拉的枪已经举了起来,汉娜踉跄着往左一步,再次避向艾纳身后。

那女人并没有开枪。艾纳旋风般转过身来,去夺汉娜的枪。他一把抓住她握枪的手,大拇指死死地压着她手腕上最为柔软的部分。她闷哼一声,枪口掠过他的一只耳朵——

她扣动了扳机。一声巨响,宛如一把锤子将一枚钉子敲进了她的耳朵——不过枪口距离艾纳如此之近,想必他只会更加难受。

他眉头一皱,像一条被蜂螫了的狗摇了摇脑袋,挣了开去。

给第一名枪手留下了开火的空间。

那名枪手端起了步枪。

不过,他身后突然传来了动静。雷如同一台倾倒的钢琴,合身猛地向那人撞了过去。姿势虽然不好看,但奏效了——步枪飞了出去,打得锅碗瓢盆一阵乒乓乱响,枪手同时也倒了下去。

趁着汉娜躲避步枪的工夫,艾纳一脸怒容地打出了一记直拳。汉娜在最后一刻将头一偏,那一拳打在了她脸上,打得她一个踉跄。他再次扑了过来,咬牙切齿地来夺她的枪。她抬起膝盖,顶在了他的肚子上,他则将脑袋一侧朝着她撞了过来。她口中泛出了血腥味,眼前金星乱冒。他紧紧攥住了她握枪的手,死命往里压。她手指吃痛,枪开始滑了出去……

你是一名幸存主义者,那就幸存下去。

汉娜就势将枪狠狠地朝着自己面部方向一夺,这下大出艾纳意料。很快,枪支便已近在咫尺,她张嘴便朝着他的手背咬了下去,接着齿尖便传来了皮肉分开的感觉,鲜血涌进了嘴里。

艾纳把手挣了出去,鲜血洒上了橱柜。他将她向后狠狠一推,汉娜"砰"的一声撞在厨台上,一阵彻骨的痛,从脊椎尾部蹿了上来,直达颅骨。

艾纳已经在逃了——一只手紧紧抱在胸前，蹿过了房间。温拉举着枪在后退，可汉娜不会就这样罢手。她把腰一弯，向前急冲，同时抬手朝着他们的方向就是两枪。子弹击穿门框，从纱门中飞了出去，温拉和艾纳已冲到了外面。

汉娜检查了一下自己，并没有中枪，可以说是当之无愧的奇迹了。

房间另外一头的混战引起了她的注意。那名枪手已经把雷按住，步枪就横着抵在他的喉咙上。雷一张脸已经红得发紫——肿胀得就像是一个随时都会爆炸的气球。听到她的动静，那名枪手回过了头来——

她将一颗子弹送进了他的眉心。一阵负罪感涌了上来，犹如沙滩上的海浪一般拍打着她。她只觉得双膝发软，似乎随时都会一屁股坐下去，可外面，重新咆哮起来的引擎声，又逼着她强撑了下来。接着，便是轮胎碾过地面的声响。

"去啊。"雷上气不接下气地道。

她奔到了外面，可已经太迟了。透过树木，她只看到了隐约的尾灯。而地上又多了两具尸体：柏诺和莫阿娜。被割开的喉咙下面，两摊鲜血在月色下泛着幽暗的光。

子弹直接穿过了雷的身体。如果他是一头白尾鹿或是一只野鸡，哪怕是一头山羊，汉娜也指定能精确地知道弹头的运行轨迹以及它击中了哪些地方，可她不是一名人体解剖专家，最多能看出它穿过了他躯干中部位置。从脊柱右侧打入，从腹腔上方某个位置穿出。

他的胸部一片鲜血淋漓，脸色是阴惨惨的灰绿色。她找来一只急救箱，从里边翻出毛巾和绷带将他的胸口包扎了起来，再用他自己的腰带紧紧固定住。

远远不够。

"干你娘的艾纳。"他听起来很是气愤,"我就知道。我就知道。他跟你说的那些话……"

"嘘,别用力。什么话?"

"他说了一两句冰岛谚语,对不对?一句是只要坚持就能赢,另外一句是……"

"关于生存为王的。"

"对,只是根本就不是那个意思。"

"你会说冰岛语?"

"一点点。他是我老板,我想拍马屁。"

"他说的是什么?"

"大概是,我会让您见识一下世界的两面性的。我觉得,那和生存没什么关系。开始时,我以为那是某种威胁,后来又觉得不会,觉得可能是我自己翻译岔了。现在我觉得那就是威胁。"

她低头看了看自己满是鲜血的手,上面的红色已经开始干成了褐色。那支 HK45 就在身旁。

"你要去追他,对不对?"雷问。

"我要去追威尔,不过我觉得那也是艾纳的目标。"

"我跟你一起去。"雷说完,随即便笑了起来,因为他刚欠起身来后,便又倒了回去。不,他不行。

"我想你需要休息。"

"我想我可能已经死了,只是我的身体还不知道。"

她怀疑他说得没错,一个贯穿身体中部的枪伤可不是闹着玩的。要是子弹击穿了肺,可能会引发严重的内出血;要是打穿了胃,可能会迅速导致感染(这种事情,她还是孩童时就跟随她那位幸存主义者母亲学会了)。要是能立刻送去医院,那样的伤也是可以抢救的。可在这外面,那算不上是一个选项。在世界末日期间,医院是不会开门的。

回忆再现,不请自来:山羊飞腿巴奇、她手中的刀,爸爸拿着那支.22,杀死了那只被她杀了一半的山羊。

"嘿,"他打断了她的回想,"我觉得这是一个千载难逢的好机会,我想问问,如果我能活下来,你愿意跟我出去约会吗?"

一个注定实现不了的要求。不过她还是点点头,挤出了一丝微笑:"当然。你活下来,我就跟你出去。"

"好棒。你,我,迈阿密南沙滩。喝东西,古巴餐馆。古巴咖啡,再来一份青柠派。肯定会很美。"

"我敢打赌会的。"

"你最好快走,去抓那些坏蛋。"

"我会的。"

"我要休息一下。"

"你休息。"她吻了他的额头,一个怪异的举动,温暖而又熟悉,舒服得叫人有些不舒服,美妙得就像是一件别人才会去干的事:一个真正的人,一个不是汉娜的人。

他温柔地合上双眼,胸膛起伏,鲜血浸透了毛巾。

汉娜收拾了几样能够找到的装备,随即离开了。

汉娜从没走过卡拉劳小道,不过她知道这条路线。十一英里的徒步,自考艾北沙滩开始，起点位于津耶海滩，自西绕过西部海岸后，便蜿蜒进入一连串的高山和大谷，越过一条条溪流和瀑布。它被誉为世界上最漂亮的徒步路线。

同时，也是最危险的。

其危险源于许多原因。对于一名经验老到的徒步者来说，倒也不大会有什么事。但许多缺乏经验的徒步新手如果也想选择这条路线，而且还低估这其间的风险的话，则另当别论了。他们不会知道第七公里处的"爬行者之岩"，也不明白该带上足够的水，更意识不到只消一场小雨，情况便会瞬息万变——溪流会变成大河，崖壁会发生泥石流，能见度会低得见鬼，让你变成睁眼瞎，进退维谷。每年，都有人被直升机从这条小道上救起，而且每年都会死人。不是摔下绝壁，就是被突如其来的山洪给卷走，或者暴晒而亡。

沿途倒也有为数不多的定居者以及逃犯，但这绝对帮不了你。此外，还有一些荒野怪人和遁世隐居的流浪者。这类人，汉娜在阿巴拉契亚小道上便曾遭遇过一些。他们其中一些倒也足够良善，都是一些放逐自我的避世之人；而另外的，则是骗子和跟踪狂，可能还会更加不堪。

当晨曦浸染天际时，她站到了小道的起点——津耶海滩。放眼望去，一切都是如此的静谧而平和。海浪声声，像是在安抚着她内心的恐惧，可却无济于事。汉娜丝毫感受不到休闲时该有的那种兴奋。这不该是一个选项，而且她还远远没有准备好。没有足够的水，没有足够的食物。她已经累了，精疲力竭，更别提脚踝上那如影随形的伤痛了。她只觉得自己浑身上下都像是一颗坏了的牙齿，当中已被掏空。她站在那儿，一边做着拉伸动作，一边试着说服自己放弃。回头，回家去，让别人来干这个。为此，她自嘲一笑：你不过就是一名小小的顾问。

可其他人已经率先出发了。她在想到底还有多少雇佣兵同艾纳在一起,在想他究竟是如何同"黑暗之心"沆瀣一气的,毕竟那似乎是阿切尔·史蒂文斯所掌控的公司。不过,他们不就是雇佣兵么?谁付钱,他们就为谁卖命。

第一英里。

当朝阳荡漾在无垠的湛蓝海面上时,汉娜已经上到了可以鸟瞰整个津耶海滩的位置。缓缓涌动的海潮下面,暗礁如蛇,隐约可见。野李花在绽放,一对火红的蜜旋木雀,在枝头上追逐打闹。微风渐急,化为了连绵不绝的山风。

这外面可真美,汉娜突然感觉到了自己的渺小,渺小得宛如一粒微尘。这让她突然有了几分无力感:世界会继续,人们会做自己该做的事,她什么也改变不了。

这差点让她掉过了头。

差点。

她还是得前行,还是得结束这一切,还是得去寻找答案。无边的荒野中,她茕茕孑立,也就是说一切都得由她做主。无力感,一如前方道路上的尘埃,随风消逝,不见踪影。

第二英里时,旅程便开始展露出了獠牙。高耸的纳帕利峰阻绝天际,道路也随之开始向上。

她是在一条小溪旁看到它们的。就在那儿,泥地上有几个脚印。

山风袭来,她闻到了烟草的气息。

汉娜反手拔出手枪,摸上前去,想要弄清楚烟味的方向。大海此时已隐身植被后面，风是从海边刮来的，溪流也是流向那个方向。她俯身藏到一棵树后面，观察起了林子。浓重的尼古丁味道，袭至鼻端。开始时，她以为自己听到的是水流的声音，但其实不是，是别的。

哗啦啦。

接着她便看到了一个黑色的身影，正站在一株林投后面，是一名军人。十拿九稳，他是在撒尿。这也就是说，她得赶紧行动，而且还必须悄无声息。

其实她隐隐还是有一些想要直接扑下他，赶到他前头去的念头。可她不想自己背后尾随着一个全副武装的危险变数，她从不喜欢停步去看自己后面。

而且，他说不定还知道些什么。

就在溪旁，她瞥见了一条捷径——平坦的石头，平坦的泥土，没有会在脚下折断的树枝，也不见会"咔嚓"一声碎裂的树叶。她行动了，枪在手，忍着脚踝的疼痛，蹑步上前。此时，那名士兵的肩膀已在树旁露了出来，他的身子在晃，在抖，抖，抖，接着便传来了拉链被拉动的声响。

一块石头，被她踢进了溪水。

那人在树后猛地转过身来，手伸向了枪套。可汉娜已经迎了上去，早已举好的枪指向了对方的脑袋。

"不，"她说，"不要。"

他同样也戴一顶巴拉克拉瓦帽，只是面罩被拉到了头顶。黑色的头发，被汗打湿后贴在了他那苍白的额头上。袖子被挽了起来，两条黑色的裤腿也被卷到了膝盖处。一张浓眉大眼的圆脸，颧骨高耸。深色的眼睛下面，舌尖在舔着细碎的牙。在他脚边，被脚跟碾过的烟头，依然还冒着幽灵一般的袅袅青烟。

"放松点。"他说。

"你叫什么?"她问。

"查克·U. 法利。"他说完,笑了,笑得就像是一个刚把一坨鼻屎抹在了一个小姑娘头上的小男孩。顽皮而又下作。

"艾纳在哪儿?"

"不认识什么叫艾纳的人。"

她用大拇指掰开了 HK45 的撞针。"好好看看这把枪。黑克勒 & 科赫。眼熟吧?像不像你其中一位同伙的?我敢打赌它和你枪套里那支也完全一样。我已经干掉了你们一名同伙,"她说,"再杀一个也不会手软。艾纳在哪儿?"

那人的喉结焦急地上下滑动着:"前面。"

"多远?"

"我不知道。"

"猜猜。"

"我不知道,我不知道!"

她决定换一种方式:"你们到这儿多久了?"

"大概五个小时。"

要是他们每小时走上两英里的话,那现在很可能已经到第七英里处了。领先得实在是太多了,绝望又从她的心底浮起。

"他们有几个人?"

"三个。"

"谁?艾纳、温拉,另外一个是谁?"

"另外一个 PMC。"

他在撒谎,她看得出来,从他说到数字时目光的躲闪,到说出那人身份时舔嘴唇的动作。

"他们有什么计划?"

"找到加拉西,找到他的研究,出去。"

"那你呢?你的任务是什么?等在这儿杀我?"

他紧闭双唇,开始有些不安。

她说:"你在这儿是疑兵之计,艾纳派你留在后面就是送死的。他在清除累赘。你身材不好,我敢打赌你走得肯定很慢,我敢打赌……"

他飞快地动了,伸手去拔枪。

她两眼一闭,同时扣动了扳机。

耳朵一阵嗡嗡响,鼻中飘进了硝烟那刺鼻的味道。

等到她再次睁开眼时,他已躺在了地上,一条腿蹬出,脚跟顶在一块平滑的石头上。潺潺的溪水,带走了他脑后流出的血。

她想要捡起对方的枪,扔进林子。

不过她改变了主意。

汉娜强忍着厌恶,搜了对方的身,找到一个备用弹夹,外加一支消音器。她把两样都收了起来。枪声实在是太响,艾纳、温拉和另外那个人指定都听到了。也就是说他们已经清楚,她要么就是死了,要么就是追他们去了。再开枪,她希望能够做到无声无息。弹夹里的子弹,看起来是亚音速设计——即便有了消音器,她也不可能做到像电影里那样悄无声息地杀人,不过好歹能够让回声不那么响,降低一些分贝。

就在他撒尿地点附近,她找到了一个黑色背包,从里边拿出一瓶水好好喝了一气,然后又狼吞虎咽地吞下一条蛋白棒,这才回到路上。

第三英里。

蹚过更为宽阔的哈那卡皮亚溪流——溪水浸透了靴袜——来到对岸。

一顶帐篷就支在沙滩上，帐帘在风中窸窣作响。帐篷入口处，探出来一只穿着袜子的脚，旁边有一只徒步靴。

汉娜溜进帐篷，发现了两具尸体，只觉得胸口一阵阵发紧。那是一男一女，都很年轻，兴许二十五六岁。女的身穿比基尼，男的穿一条沙滩裤，光着上身。她是胸口中枪，他则是太阳穴。苍蝇飞舞，一地鲜血，味道令人作呕。

汉娜退出帐篷，一阵干呕。血液还足够新鲜，应该不会是威尔·加拉西的杰作。

她在想这对年轻人是否知道岛上都发生了什么。他们跑到这儿，是为了躲避蚂蚁，还是已经离这个世界太远，丝毫不知道密尔米顿蚁已经诞生？

第七英里是最为艰难的。

部分原因是因为哈那卡皮亚滩过后，仅仅一英里的路程，小道便从与海平面持平急剧上升到了八百英尺高度。随即，便是下去，上来，下去，上来。又蹚过一条溪流，穿过了一片满是碎石的湿滑林地。在这里，汉娜摔了一跤，擦破了膝盖。她暗想，至少我没再扭到脚踝。风一直在迎面吹拂，地面崎岖不平，火辣辣的太阳无遮无拦。

来到第七英里处时，她已经累得麻木了。她开始沿着一条之字形小道往上爬，九曲十八弯的山路，犹如一圈圈打了结的肠子。一环又一环，爬呀爬。

然后，"爬行者之岩"便开始了。

岩架非常狭窄，最宽的地方可容两人通过，而绝大部分地方，则仅容得下一个人。一边是岩壁，而另外一侧则是悬崖绝壁，直通一条乱石嶙峋的峡谷。谷内，太平洋的怒吼一声高过一声。

汉娜如履薄冰，双手扶着岩石边缘，一刻也不敢放松。每一次，当她伸手去试探那些看似结实的抓握点时，一个奇怪的念头便会出现在脑海中：一份突如其来的自我毁灭的冲动，在不停地怂恿着她——只消像游泳那样把双脚在泳池壁上一蹬，然后便会坠落，坠落，坠落。当然了，兴许她根本就用不着——山风足够强劲，她觉得完全可以把她给卷起来，抛入万丈深渊，让海水吞没。

进程缓慢而又艰难。她无数次期盼着自己的对手就在前方，好把他们给打个屁滚尿流，可却一直看不到。她渴望着开枪，但却做不到。然后，她又开始怀疑，莫非他们已经离开了小道？也不是没这个可能，他们可能已经进了内陆，朝着其中一条瀑布去了。或者，自己会不会已经赶到了他们前头？说不定他们还在后面的沙滩上，藏了起来。

恐惧和担忧如同两条绳子，勒住了她的脖子。她脚下一滑，一片碎石被踢了出去，如雨点般落下了悬崖。她看着它们一路滚落，滚落到了肉眼再也看不见的地方，落入了大海。

深呼吸，你能做到的。她爬过一片凸出的巨大崖壁，随即，狭窄的小道便掉了一个头，再次将自己塞向了岛屿内陆方向。

爬行者之岩尽头处，景色豁然开朗：一条小溪，一片绿草茵茵的缓坡，一圈红色岩石。汉娜几乎是连爬带滚地进了这片空地。她以头抢地，摸出水壶，大喝特喝了一气，有些想哭，但忍住了。

她不知道自己就那样待了多久，只知道已经太久了，该起来了，得加快速度，别人肯定也不慢，如果他们走的果真是这边的话……

等到她终于抬起头来时，这才发现原来自己并不孤单。

威尔·加拉西也在。

他已经奄奄一息，脸如死灰，胸口被黑色的血浸透的衬衫上有一个小洞，双手蜷缩在膝盖处，指头微微动着。

"是你？"他问，随即抬了抬眼皮，眼中的眼白已完全不是白色，而是红得像两颗熟透了的圣女果，随时都要爆裂开来。

"威尔。"她说。

"汉娜。"最后一个字带出了一串咯咯的喘息声。

"艾纳呢？"

"走了。"

"去哪儿了？"

"水。"他道。她在想，原来艾纳是要去坐船。不过随即，威尔的双手在肚子上抬了几寸，颤巍巍地动了动："喝。"

汉娜犹豫了一下，不过以牙还牙在这儿似乎没什么意义。她心里对威尔的所有恨意，已全部冰消瓦解。她从包里掏出水壶，递给了他。他贪婪而又急不可耐地吮吸了起来，大多数水都顺着下巴流了下去。

"去哪儿了，威尔？"她问，加重了语气。

"红山，直……"他咳了起来，一些水重新涌回嘴里，带着血丝，"直升机。"

也就是说他们已经得到了自己想要的，已不再需要威尔了。

"他们拿走了你的笔记本电脑？拿走了你所有笔记？"

他虚弱地点了点头，脸上露出了苍白的微笑。

"他们有几个人？"

他有气无力地道："五，五个。"

"艾纳、温拉和三个雇佣兵？"

| 竞 争 排 斥 | PART 4

又点了点头。她明白了，之前那个 PMC 在撒谎。

"很高兴你还……活着。"他说着，伸出手来，抓住了她的手。他手上没什么力道，指头冰冷。

还能说些什么呢？怎么回答？我也很高兴我还活着。抱歉你现在变成了这样。她挤出了一丝僵硬而又勉强的笑容："为什么，威尔？你为什么要这么做？"

"我……为什么不？人就是人。你看过……YouTube 的评论区吗？你也会……想让所有人死……的。"一丝愉悦的火花在他血红的眼中闪了闪，"还——还有，这……不是我干的。我只是……造出了怪物。艾纳……把它给放了。"他呻吟一声，往前欠了欠身。新的血液涌出，打湿了他的衬衫。他目不转睛地盯着她，举起了一根手指，她这才意识到他这是要对她发表演讲了。如果不是这么残酷，应该会很有趣。他用说教的口吻开始了："还有你知道……艾纳为什么……要干这些事吗，汉娜？"

关键在于，汉娜对这个问题已经思索了很久，在徒步的途中，在穿过溪流和盛放的李花之时，在摸爬滚打的泥土中，在艰难通过那骇人岩架之际。

"蚊子，"她说，"埃及伊蚊。"

他点点头，咧嘴一笑，狰狞而苦涩。

"艾纳清楚，即便他在全世界都取得了成功，美国的政客也绝不允许他把他的蚊子给带到这儿来。除非他是被迫……"

"除非有人请他出山来弥补他自己……犯下的错……"

"然后他就会论证说唯一能够打败这些管它们是自然还是人为入侵者的办法，便是通过基因手段。我们之所以会让野蛮人登堂入室，是因为我们需要野蛮人为我们去打仗。一个危险的交易，可他会声称这一切都是被阿切尔·史蒂文斯给逼的。然后政府便会相信他。再然后，人们也会相信他。他就可以再次改变这个世界。"

威尔笑了，两声残缺不全的咯咯笑声。他抬手比画出了一个"okay"姿势，道："演讲就此……结束。"他望向了远方，目光慢慢失去焦点，瞳孔突然散了开来。她意识到，他已经不在了。

汉娜退后几步，深深吸了几口气。她似乎有些明白威尔了，尽管不能从表面上去承认他的所作所为有任何高尚之处，可她还是明白了。这个世界是一个奇怪的地方，它充满了美和智慧。可有时，你会觉得要想看见这些美，便必须先涉过人类的污浊，将手探进粪水和泥浆，以期能够寻出一丝善良，一丝美好来。人类就是一团糟，而且他们正在把这个星球也弄成一团糟。干吗不回到人类不过是地球表面上指纹般大小、而蚂蚁则是这个世界主宰的时代？

她必须在艾纳逃走前赶上他。尽管她也忍不住在想：我完全可以就这样离开，掉头回去。我的存在对他来说已经是一个天大的麻烦了。如果他的计划就是重返世界，去做它当仁不让的救世主的话，那她的故事，会让他的计划直接流产。可她都有些什么证据呢？不过是公说公有理、婆说婆有理罢了。他手头有威尔的研究数据，他有律师还有钱。然后，还有凯特和巴里。他也会把他俩给争取过去吗？他们已经觉得阿切尔·史蒂文斯是幕后黑手，已经相信他们的任务就是重返世界，去修复它的残破了。

不确定性因素太多了，她得完成自己的初衷。

离开前，她看了看四周，想要找一些补给——任何威尔可能留下的东西。没有包，想必他们将它连同笔记本电脑一起拿走了。不过，尽管她觉得自己接下来的行为有些令人厌恶——我又不是那些敲骨吸髓的秃鹫。她这样想着，却还是把威尔从头到脚拍了一遍，想看看有没有什么东西。任何东西都好，只要能够帮到自己。

她在他工装短裤两侧的口袋中各摸到了一处凸起，从中摸出来两个黑色圆盘，像冰球，一头有一个孔，用白蜡紧紧封住——两个密尔米顿蚁群。她几乎像扔烫手的山芋一样将它们给扔到地上。蚂蚁爬满一身、又是叮又是咬的感觉又袭了上来。

不过她好歹没有松手。而且她想起来了：我有喷剂，威尔的秘方。

艾纳和其他人要么没发现它们，要么就是故意扔下的，也许他们是把这两个蚁群当成了累赘。毕竟，他们已经达到了自己的目的，没必要再带上更多的蚂蚁。

汉娜把两个蚁群揣进了兜里。

是时候出发，去了结这一切了。

红山是一座群峰环绕的小山，在四分之一英里的路程内，地面突兀地向上拔了几百英尺，而且泥土全部呈红色，红得如同一枚便士。灌木和荒草，遍地都是。

汉娜下到了谷底，一路隐藏在林投树那稀疏的阴影当中。她累了，两腿酸痛，双脚火辣，浑身上下都疼。虽然空气湿润，可她的嘴巴却在发干。此时她最大的愿望，便是能坐下来，躺上一躺，让阳光温暖她的肌肤，然后再假装自己正独自一人，身处一个远离麻烦的世界当中——前途无需畏惧，而且毫不复杂。

不过随即，就在前方山顶，几个小小的人影远远地露了出来，宛如孩童舞台上的玩偶。是他们，艾纳和其他人。她一颗心开始剧烈地跳动起来，犹如一块从山头滚下的巨石。我就要到了，就差一点点。

她想要一鼓作气冲上前去——

可她的对手却没有动，散落在山头最高处，但就是不过去。他们这是停了下来，为什么？

太阳已经过了汉娜的头顶，正朝着另一侧的天空，朝着天边坠下去。夜幕几个小时内便会降临。汉娜在想：莫非他们等的就是这个？有道理。若是隔离已经在施行，没人能够离开这座岛，有了那架黑色的直升机外加夜幕的掩护，他们便会有极大几率全身而退。

这也就是说，她还有几小时的时间来筹划自己的进攻。汉娜靠着一棵粗糙的酒瓶椰子蹲下身来，喝了一些水，吃了一条蛋白棒，检查了手枪，换上了她从那名在溪旁毙命的 PMC 身上得来的弹夹。

天际收走了阳光，夜幕开始浸染天空。汉娜脱下鞋子，把自己从头到脚都用喷剂喷了一个遍。黏糊糊的喷雾，裹在她身上，又油又滑，味道和烹饪时所用的那种喷雾油差不多。

终于，她偷偷溜下了徒步小道，一边加快步伐，一边尽量让自己移动得无声无息。

速度很慢，有那么一会儿，感觉就像是永远也到不了那儿——就像是某种荒诞的幻境，目的地总是在不停地同她拉开距离，总是那么遥不可及。不过很快，她的目标便开始变大，一个个身影就在那儿映衬着天际和山头。尽管花了她半个小时的时间来隐蔽前进，他们的声音终于还是清晰起来了。

一个陌生的声音："……那个头上裹着烂布的烂人朝我走来了，带着一个孩子，还有他娘的一头山羊……"

另外一个声音道:"哪儿都有山羊。难道他们那儿不吃牛肉吗?我他娘的跟老天发誓,老子指定会为了一个芝士汉堡杀人的。"

"老子真的就那样干过,不过去你娘的,纳恩斯,让老子先把故事讲完行不行?就这样他带着一头山羊和……"

"嘘。"一个女人的声音道,是温拉。两个男人又嘀咕了几句,她恼了:"我说了闭嘴。"

汉娜暗想:她听到我了。她将手探进衣兜,掏出其中一个圆盘,指甲找到了蜡丸的位置,然后开始暗暗祈祷:保佑这个管用,请保佑这个管用吧。有那么一会儿,她实在是鼓不起那个勇气来。恐惧太盛,回忆太过固执,蚂蚁,爬满全身,叮咬着她……

她压下恐惧,赶走了回忆。你已经喷过东西了,万无一失。它们现在是你的武器。她用大拇指抠开蜡丸,使劲摇了摇圆盘,随即将它放到地上,忙不迭地奔上小道,冲到了一丛灌木后面。那灌木的叶子,就像是一柄柄插在地上的利刃,挨挨挤挤。她滑步停下,低下头,从叶子之间的V字形空隙当中看了出去。

两个身影爬上山头,朝着她这边走了下来。身体壮硕,手枪在手,两个都是雇佣兵。其中一人踢到了圆盘。"什么鬼?"他弯下了腰去,突然像是着火一般甩起了手臂,"天,天爷,操,它们爬上来了——"

不过,伴随着气管的收紧,他的声音随即便被闷在喉咙里。

汉娜还记得那种感受,一清二楚。喉咙和胸口发紧,瘙痒难耐,舌头肿胀。那些密尔米顿,正在做它们该做的事。

那人跪到地上,随即瘫软了下去,而另外一个人则上前去拉他——一个错误的选择,但可以理解。

很快,第二个人也倒了下去,惨叫了起来,口中接着便是一阵嘀嘀声响。

第三名雇佣兵上了山头。

汉娜从藏身之地一跃而起，枪已在手。趁着对方一愣神的工夫，她飞快上前，冲了过去。他转向了她的方向，可已经太迟了。她毫不犹豫：一连三枪，打得他在地上转了一圈，放倒了他。有那么一会儿，她也想过把另外两个也给解决掉：对着脑袋一人赏他们一枪，好让他们快点解脱。不过，她没时间了，而且他们已对她构不成威胁。

真正的奖赏，还在那山上。

她甩开两腿，向前冲去。脚下的山石，时刻威胁着要让她跌上一个跟头，脚踝上的伤也凑起了热闹。承认痛苦并非眼下的选项。晚点，她有的是时间去感受那份痛苦。如果她能幸存下来的话。

山头上，一个人正倚着一块岩石，双手抱在胸前，正是艾纳："哈喽，汉娜。"

开枪吧，她想着，扳机上的指头开始收紧——

砰。

汉娜只觉得自己一侧被狠狠地撞了一下，右脚往前趔趄了一步，随即没有了丝毫力气，就像是一条失去了弹力的橡皮筋。跟着，她的膝盖往外一拐，整个人便朝着一侧摔了下去，手中的枪"啪嗒"一声飞进了铁锈色的泥土中。

她想要用手撑地，站起身来，可左臂已经变成了一条毫无知觉的肉条，有那么一会儿，根本就没有任何知觉。随即，就在她尝试着呼吸的时候，剧痛立刻袭了上来。一颗子弹打进了她的手臂，正中二头肌位置。穿过去了，打进了肩膀和后面的锁骨。此时，痛苦已贪婪地蔓延了开来，张牙舞爪，占领了她的下巴，侵入腋下，一路进了胸膛。她每吸上一口气，都像是吸进了一把刀子。

两个人影出现在了她上方。

"等等。"其中一个人道。是艾纳，他伸出手去，止住了另外一个熟悉的身影：温拉。

"别跟她废话，"温拉的每一个字，都像是浸透着眼镜蛇的毒液，"让我结果了她。阿伦和直升机很快就会到，"

"我喜欢废话，"他说，"这就是我的方式。"他走向汉娜。"你中枪了，我讨厌看你这样，汉娜。你给我留下了很深的印象，你要是能为我工作那就太好了。有那个可能吗？咱们能让这一切都过去吗？"

"当然，"她一边说，一边奋力向后挪，将后背靠在了一块岩石上，同时暗想：让他继续说，给自己争取点时间。她能感觉到子弹已经造成了一些伤害，若是她在这外面拖得太久，说不定会有性命之忧。不过，要是她能想出一个法子……"可我觉得你应该请不起我。"

他笑出了声来："我付给你的钱，肯定比 FBI 那点可怜的薪水要多，汉娜。我对你做过背景调查，我知道你住什么样的房子，如果你能把那称作房子的话。你的车子，你的生活，那空空荡荡的生活。我可以帮你填满它。我们可以改变世界，你和我。我能用到你的思想，不仅仅是因为你很聪明，还因为你坚韧，因为你是一个幸存者。"

"艾纳。"温拉提醒了一句，可他用冰岛语止住了她。

"如果这就是——"汉娜一句话还没说完，突如其来的剧烈而又痛苦的咳嗽，将她的声音给吞了下去。她再次奋力试了试，强忍住眼中的泪水："如果这就是你改变世界的方式，那我根本就不想再活在这样一个世界上。"

"我过去不过是在凑合。你还不明白,是吗?一个问题以威尔·加拉西和阿加伊·巴特纳格尔还有他们的密尔米顿蚂蚁的形式,崭露出了其本来面目。而我,则擅长把问题变成解决之道。"

"埃及伊蚊。"她道。仅仅说出了这四个字,一波新的痛苦随即便汹涌而至。她的伤口正在恶化,她在想那颗子弹到底穿行了多远。疼痛仅仅是骨头碎片引起的吗?她觉得自己流了很多血——已经能够看到了,月光下黑色闪亮的一摊。子弹击中了动脉?

"非常好。对,那便是我的其中一个问题。这个问题解决那个问题。挑拨两个理论上的敌人,让他们在战场上打个你死我活。"

"那'黑暗之心'呢?"

"我有钱。他们是雇佣兵,我付了钱。"

"你真是一个天才。"她说,她是认真的。

"我就是。"

"你也是一个怪物。"

他的身影一紧,随即松弛开来。接下来的话苦涩多了:"我不是,不再是了。我比曾经的自己要好得多。"

她那条胳膊怕是废了,她暗暗担心,它再也用不了了。不过,她必须让它管用,必须,就现在。她将意念注入手臂,想让它生出反应——她在尝试着召唤某种几乎算是超自然的东西。神明、鬼怪、魔咒,或者也许,仅仅是也许,她自己的肾上腺素。努力,努力,努力,她的手动了动。

她的指头开始像一只谨小慎微的蜘蛛一般,爬了起来。

"我觉得我有必要忏悔,"艾纳说,"你还记得我跟你说过的那个故事吗?我从两个光头党手里救下一个埃塞俄比亚人的事?"

她点了点头，随即便后悔了。又是一波新的剧痛，又是一摊鲜血。

左手的指尖，那条已被打得骨折的左臂的指尖，撑开了她的口袋。

"我就是其中一名光头党。是我杀了那名男妓，汉娜，我用一支破酒瓶插进了他的脖子。他挑逗我，我简直怒不可遏。我父亲……算了，那事换个时间再说，不过我当时的愤怒就像是火山爆发。还有我杀死的那人，我依然看能看见他的脸。就在那时，就在那个地方，我便已经领略到了人性的恶，因为我自己就是那份恶的证明。可我决心要做得更好一些，做一个更好的人，让这个地方变得更好，为了他那样的人，为了我这样的人。我想要改变环境，我想要拯救世界。"

汉娜的左手摸到了第二个也是最后一个圆盘，大拇指开始沿着边缘摸索了起来。刚一摸到那柔软的蜡丸，她便开始行动。抠，抠，抠。

"我也要忏悔。"她说。

"艾纳。"温拉道。

"嘘！"他制止了她，"让这个就要死的女人忏悔她的罪恶吧。我尊重她，我欠她的。继续，汉娜。请，忏悔吧。"

"那个人……"她再次咳了起来，唾沫溅上了嘴唇。不过，倒是没尝到血腥味。不管怎样，目前还没有。"我小的时候跑到我们家地上那人，那个流浪汉，罗伊·佩弗。我爸爸没有开枪打他，是我打的。"

抠，抠，抠。

口袋内，蜡丸"噗"的一声掉进了手心。

"我拿着自己的步枪，他不停地冲向我，嘴里说着一些话，一些奇怪的话。他脑子不清醒。我开枪打了他，就那样开枪了，没有犹豫。我爸爸担下了所有的罪责。因为那就是他，他就是那样的男人，一个好男人。不像你。"

艾纳叹了一口气:"对,不像我。可我现在在这儿,他没有。对不起,汉娜。"他看向了温拉,"结果她。"

温拉走进几步,龇着牙,举起了枪。

"等等。"汉娜道——两个绝望而又溢满恐惧的字眼。在她掌心,蚂蚁在爬,其中一只游荡到了她的指缝当中,她想起了威尔站在玻璃外面的样子,密尔米顿爬了他一手。

她一夹,那只蚂蚁在压力下发出"噗"的一声响,被压扁了。

惊惶,警报。密尔米顿们在黑暗中乱窜——

"我还有一件事要坦白。"她说。

艾纳再次示意温拉收回了枪,但同时也叹了一口气:"汉娜,咱俩每人都向对方坦白了一项罪行,这样挺好的,也只能这样。别让我为难。"

"蚂蚁……"汉娜紧咬牙关,强忍剧痛,将手从兜里掏了出来。她能感觉到肩膀内的骨头在相互摩擦,每一个细微的动作都会将新的血液带到她的衬衫上。

她猛地把手往外一探,一把抓住温拉的脚踝,抓住了此时唯一能够抓住的离自己最近的东西。"蚂蚁就在这儿。"她说。

"对,这个我们知道,"艾纳道,"它们有大餐要享用,等到它们来找我们的时候,我们已经走了。温拉,动手。"

那个犹如竹竿一般的女人,举枪瞄准。

随即,她便瑟缩了一下,叫出声来。温拉向后退了一步,将脚踝从汉娜那虚弱的手掌中挣脱了出去。

"温拉?"艾纳问。

可那女人的脸,即便是在越来越浓的夜色里,也难掩上面那突如其来的慌乱。她整个人都愣住了,嘴巴张着,呈一个惊惶的"噢"口型,双眼大睁。

有东西爬上了温拉的脸颊。她发出一声短暂的尖叫，随即又咽了回去，开始用僵硬的手指，抓挠起了自己。蚂蚁从汉娜的口袋中涌出，排成一条线朝她而去，小小的身体在月光下闪着幽光。

艾纳没有浪费时间，跳起身来就朝着反方向奔了出去。

汉娜用右臂支撑着身子，两腿交替蹬地，匍匐着爬上前去。并不是爬向他，而是爬向那支 HK45。她扑在了枪上，急急将它摸在手里，而他则正飞也似的逃向山峰另一侧。

汉娜单膝跪地，手臂颤巍巍地伸了出去。枪很沉，如此之沉。她想起了自己射杀罗伊·佩弗那天所上过的一节课。妈妈一到教汉娜东西时，便百无一用。那女人太没耐心了，总会对汉娜的理解能力和模仿技巧火冒三丈。

于是只好换爸爸来教她射击——尽管妈妈一直就想让她早点学习，但那时的她，已经十岁。他说："这就是你要做的，汉娜。心里想着你想打中的东西。"比如那天，她想打中的是篱笆柱子上那个胡椒博士拉罐。"你先吸气，然后再呼出来，一直呼，就像是要把肺里的空气全都给吐干净一样。等到不能再吐了，就什么也别想。别想目标，别想那个拉罐，别想我和你妈妈或者世上的任何麻烦。放空你的脑袋，扣下扳机，我保证——那个拉罐会跳得就像是一只屁股被咬了一口的青蛙。"

那时的她照做了，拉罐果真跳了起来。

现在她也一样照做。

砰。

艾纳倒下了。

汉娜站起身来，一瘸一拐地走向他。艾纳正试图爬起来，一条腿拖在地上,已经没有了用处。也就是说,她打中了自己的目标:他的膝盖后面。

他开始用没有受伤的那条腿往前跳去,她朝那条腿也来了一枪。艾纳一声惨叫,摔倒在地,缩成一团,呜咽起来。

汉娜在一块石头上坐了下来,身体痛一阵,麻一阵。一会儿如坠冰窟,一会儿又像是着了火。冷热交替往复,是休克的前期症状。

她奋力打起了精神。若是她还想活下去,那她现在就得行动。她知道在这个营地周围某个地方,肯定有联络的工具。

转向艾纳,她道:"你在这附近肯定有电话,座机或者 GPS 追踪器什么的。我需要它。"

他咒骂了起来,用的想必是冰岛话。

他的呼吸很急促,也就是说痛得厉害。她之所以会知道,是因为她自己也痛得厉害,肺里边就像是藏了一只兔子:"你要是愿意坐在这儿疼下去,那也好。"

"我的腿好疼。"他道,声音带着哭腔。

"挺好。"

"你打伤我了。"

"我知道。"她咬住嘴唇,以缓解肩上的痛,"那些蚂蚁很快就能啃完温拉,然后它们就会来找你。你两条腿都受了伤,是逃不过你放出来的这些怪物的。我不知道你喜不喜欢讽喻,艾纳,不过要是你……"

"我有直升机正在赶来。"他说得像一个暴躁的孩子。

"那你觉得哪一个会先到?你的朋友,还是蚂蚁?我有喷剂,可以用它来救你。可我需要那个电话。"

片刻过去,她唯一能够听到的便是风声和他的呼吸声。没有直升机的影子，还没有人来救他。想必，是这一段沉寂打败了他，因为他终于沮丧地开了口："在温拉那里，她有电话。"

果不其然，汉娜爬了过去，将她拍了一遍之后，在那女人的裤子后兜里找到了电话。此时，蚂蚁已经爬遍了那女人的全身，正将一小片一小片她身体的某个部分，送往一个天知道是哪儿的所在。

她掏出电话时，蚂蚁爬上了她的手。慌乱再次攫住了她，她不得不努力让自己镇定下来，将它们给扫了下去。它们乖乖地走了，一口也没咬她。不过，汉娜还是飞快地爬开了。

月光下，她看到艾纳已经用两臂支着，欠起了身来。他在死死地盯着她，目光中尽是怨毒，像是随时都会扑过来。

汉娜把枪摸在了手里："别动。你是想吃上一颗子弹，还是想要喷剂？"

他的斗志没了，垂下了头。

"把喷剂扔给我。"

她照做了。

随即开始尝试打电话。

三个月后。

汉娜·斯坦德和霍利斯·柯珀站在一个紫薇盛开的庭院中。

"这不是监狱。"她说。

"噢，它就是。"霍利斯回答，"最低限度的戒备，专门伺候有钱人。自费选监，你付钱，然后就可以过得像一个国王。一个被自己的院子囚禁的国王，可还是国王。"

"形象。"她动了动吊在胸前的胳膊。

"胳膊怎么样？"

"疼、痒。"石膏板一直打到了她肩部位置，这条胳膊有段时间一直用夹板固定来着，不过现在终于获准可以适当挂上一挂了。子弹打碎了骨头，里边现在插上了钢钉，这让她终于有了些许"终结者"的感觉。

"好好享受你这失而复得的灵活感吧。"

"谢谢。"她深深吸了一口气，"我一直没来得及好好谢谢你。"

"谢我什么？"

"谢你那天救了我呀。"

"我没有救你，我只是派了一架直升机去接你和那个冰岛傻蛋。你才是需要被感谢的人，汉娜。"

那天，她真的觉得自己要死了。从温拉身上得到电话后，她又花了好一会儿才联系上了人。当地的声讯台已经停止运营了，霍利斯又不接手机。最后，她只好试了伊泽的手机，而她竟然接了！事后证明，霍利斯和其他人已经撤离了鸣沙滩，上了沿海一艘战舰——美国独立号。从那儿，霍利斯派出一架直升机，成功阻止了艾纳那一架的降落（尽管事后艾纳的飞行员化了假名逃到了海外，但还是同其他"黑暗之心"余孽一起被逮了回来，目前不是处于起诉阶段，便是已经被投入了大牢）。

汉娜在欧胡的医院度过了一个月时间。如果你想找一个静养之处，那火奴鲁鲁绝对是上上之选。每天清晨，缅栀花的花香都会飘过她的阳台。噢，或者更应该用本地话来说：她的凉台。更何况，伊泽也来了夏威夷，待了一段时间。她在那儿住了一个星期，把大学里的工作都交给了一名助理教师打理。就那样坐坐，和……某个人一起待上一段时间，确实感觉不错。她每天都跟母亲说话。时差是一件麻烦事，而且每次当她想和爸爸说话的时候，他不是太累，就是那天心情不好，而且妈妈总是在一遍遍地唠叨：回家，回家，你得回家。

汉娜想要更深入地参与这件案子，可霍利斯说不行。他解释说她已经做得够多的了，还说就连他自己，除了提供一些证据外，都被晾在了一边。一些远非他们所能控制的力量，在同艾纳一起，"矫正情势"。

说曹操，曹操就到——

那儿，就在庭院门口，走出了艾纳·盖尔森。哦，也不能说是走，而是拄着一根拐杖，用两条颤巍巍的腿在跳。她和他对视一眼，随即便是久久的沉默。他嘴角勾出了一丝挪揄而又恶毒的笑。

"能让我们两个单独待一会儿吗？"她问霍利斯。

霍利斯·柯珀眉毛一掀，但还是默许了。从艾纳身边经过时，他向这位亿万富豪投去了刀锋一般的目光。

"他这人还真是友善。"柯珀一走，艾纳便如此说道。这位已沦为阶下囚的亿万富豪依然在笑，但那笑容很假。他在生她的气，在为事情的走向而恼火，她从他脸上看得出来——一张隐藏在愤恨和轻蔑面具下的脸。他的目光当中，几乎全是熊熊的怒火。

这让她获得了些许的满足。"管用了。"她说。

"我知道。"

"考艾岛已经从你制造的恐怖当中解脱了出来。凯特和巴里既帮忙研制出了新型终结者蚂蚁，也制造出了基因改造后的念珠菌。"

他抽了抽鼻子："还有人告诉我说你的朋友崔博士也参与了。"

"他们需要人手，而她作为一名熟悉威尔·加拉西所制造出来的那种物种的昆虫学家，也有自身的价值。还有，方舟实验室开出来的薪资相当丰厚，那是她应得的。"实验室依然在运作，艾纳的名字同样还在董事会名单前列——只是一切都已同这位冰岛亿万富豪没什么关系。

"兴许我应该给董事会捎句话，聘请她。"

"她不会接受这份工作的。"

艾纳耸了耸肩——一个轻蔑的不在乎的动作。他上上下下地打量着她。在那份目光中，她能感觉到他的变化是多么的大。所有的文明伪装，全都撕了下来。他这是要将她剥一个精赤条条，就像一个男人一边看着一个女人，同时在想象她没穿衣服、玉体横陈，就在他眼前一样。"你看起来挺好。"

"看起来你在这儿也很舒服啊，在你的笼子里。"

两人又沉默了下来。最后，他开了口："听说埃及伊蚊的释放工作作为一项测试正在佛罗里达礁岛群紧锣密鼓地进行。"

"你的愿望实现了。"这便是他一直以来孜孜以求的东西。将考艾作为转基因昆虫概念的一个佐证——考虑到密尔米顿蚁本身便是一种转基因物种，这确实是一次危险的交易。不过艾纳的策略却是对的：利用终结者蚂蚁阻止了密尔米顿蚁的蔓延，并最终说服了议会和美国人，让他们相信是时候成为世界基因命运的主人而非奴隶了。而且，随之而来的还有铺天盖地的赞同，赞同使用方舟自己的埃及伊蚊来帮助对付佛罗里达、夏威夷和全美国所有爆发点的登革热。

艾纳微微一笑："就像伊卡洛斯终于实现愿望高高地飞上了天一样。"

"他们找到了阿切尔·史蒂文斯。"

"是吗？"

"自杀了。"

"听说，他是一个有困扰的人。"

"是她干的，不是吗？温拉。而且也是她把蚂蚁带到那间小屋，让它们找上斯科蒂·史蒂文斯的。第二个脚印就是她穿上同一款洛瓦靴子留下的。"难怪，她暗想，那个脚印会那么别扭——那双鞋子对她来说太大了，不合脚，所以才会留下那样奇怪的脚印。

"温拉一直就是一个很自我的人，我从来就控制不了她。我钦佩阿切尔。斯科蒂嘛，那个孩子，不大认识。"他一脸难以调和的虚伪。

"就这事，他们会调查你的。"

"让他们来吧。"

"还有考艾岛上那将近五千的亡魂。"她紧抿双唇，"我希望他们能让你的良心有所不安。你把那些怪物放到了一个百姓毫无防护能力的岛上，岛上十分之一的居民都不在了——被撕成碎片，喂了你的小卒子。这事有没有困扰过你？有没有让你晚上睡不着？"

他双唇抽动了一下："成功的一个小小代价。十分之一岛上的居民——我不知道你是否把游客也给算在内——同这个星球上的七十亿人口相比，不过是九牛一毛。登革热每年都会让几百万人患病，让两万五千人丧命。每一年。而且，这还没把其他所有蚊子传播的疾病算在内，汉娜。疟疾、西尼罗河病毒、中美洲的基孔肯雅热、南美的兹卡热，而且现在北美这儿也有了。"他将手在空中挥了挥，像是在赶走一只蛾子，"五千死者？值得伤感，令人遗憾。可要是因此而让我们每年可以拯救五倍人口呢？十倍？不过就是让我们认识到科技并非人类的敌人的小小代价，转瞬即逝，完全可以遗忘。"

"是你让科技成为了我们的敌人。"

"不过是暂时的。"

"你有病。"

"你的眼界太浅薄了。世界需要像我这样的梦想家，汉娜。要是像我这样的人都不愿意这么果敢，那我们将会输掉这场针对自我的竞赛的。你知道的，你和未来对视过。"

"如果你就是我们命定的英雄，那我们已经输掉那场竞赛了，艾纳。"

"很抱歉让你这么想。"

她点点头："你原本可以成为一个举足轻重的人，可你却偏偏变成了一个自大的疯子。一个总是忍不住想要把手插进水泥浆里好留下自己丑陋掌印的人。祝你好运，好好享受牢狱生活。"

"你要去哪里，汉娜？"

"还能去哪里？回家。"

她回家了。妈妈一声不吭地将她领进了卧室，爸爸就躺在床上。他跟汉娜说话了，可说出来的根本就不能称之为"话"，听起来更像是另外一种语言，一些急促而又含混不清的外星语言，只对他自己有意义。

"他中风了。"母亲说。

"什么时候？"

"几个月前，你离开去岛上之前。"

汉娜的眼眶湿润了，她跪在床边，握住了爸爸的手。他的皮肤干燥得就像是卷烟卷的纸。

这么长时间了，母亲竟然一直没有告诉她，一直在假装一切都好。

"你为什么不告诉我？"

"那有关系吗？"

这话很伤人，它当然有关系，难道不是吗？

爸爸又叽里咕噜说了些什么，随即笑出声来，像是刚刚讲了一个笑话。汉娜努力想要同他一起笑，努力想要表现得自己听懂了这个笑话。可她的笑声却是那么的空洞。

"你怎么知道是中风？"

"我……请了一个医生上门。"

"什么时候？"她霍然起身，突然愤怒了起来，因为这事很重要，"你是什么时候请医生上门的？"

"这个……发生几晚之后。"

汉娜紧咬牙关，从牙齿缝里道："时间对于中风是很重要的，妈。你反应有多快……"她重重地一拳捶在了自己大腿上，"该死，你可能害得他再也清醒不过来了。"

"医生们根本就不知道他们在说些什么。"

就在那儿，就在她的心里，像是揣了一块火炭，像是一块刚刚冲过大气层的陨石。她很想对母亲动手，很想退后几步再扑上前去，将她给撞入隔壁房间。

她忍住了，她管住了自己的手，转身气冲冲地进了厨房，给自己沏起了茶。这是一个让自己平复下来的仪式，一种冥想的方式。她取出一个茶包，将水壶放到了炉子上。

不过，母亲却跟了进来，站在那儿，一副苦口婆心的模样："你也看到了，我说的是对的。"她探手到汉娜一侧，将一只印着"布莱克摩尔拖拉机出品"的茶缸沿着厨台滑向了女儿，"如果这些乱七八糟的事情真能证明些什么，那就是我们已经到了万分危急的时候了。那些蚂蚁？那个欧洲人？未来不是一扇门，是一面墙，我们正在不偏不倚地撞向它。我希望你现在已经明白了。"

"这个你错了，妈。"她一副言之凿凿的口吻。但说实话，她也拿不准自己是否相信这话。不过，汉娜还是接着道："如果真有什么值得你害怕的,那就是此时和此刻。真正吓人的,是现在。未来我们可以修复,只要我们想,但得真正去想。我们不能总是低着头,你不能总是低着头。你害了我,现在你又害了爸爸。说不定他从一开始就被你害了,事情原本完全可以不一样的,可它们并没有。"

妈妈的脸色,比被汉娜狠狠地撞了一下更加难看。

水壶开始发出哨音,汉娜将她往一旁一推,离开了。当晚,她住在了一家离家大约十英里的汽车旅馆里。她做了噩梦——自打离岛以来几乎每晚都会做的一个噩梦。梦里,有溺水,有被细碎的牙齿撕成碎片的场景,也有从万丈高空直接坠入大海的画面;而且偶尔,不过并非每晚,她还会梦见自己用一支步枪打中了罗伊·佩弗的胸膛,让鲜血溅上了风中的乱草。

有时,她会突然惊醒,觉得浑身都已被蚂蚁或鲜血覆盖,或者二者兼而有之。

接下来的一周时间,她都在陪爸爸。

她和母亲,再没说过一个字。

迈阿密,一周后。

天气很热,还很潮湿,空气像是凝结成了胶状,她像是在一片吉露果子冻中行走。在一间咖啡馆坐下身来,她开始喝起了一杯冰咖啡。

他迟到了,但总算来了。

雷。雷,那个骄傲的傻子;雷,那个中了一枪之后又活下来的家伙,那一枪真可谓奇迹了,竟然避开了他所有的致命内脏;雷,那个用计骗得她答应出来约会,而让她以为这次约会原本会是参加他葬礼的家伙。

他微笑着,瘦了一些,也掉了一些肌肉,但架子还在,依然健硕、结实、高大。

好吧,她暗想,暂且试试看再说。她对母亲的忠告,依然回荡在耳边:兴许是时候重新加入这个世界了。

"哈啰。"雷说。

"嘿。"

他坐了下来,她欠他的约会开始了。

(完)

声明

本文包含了一些昆虫和科学方面的知识，我一直在努力让这两者不出差错（尽管我知道错讹之处大概比比皆是）。在此，我得感谢几位在这两个方面帮助过我的人：

格温·皮尔森以及普渡大学昆虫实验室的其他专家、伯特·荷尔多布勒、爱德华·威尔逊（说句正经的，看看《蚂蚁秘境之旅》去吧，酷毙了），还有亚力克斯·维尔德（他拍的蚂蚁微距照片简直美轮美奂）。

此外，还得感谢几位陪我一起前往昆虫实验室探险的作家：麦克斯·格莱斯顿、史蒂芬·布莱克摩尔、黛莉拉·S.道森。

还有，谢谢我的经纪人斯西亚·德克尔和哈珀那几位帮忙将这本封面满是蚂蚁的书成功交到您手上的杰出编辑——谢谢凯特·内斯尔、玛尔戈·威斯曼、大卫·波梅里戈、卡罗·佩尼。

最后，我深以为还应该感谢一下那几只在我创作本书时，侵入过我的小窝的木蚁。我就当你们是我的粉丝好啦。不过，也得向那几只被我拍扁的小家伙们表达我的歉意：你们的牺牲，将被铭记。

INVASIVE
撕裂之地

原著
【美】查克·温迪格

翻译
张子漠

总策划
朱家君

选题策划
蒋 惊

特约编辑
颜 燕

流程校对
肖梓熠

封面设计
张 晗

设计总监
李 婕

宣传营销
蒋 惊

运营发行
常蕚尘

出版社
长江出版社

总出品
漫娱文化

平台支持

图书在版编目（CIP）数据

撕裂之地／（美）查克·温迪格著；张子漠译

—武汉：长江出版社，2017.9

ISBN 978-7-5492-5385-2

Ⅰ．①撕… Ⅱ．①查… ②张… Ⅲ．①侦探小说–美国–现代 Ⅳ．①I712.45

中国版本图书馆CIP数据核字（2017）第246643号

图字：17-2017-246号

INVASIVE,Copyright © 2016 by Chuck Wendig.

Published by arrangement with Harper Voyager,an imprint of HarperCollins Publishers.

撕裂之地／（美）查克·温迪格著　张子漠译

出　　版	长江出版社
	（武汉市解放大道1863号　邮政编码：430010）
出　　品	漫娱文化
	（湖北省武汉市积玉桥万达写字楼11号楼19层　邮政编码：430060）
出 版 人	赵　冕
选题策划	漫娱文化图书
市场发行	长江出版社发行部
网　　址	http://www.cjpress.com.cn
责任编辑	张艳艳
特约编辑	蒋　惊　颜　燕
装帧设计	Yvonne　赵一麟
印　　刷	湖北新华印务有限公司
版　　次	2017年9月第1版
印　　次	2017年10月第1次印刷
开　　本	880mm×1230mm　1／32
印　　张	10.5
字　　数	250千字
书　　号	ISBN 978-7-5492-5385-2
定　　价	39.80元

版权所有，翻版必究。如有质量问题，请联系本社退换。

电话：027-82926557(总编室)　027-82926806（市场营销部）